"谨以此书献给我挚爱的父母以及所有在生活的困境中不曾放弃的普通人。"

譬如朝露

PI RU ZHAO LU

百花洲文艺出版社
BAIHUAZHOU LITERATURE AND ART PRESS

图书在版编目（CIP）数据

譬如朝露 / 罗毅著 . —— 南昌： 百花洲文艺出版社 ,2020.12
ISBN 978-7-5500-3933-9

Ⅰ.①譬… Ⅱ.①罗… Ⅲ.①长篇小说 – 中国 – 当代
Ⅳ.① I247.5

中国版本图书馆 CIP 数据核字 (2020) 第 235831 号

譬如朝露

罗毅 著

出 版 人	章华荣	
策划编辑	朱 强　施 琪	
责任编辑	赵 霞　朱 强	
书籍设计	朱嘉琪	
出版发行	百花洲文艺出版社	
社　　址	南昌市红谷滩区世贸路 898 号博能中心 Ⅰ 期 A 座 20 楼	
邮　　编	330038	
经　　销	全国新华书店	
印　　刷	江西千叶彩印有限公司	
开　　本	710mm×1000mm 1/16　印张 19	
版　　次	2021 年 1 月第 1 版第 1 次印刷	
字　　数	240 千字	
书　　号	ISBN 978-7-5500-3933-9	
定　　价	36.00 元	

世界上只有一种真正的英雄主义，那就是在认识生活的真相后依然热爱生活。

——罗曼·罗兰

目录

第一部分 倔强的少年

第二部分　孤独的青春

第三部分　幸福的能力

第一部分

倔强的少年

"少时苦难、老年顺遂，和少时顺遂、老年磨难，你选哪个？"两个少年讨论着这样一个问题。

　　"当然选前一个，到老了哪儿扛得住磨难？"其中一个说。

　　"我选少时顺遂。老了扛不住我可以不活。"另一个的答案显然更机灵。

　　那个选了前者的少年很多年后才醒悟：这问题是个陷阱，为什么就不可以选择不要苦难呢？

　　所谓"少时的苦难是福"，泰半只是为了安慰苦难中的人。如果可以，好的人生应该是偶有小挫折，不经大苦难，既有自由意志，也有自由选择。

笨小孩"闷豆儿"

年轻时的方天明怎么也不会想到：自己此生最好的投资，是养了个女儿。

此时，他正急于向亲友证明这个投资不是坏账——已经有好几个亲戚提出"这孩子是不是哑巴"的怀疑了。其他人可以不理，可是当孩子奶奶他老娘数次问出这个问题时，显然无法回避了。

圆头圆脑的小家伙躺在方天明亲手做的木质小摇车里，嘴里衔着方天明自制的檀木磨牙棍，圆溜溜的双眼一眨不眨地看着头顶那盏40瓦的白炽灯，因过于聚焦而成了斗鸡眼状，对周围人讨论自己是否正常的话语完全充耳不闻。年满一岁都开始长牙的孩子，不但没说出任何有意义的词语，而且几乎连牙牙学语都未实现，也难怪亲友们有这样的担忧。

方天明抱起孩子，先伸出一根手指在她眼前晃晃，让她双眼随着手指转动，很担心她会变成长期的斗鸡眼。他自己一周在建筑队工作6天才回家，妻子的工作也很忙，还有一个3岁的儿子要照顾，对这个可以躺在小摇车里不哭不闹一整天的小女儿，顾不到很多细节实属正常。以至于有一个周日他回到家注意到她两个黑眼珠都紧靠鼻梁几乎团聚在一起时，这已经快成了她的常设表情了。

"别说了，老子的明珠肯定不是哑巴。"方天明有些恼火，右手食指指向了正摇着头叹息"这么大了还不说话十有八九是哑的……"的邻居张得禄。他说到"明珠"两个字时，怀里的孩子侧了侧头看向他的嘴。方天明大喜："你们看，她能听得见、也听得懂自己的名字。多数哑巴都是聋子，她听力正常，肯定不会是哑巴。"

虽然这个逻辑似乎不太通，但亲友们看见他是真的有点动气了，一时也不敢再往下说。恰在这时一个小男孩从屋外跑进来，边跑边嚷着："谁说我妹妹是哑巴？你们才是哑巴呢！"跑到小摇车前停了步，转身叉腰看着周围一圈大人。小男孩有一张酷似母亲的俊秀瓜子脸，皱着眉摆出自认为很凶狠的表情。一大一小两个男人动了怒，亲友们顿时觉得好心被当作了驴肝肺，心里摇着头，渐次走出房门散去了。唯有孩子的奶奶无法掩饰脸上的担忧："这孩子要不是哑巴，那可真的是个闷豆儿，怎么还不说话呢？"

"闷一点也好，省得吵闹，有一个成天闹不停的已经够了。"跨进门的是这家的女主人纪秀兰。

自此方明珠得了个小名，唤作"闷豆儿"。

一岁三个月，"闷豆儿"终于开口说话了，之后她掌握的词句很快赶上邻居同龄的孩子，她从三岁开始学识字和算术，进度也并不比素以聪明伶俐著称的哥哥更慢，方天明和纪秀兰就此松了一口气。然而很快他们又发现，自家女儿在邻居大人小孩眼里，仍然是个笨小孩。

这是二十世纪七十年代中期，城镇居民的住房基本都由工作单位解决，方家也不例外，住在纪秀兰的工作单位——城乡信用合作社的房子里。一栋石头主体的两层楼，上下各三间房，和一个仅容一人通过的狭窄通道。楼梯是靠外墙修的，就地取材用当地盛产的麻石砌成。楼上正中一间是信用社办公室，尽头一间稍大，是方家一家的住所，二楼的外间住着信用社的另一个员工，一楼则借给了乡公所的两个干部。

乡公所是乡一级的政府机构的办公场所。20世纪70年代中国尚无"城镇化"概念，县城所在的区域也划成一个"乡"，就唤做"风城县城乡"。乡公所一座二层办公楼居南，一座平房住宅朝东，城乡信用社二层小楼居西，北边则是云母矿的简易一层职工住宅，和铁匠张得禄家的私宅平房，合围成一个院落，居住着合计9户人家，在鼓励生育的20世纪60年代末到20世纪70年代初，每家都有两到三个孩子。中间大概四五十平米的院子里，公共的自来水龙头和水池是大人们洗菜洗衣服打水的地方，其余地方就是十来个年龄相近的孩子聚集玩耍的场地了。

三岁的方明珠坐在信用社的楼梯上，对邻居叔叔阿姨哥哥姐姐们的问题一一作答。

"你今年几岁了？"

"三岁。"

"哥哥几岁了？"

"四岁。"

"爸爸几岁了？"

"五岁。"

"妈妈几岁了？"

"六岁。"

……

问的人大笑，旁观的也笑得打跌。在这种问句里换上各种亲戚称谓问明珠，成了院里邻居下班后晚饭前的保留逗乐节目，而小明珠似乎完全觉察不到每天的戏弄是同样的，别人问，她就答。纪秀兰倒也不计较，只在饭好了后出来同笑一笑，然后牵孩子回家吃饭。

但这种节目不能被方明珠的哥哥方伟碰到，这个孩子不同于其妹，打小没让任何人在口头上占过便宜。若被他看到有人试图拿他妹妹逗乐时，他一定会先阻止妹妹说话，然后挡在她面前，一句句给问话人丢回去："你三岁，你妈妈四岁，你爸爸五岁，你外婆六岁……"直到问话人扶额走开。

所以十数年后，当方家的"闷豆儿"考上了北京某重点大学的消息传来，确实鼓起了很多人的信心，据说那以后两年，附近邻居家的每个孩子都在努力学习，心里大致都想着"那个笨孩子闷豆儿都能行，我为什么不行？"

能人方天明

方天明当然知道，自己在风城算个能人。

他不知道的是：时间地点都不对的能力，带来的可能是灾难而非福气。

风城是位于横断山脉中的一个小县城，地形为三座海拔超过 6000 米的大山所包夹的山谷，沿著名的大渡河河岸展开，地势极狭，县城南北平地宽度不足百米，只有两条勉强可对开汽车的主道路通过县城，东西延展也不过数百米，县城人自嘲为"夹皮沟"。整个县居民不过五万余，这五万人里，方天明的能力算得上万里挑一的拔尖儿，脾气也数得上万里挑一的倔和傲。

方天明自幼丧父，只听说过县城的临街铺面十之五六"曾是方家的"。但他对家的记忆中唯有贫穷，寡母靠磨豆腐和帮人洗衣浆衣来养活他和兄弟。

半天读书半天打柴，这样上到高小，方天明的学习成绩倒一直很好，但因家贫和性子顽劣，常被班主任羞辱，终于在五年级时忍耐不住，将班主任骗到厕所里用麻袋套了头暴揍一顿，然后辍了学回家。

十来岁开始在一些集体企业打散工，由于年龄不足，都领不到全额工资，过了好几年常饿肚子的日子。十六岁正式进入县建筑社，从挖河沙、采石的小工到筑路、建房的泥工、瓦工师傅，方天明什么都做过。而队里从队长往下，大家很快发现这个小伙子心思巧，什么都能比别人干得又快又好。

风城靠山，所有人家做饭都用灶烧柴火，砌灶和翻新灶和算是县建筑队常接的活儿里最有技术含量的之一。风城之所以叫风城，正是因为地处三山之间的河谷，一年四季常刮大风，烧木柴有烟，需要经烟囱排出，遇到刮风烟囱很容易出现倒灌现象，这个建筑队里大多数有经验的泥工师傅都解决不了的难题，被方天明攻克了。

只有高小学历的方天明不懂几何，但从开始接触建房起，就对结构充满兴趣。烟囱倒烟，他内心断定是结构问题。不会画图，他用旧报纸折叠、糊出简易模型，调试烟道内外壁角度，几次试验后，成功做出了外方内圆、灶火旺、不倒烟的烟囱。他砌灶台也跟别的师傅不一样，会根据每家最常做饭的人身高适当调节。他砌的灶，做饭烧菜时不必弯腰，无须踮脚，水泥台平整光滑，微微有弧度通向中央，刷把一动就可以把灶台上的菜渣等扫进锅里，圆角收边，不小心碰到也不伤手。县城的主妇们不懂原理，但都善于体验和传播，很快方天明"做的灶好用"就出了名，去建筑队要求砌灶的人家，都点名要求方天明来做。

风城县建筑队算是很早吃螃蟹的单位，20世纪60年代末就实行了计件工资制，多劳多得。二十出头的方天明很快成了建筑队里收入最高的一个，在县委书记每月领三十块出头工资的年代，他常在发工资的日子拿到五张以上"大团结"。

被队长告知"你比县委书记工资还高"的方天明很嘚瑟，他托在县邮电局工作的发小搞到了一张自行车票，成了队里除队长外第一个有自行车的人。又攒了几个月的布票买了面料，借了乡小组的缝纫机，自己裁剪缝制了当时最时髦的白色"的确良"衬衣，和修身的毛呢直筒裤，在一个周六下午，骑上他的"永久牌"二八圈新车，风行十公里回县城，找众发小打篮球。

风城县城有两个篮球场，五六十年代，篮球和乒乓球是唯二能广泛开展的集体运动。每年本州各县之间有一次篮球比赛，之后各州和省里其他市队还有一场，队员都是业余的。方天明从小家境贫寒，挨过饿，个子长得不高。但寡母没有太多时间管他，上山下河比较自由，泡出了高超的游泳技巧，正式工作后营养跟上了，很快练出了一身腱子肉，速度快，防守有力，是县篮球队的预备后卫。

那天方天明到县城篮球场时，周六篮球活动已经进行多时了。县篮球男队的小伙子们分成了两队互相对抗，女队队员和其他观众在旁边观看。

风城太小，县城居住的几百户人家几乎人人相识。方天明的白衬衫毛呢裤出现在一片灰蓝、军绿土布装束的人群里，格外扎眼。观众群里一个姑娘马上叫出来："哟方天明，你娃够资本主义情调的。"

观众齐齐回首，女队队员和街坊的姑娘们围了过来上下打量。方天明正在得意，不料突然有个声音说："这家伙太'超'（显摆）了，给他筛筛糠，剪掉。"

"筛糠"是当时年轻人们流行的恶作剧，由几个人分别抬起一个人的四肢，小幅度上下左右抛撒，状如用箩筛分离米和谷糠。方天明还来不及反应，已经被女队几个跟他个头差不多的姑娘分别抓住四肢扛了起来，一阵颠抖后，只听"嗤"地一声，感觉左腿一凉，然后被一个屁墩儿扔在了地上。

一个鲤鱼打挺跳起来，方天明顾不上其他，赶紧看自己腿上。果然，崭新的毛呢裤子，左边从裤脚开始被剪开长长一道口子，一直露出半个大腿。

"妈的，谁干的？老子这料子二十多块钱买的。"方天明脾气也上来了，正要破口大骂，就见一个穿着女队蓝色队服，高鼻梁大眼睛的姑娘手拿剪刀，站在他面前笑出一口大白牙，他看清了是谁，只得颓然住嘴。

剪他裤脚的，是他远房表叔纪老汉家大闺女，乳名金凤大名纪秀兰。她是方天明小学同学，也是宣传队的搭档。

方天明天生一把男高音的好嗓子，对音乐也很敏感。放映露天电影是县城难得的娱乐，打从小时候起，每次放完电影第二天，方天明就会走在街上高歌电影插曲，旋律歌词竟无一出错，喜得街边闲聊的大娘阿姨们忙忙招手："天明，过来教我们一下。"偏僻的风城小县无人教识乐理，音乐课不过也就是老师带着唱唱歌，方天明靠着有限的电影歌曲，对照偶尔找到的歌曲简谱，居然无师自通地学会了识谱，随年龄渐长又逐渐学会了吹笛子、拉二胡、弹琵琶、三弦等，虽都说不上精通，但也算是吹拉弹唱无所不能的多面手，加上玄子、锅庄、踢踏（均为藏族舞蹈类别）种种舞蹈也得心应手。这样的人，肯定要入选宣传队成为主力成员。

而纪秀兰，是宣传队的报幕员兼舞蹈队成员。

假小子金凤

纪秀兰被选为宣传队的报幕员,当然是因为长得漂亮。不过她自己似乎不知道也不在乎。

纪老汉家养了一堆漂亮孩子。

纪老汉在风城的外号"纪大汉",意为大个子。年轻时身高在180cm以上,在那个年代是名副其实的高个儿了。可惜他两子四女都不算特别高,因其妻袁氏曾缠过小脚,虽然后来放足成了半天足,但身高确实受了影响,"妈矮矮一窝",也就影响了子女们个子往上蹿的空间。

虽然身高不特别出挑,但纪家的孩子们颜值却个个出众,尤其是大女儿纪秀兰和大儿子纪爱民。姐弟俩长得极其相似,除了姐姐的轮廓稍圆润呈现出一张鹅蛋脸,弟弟轮廓鲜明是典型长方脸外,都是剑眉入鬓,希腊式的鼻子,眼窝略深带一点异域风情的漂亮。下面几个弟妹,容貌倒是各不太相同。

在物质贫乏的年代,漂亮外表带来的优势极其有限。纪老汉夫妇家里除了六个孩子,还住着自家叔公和一个侄子,加起来10张吃饭的嘴,经过十九世纪40到60年代,却没有留下多少挨饿的记忆,纪老汉夫妇算是很有能耐,当然也极其辛劳。纪老汉在解放前是跟着马帮贩盐卖茶叶的小商人,吃苦耐劳,攒下钱在风城县中心位置置下了一块地,盖了几间住房,又在旁边置了门面自酿烧酒卖。风城地处藏区,居民多喜酒,生意很是不错。解放后公私合营,门面和马匹归了国营商业局,他便也进入商业局成为"吃国家口粮"的职员,在汽车极其稀少的年头里,依然负责赶马车拉货。妻子袁氏则进了国营饲养场,家里烧酒生意被允许保留,但每天需要报备数量才可销售。金凤作为家里老大,从小被纪老汉当作儿子使:每天早起帮纪老汉把马骡放上山吃草，回家帮着袁氏磨豆腐、烤酒，去工商局报备当日烧酒量，然后才去上学。傍晚放学，先上山赶马回厩，回家帮着做饭带弟妹，放假时间时还要带着弟妹去山上捡山柴（可烧的树枝），去河边捞水柴（河中冲下来的大块木头），几乎都是体力活儿。这样一路长大，金凤也全然没把自己当女孩子，由于家里营养还跟得上，她一直是街坊孩子中长得比较壮的，跟同龄男孩子比赛摔跤都没输过，十四五岁帮父亲从马车上卸货，扛百八十斤的麻包不在话下，除了脸长得太出挑外，完全就是副小子派头，整个县城里的最顽劣的男孩子也不敢轻易招惹她。

纪老汉是传统大家长，对子女管得极严，孩子们也都听话，个个在学校的成绩都很好。金凤从县城初中毕业，以除州府外十二个县第一的成绩，考上了州里的重点高中。20 世纪 60 年代，高中学历在这边远小城已经算是很稀罕，金凤念完高中回到风城，顺利地被分到了县城乡信用合作社担任会计。

方天明完全没敢想过自己能娶到金凤。

从高小辍学到建筑队实行计件工资制，中间有七八年的日子，他各处打零工能挣到手的钱寥寥无几，加上还有一个弟弟，家里是十分困顿的。孤儿寡母的家庭，不是没有人上门说亲，但都不是他合意的。等到以自己的能力挣到了以前想都不敢想的高工资，弟弟方天清也高中毕业下乡当知青了，他已经到了当时的"大龄光棍"年龄。寡母的注意力从小儿子身上转移开，开始数落他："这么大个人也没长点心，赶紧好好考虑终身大事。"

方天明就接下了周家英给他织的毛背心。

周家英喜欢自己，方天明早知道：她爱笑，而每当有他出现的时候，她的笑声总是格外响亮；篮球场上男女队混打，她总是最爱拦截他，拦不住就直接撞上来。自己喜欢她吗？方天明不太知道，但是周家英家庭条件比自家好一大截，自己这年龄，还有什么好挑的呢？

接下背心第二天，宣传队去省城表演，周家英不是队里成员。

到达后完成当天表演，其余人在食堂吃完饭都去逛省城了，一向爱热闹的方天明称累没参与，坐在省宣传队安排的宿舍里发呆。

有人走了进来，他没察觉，进来的人坐在了他旁边，铁架床"吱"了一声，他没抬头。

"你这是要定了吗？"来人开口了，是女声。

方天明转头："金凤啊，你来找石大哥？"石大哥是宣传队队长、小号手，也是他们这一帮街坊好友都认可的"大哥"，踏实稳重，高中毕业进了县法院，很快成了笔杆子，现在省城一座大学进修，前途光明。石大哥喜欢金凤，是宣传队所有人都知道的秘密。

"我找你。"金凤十指绞着自己两条又黑又亮的大辫子，微低着头沉吟了好一会儿，然后突然起身，站到方天明对面。

"你不能娶周家英。"

"我这样的家庭条件，不娶她，还有谁肯嫁给我？"方天明半开玩笑半认真。

"我！"

一向口齿利索的方天明开始结巴："你，你，你说真的？"

"当然是真的。你想想，想好告诉我。"金凤说完扭身就走，两条及腰的长辫子在身后一甩一甩，甩得方天明心里乱成了一锅粥。

金凤愿意嫁他？这可是纪家的金凤，县城数一数二的漂亮姑娘，工作好，银行体系正式职员，能力强，据说同事领导都夸。要不是纪老汉脸拉得太长说话太凶，提亲的踏破门槛毫不夸张，凭什么，要嫁给自己这样的穷小子？

当夜方天明有没有入睡没人知道，回到风城，他立即归还了周家英的背心，然后就央着母亲去纪家提亲。

诸事顺遂

　　"枕套1对，枕巾3对，8磅暖水壶1个，5磅暖水壶2个，陶瓷茶缸1对，脸盆1个，毛主席像章200枚，红宝书30本……"方天明和纪秀兰的婚礼很热闹，贴上了大红双喜字的旧墙板也喜气洋洋，原来的一间通屋用木板隔成了两小间，床沿和地上都坐得满满当当。左右邻居都主动送来了每家的小板凳，县政府的文书老李就坐在门口的一张小凳子上，精瘦的脸上挂着老花镜，认真地帮忙做礼品登记。

　　那是一九六九年冬月，还是全民集体吃食堂，家中不能开伙的时期。革命同志的新式婚礼自然是不会有婚宴的，一般的婚礼来宾每人能分到几颗红纸包裹的喜糖，和两根系上红色细绳的"大前门"喜烟就算不错，然后坐着吃点瓜子花生说说笑笑热闹热闹，简简单单，喜气倒并没有因物质的简单而减少半分。

　　方天明和纪秀兰一人胸口别一朵红花，花下红纸写着"新郎""新娘"，站在门口迎客。方天明手里托着个红漆铁皮盒子，里面装满了系了红线的"喜烟"，纪秀兰手里则是同样一个盒子，装着一盒子喜糖。

　　石正荣走进来，他是个清瘦腼腆的高个子，手里大红纸交叉束封的一团粉红色锦缎在灯下发出水波一般的柔光。他递给纪秀兰，纪秀兰感觉触手丝滑，知道是难得买到的好面料，点头道完谢递给老李，一手抓了一大把喜糖塞到石正荣手里。不料突然一只大手直接伸向她手里的盒子，还伴着嚷嚷："什么好喜糖，多给我拿几个。"

　　纪秀兰"啪"地在那只手上拍了一掌："达瓦，你少捣乱，去，里面有一袋子，都是你们的。"

　　一张棱角分明笑嘻嘻的脸从石正荣左肩露出来，正是宣传队的舞蹈队员达瓦，他快速剥了手里抓到的一颗糖放进嘴里，紧接着很夸张地"哇！"了一声"软糖啊"。然后伸手拿过方天明手里的喜烟盒："可以啊方哥，这么多烟哪里搞的？"

方天明有些得意。为了这次婚礼，他可是提前半年就开始筹谋，才找到了十几条烟票和足够的糖票，保证来的宾客都能管够。

接着后面是宣传队的十来个姑娘小伙一起涌进来，屋里更热闹了。既然宣传队的都到了，表演也就开幕了。场地小跳不开舞，只能吹拉弹唱轮流来，一开始还是《智取威虎山》《红灯记》这些样板戏，到了兴头上，人群里有人提议："既然是婚礼，来一个《阿哥阿妹情谊深》吧。"

悠扬的葫芦丝响起来，宣传队的年轻人们开始，逐渐地满场人们都加入了合唱：

阿哥和阿妹的情谊深啊，

好像芭蕉一条根。

阿哥好比芭蕉叶，

阿妹哎，就是芭蕉心……

婚后几年，算得上诸事顺遂，如果纪秀兰是个文艺青年，大概也会发出"岁月静好"的感喟。

婚后第二年年末，纪秀兰生了个大胖小子，取名方伟。

婚后第三年，城乡信用社的"办公＋宿舍"楼竣工，纪秀兰分到一间十几平米的住房。方天明寻到上好的樟木，自己动手打了一张大床，一张小床，一个三门的大衣柜，一扇门上还装了可以照见全身的穿衣镜，还有两把椅背可以80度放下的"广交椅"。都是他从电影里学来的样子，在县城算是顶时髦了。一家人欢欢喜喜搬了新居。

婚后第四年，家里又添了一个女儿，方天明成天喜滋滋地，见到道贺的人就说："一儿一女一枝花。"

一边生儿育女，夫妻俩的工作也没耽误。方天明保持着建筑队高计件收入，在物质严重短缺的20世纪70年代初，他也能在纪秀兰生产时买到一斤红糖，一两周熬上一次鸡汤。纪秀兰也是心气儿高的人，没出月子就开始上班。好在住家就在办公室隔壁，母亲袁氏也常来帮帮手，她日常一个人带着两个孩子，在县农行举办的各种业务竞赛中从没掉出前三名。每年年底决算，城乡信用社都率先完成，纪秀兰也总是在完成自己社里工作后被行里抽调去支持县支行的决算工作，虽然并没有额外奖励，但走进县支行，听到一声"纪姐你来了就好了"，行领导肯定一句"小纪的业务水平没什么说的"，她就觉得非常开心。

建筑队仍然在全县各乡接活儿，没有特殊情况方天明还是一周回家一两次。不过各乡都通上了电话，如果有急事，纪秀兰去县邮电局挂个电话，方天明就骑着他那部"二八永久"赶回来。

又一个周末，方天明回家时"二八永久"的后座上绑着个方纸盒。进门拆开纸盒，是一个大概五十公分长，二十来公分宽，三十公分高的漂亮机器。前1/3外壳是银色金属，后2/3外壳是咖啡色皮革。有机玻璃面板上左右各有一个铮亮的旋钮，中间一条带刻度的的红线上还有红色的指针。

"这是什么？"

"收音机，找人从省城捎回来的，说是最先进的。"

方天明打开机器后面的盖子，装上两节零号电池，试着调节左右两个旋钮，红色的指针在红色刻度线上移动，收音机开始发出沙沙的声音。

方明珠正坐在屋里地板上，手里捧着一本《小朋友画册》看，听到沙沙声，也抬起头看过来。

收音机陆陆续续收到一些电台，以播《毛主席语录》的为多。方天明再旋转一会儿，收音机里突然传出一个柔美的女声："澳洲人民广播电台，澳洲人民广播电台，下面播出邓丽君的歌曲《甜蜜蜜》。"

县里的大喇叭每天早上和傍晚都会放广播，但无论男女播音员，均是慷慨激昂，"作金玉之声"，纪秀兰在宣传队报幕，也被要求"声音洪亮，站姿端正"，这么温柔的音调几乎是闻所未闻。方天明停住了手，纪秀兰和方明珠也安静地倾听。接着一个更加甜美的声音唱起：

甜蜜蜜，你笑得甜蜜蜜，好像花儿开在春风里，开在春风里……

一家三口几乎都听醉了，歌声停歇许久，纪秀兰才开口说话："难怪听人家说邓丽君唱得好，真好听啊。"夫妻俩经过几次探索，发现这个"澳洲人民广播电台"仅在傍晚8点半可以收听到，播放一个小时的歌曲。此后每天傍晚 8 点半就成了家庭娱乐时间。

街坊邻居不知道，为什么方天明和他的孩子们，时不时就一起站在楼梯平台上，哼唱起一些他们没听过的好听歌曲。说是三人其实不准确，因为方明珠往往很快被纪秀兰叫停："明珠你那公鸭嗓子就不要唱了，听你爸和你哥唱。"

那几年里，除了方天明的母亲刘氏在他们婚后第四年就过世了这一件大憾事外，如果非要找其他不如意，对纪秀兰而言就一件：丈夫工作远顾不了家。

对方天明而言有两件：儿子太过顽皮，妻子娘家人不认可。虽然丈母娘袁氏很喜欢他，因为他能帮她干所有的活儿，包括织毛衣缝纫衣服，但从老丈人到妻子的弟弟妹妹们，多少有些觉得他配不上纪秀兰。一是他学历低，二是他单位没有编制不稳定。和妻弟玩闹间被戏谑地叫"流动"（意为没有固定工作地点）时，他虽然笑着回："流动怎么样？老子一个月挣的钱你娃三个月都挣不到。"但心里总是会沉沉地叹口气，知道自己的高工资，不等于高的社会和家庭地位。

这个心结，是他在接到同学李光荣邀请时快速答应的原因之一。

突然的机遇

李光荣和方天明同岁，小学同学，也是篮球队队员。他身材高挑，投篮稳准，打中锋位置。

李光荣初中毕业考了财经中专，毕业后就在县里最大的集体企业——县综合经营社任职，三年前开始担任社长。现在他要调去县林场了，需要为社长一职寻找下一任人选。

在自己比较熟悉的人里稍作盘点，李光荣骑上车去了方天明的工地。

"你娃怎么来了？"方天明正在一边骂新来的泥工学徒笨得像头牛，一边示范屋顶的倒角怎么做得平滑，看见李光荣走来有点诧异。虽然是发小，球场上也常见，但自从参加工作后，两人私下交流却很少。

李光荣递上支烟，把方天明拉出工地，两个人寻了河堤的一块大石坐下。

一支烟抽完，方天明明白了来意，却难免犹豫。

"你们那个社，听说是亏损的吧？去年还减了人。"

"你听谁胡说的？我们盈利是不多，但肯定不至于亏损，你可以跟我去看账。减员是因为我精力有限，主动收缩经营范围。你来了如果能扩大生产，再招就是了。"

"为什么找我？你们社里没人能干吗？"

"兄弟，咱们从小一起长大，你的能力没人比我更清楚，我相信你能干好。再说了，我们社里那帮人能不能干我还不知道吗？要是他们能干，也不会是现在这种状况。"

"你知道，我不喜欢被人约束，你们那个单位老爷太多。"

"你放心，这个我来沟通，保证让你有独立经营的自由。"

……

来言去语中，方天明的担心统统显得多余。终于到了最关键的问题：

"你们社长工资多少？你知不知道老子在这里比县委书记拿得还多……"

李光荣食指架在唇前"嘘"了一声打断方天明的话："这话你也就跟我说，可别四处乱讲。县委书记也是你好比的？你想想，你现在工资是高，但能拿多久？县建筑队不属于正式企业，你们队长老高是外地人，在州里县里都没有根基，如果接不到活儿，说散就散了，到时你可能一分钱收入都没有。还有，计件工资靠劳动力，你都三十出头了，还能这样干多久？你现在跟着工程走，完全顾不上家，秀兰一个人在家又上班又带两个孩子有多辛苦你知不知道？综合社工资是不高，但属于正式集体企业编制，社长是有行政级别的，以后可以再往上走，比如去企业管理局啊。再说了，以你的能力，经营搞上去了，效益好了，可以发奖金嘛。"

方天明把耳朵上夹着的一支烟取下来，也不点燃，在拇指和食指间捻动着，沉吟良久。

"好吧。"李光荣拍拍他的肩膀，"我也不逼你现在作决定，你再好好想想，但是记住不能想太久。这个位置，县里好几个领导都有人选推荐，是我全力保荐，争取了好久，都快跟领导翻脸了才争取到先跟你谈，你干不好，我的前途也受影响的。"他站起身，说："走，陪我去取车。"

方天明从石头上跳下来，直直看向李光荣的脸："好兄弟，讲义气！我干！"

"这就对了。"李光荣笑了，"我回去就去找企业局陈局长谈。"

"说清楚，给老子经营自主权，不要指手画脚。"

"没问题！"

一个月后，也就是一九七九年的六月，李光荣正式调去县林场，方天明走马上任，担任了县综合社社长。

如果能够预知，这一次伯乐的机遇，是一家人多舛命运的开端，方天明应该会断然拒绝，甘做一辈子快乐的泥水匠。

烂摊子

虽然上任之前已经大概知道综合社基本是个烂摊子，但直到真正上了任，方天明才知道这摊子究竟有多烂。

县综合社是县级乡镇企业，归属计经委和乡镇企业局管辖，性质为集体所有，属于公家单位。但比起大集体、供销社一类企业，地位又要低上一级，社里人自称"二集体"，从综合二字即可知，其可以开展的业务多样，除了不能做违法和法规规定专营的业务外，经营范围基本不受限制。

方天明也理解了李光荣所说的"收缩经营范围"是什么意思，风城县综合社之前的主要业务有印刷和河沙经营等，而到目前，河沙全县只有建筑队一个单位上规模地用，由于没有运输车辆送货不及时，建筑队已经改为就近购买河沙；只有一个印刷车间还在支撑着，全社加上他和一个会计，员工合计十五名，有五名只是编制在册，早就请假不来上班也不领工资了，在岗的八个人，基本都是家里找不到其他出路的女员工。

更糟糕的是，社里现金几乎要断流了，账上的钱仅够支付在岗员工两个月工资，连生产资料都买不起了。

方天明先去了印刷车间。

印刷车间有两台铅印机，一台还在开动着，印刷着县政府用的信笺。三个女工在机器前忙着，换版，加纸，刷墨。另外一台机器缄默着，负责该设备的三个女工正坐在角落里聊天。

方天明进门，咳嗽了两声。坐着的女工们赶紧站起来："方社长好。"李光荣走之前开过交接会，员工们倒是都认识这个新来的社长。

"为什么只开一台机器？"

"没有那么多要印刷的了，这个月只有县政府的信笺，一台机再印两天就印完了。"回答的是何光荫，车间里资历最老的员工，已经 50 出头，按年龄可以退休了。不过集体企业不比政府机关和纯国有企业，退休金只有很少的基础部分由财政保障，60% 需要企业有盈利才发，所以她没打退休申请。

"下个月呢？"

"下个月还没有单子呢。"

"之前都做什么单子？"

"之前学校的比较多，去年被外地一个厂抢走了，现在就只有政府机关的单子，都很少。"

"外地？哪个县？什么厂？"

"这个……我们也不知道呢，我们只负责印刷，不负责业务的，只是听李社长提起过。"

方天明摸了摸静止的机器，抬起手来展示满掌的灰尘："你们看看！赶紧把机器收拾干净。"一个女工拿着抹布过来，嘴里低声嘟哝着："又用不上，收拾还不是白收拾。"方天明再四处看看："剩下的印刷纸张统一点数报给我，归置到一块儿，盖好。"然后出门回办公室。

办公室就在印刷车间隔壁，这楼还是十年前县政府划了地给综合社盖的，就在河边，只有一层楼，全木结构，楼板间缝隙有好几毫米，四处透风透光。年头长了，部分木柱子已有腐蚀现象，走起来咯吱咯吱响，似乎还轻微摇晃。

方天明跟社里每一个人分别聊了天，回家时已经晚上八点了。

"调回县里有什么用？还不是这么晚才回家？"纪秀兰一边给他热饭菜一边忍不住抱怨。其时大锅饭时代已经结束，信用社办公楼一楼中间的屋子分给了方家做厨房。灶台是方天明亲手打的，另外做了一张方桌，四条木板凳，还有一个放碗放杂物的柜子。

方天明不还嘴，默默吃饭，满脑子还是社里的事。突然一个小人儿扑到他膝盖上："爸爸爸爸，给我钱，我要买作业本。"

扑进怀的是儿子方伟，仰着一张小脸笑得灿烂。这小子从小嘴就特别甜，哄得奶奶外公外婆舅舅姨妈们都喜欢。上学后因为顽皮经常被方天明揍，每次都有人出来护他。

"你们的作业本不是学校发的吗？"县完小（小学＋初中），每年收5块钱书本费，课本作业本都包括在内。

"我的语文作业本写完了。"

"写完了？是你又跑出去玩水掉河里了吧？起来！我检查一下你是不是又偷偷去凫水了，要是去了看老子不揍你。"

"我没有！就是写完了。"方伟听到"揍"字脸都急白了，赶紧跳起来去拿了书包，翻了一会儿，拿出皱皱巴巴的语文作业本，简单的白底方格子，从头快速翻到尾，确实是写满了。

"怎么用这么快？"纪秀兰拿过看看，"你又被罚抄了吧？"

方伟撅撅嘴，低下了头看着脚尖，嗫嚅说道："我们张老师不喜欢我，动不动就罚我，我今天手都抄酸了，你看。"抬起右手给纪秀兰看他食指和中指上铅笔压出的印记。

那个年代老师对孩子的惩罚，按犯事儿的严重程度一般进阶分为：罚抄课文—罚做题—罚站课堂后面—罚站教室外面—罚站操场—见教务主任—请家长。个别年轻男老师也有打手心体罚替代罚站的。方伟上学以来，经常迟到、忘做作业、在课堂上讲话打闹，课间在黑板上写骂同学的话，体育课偷偷溜到河边游泳……种种行径，让他抄课文实在是看在他成绩好的份儿上从轻发落了。每学期末家长会是方天明去开的，老师们一致跟他说："你家这孩子是真聪明，就是太调皮，要好好管管，如果学坏了太可惜。"听着老师们一桩桩数落方伟的顽劣事迹，方天明仿佛活生生看到小时候的自己，不觉赧颜，对方伟的态度也就格外严厉：但凡抓到错处，便念起"黄荆条子出好人"的古训，轻则篾条，重则木板、麻绳，方伟屁股大腿，一年里倒有30个以上周末红里带青，笞痕赫然。

眼看罚抄的事情被揭穿，方伟只道又要吃"竹笋炒肉"，心里已经在快速盘算如何让这皮肉之苦来得轻些。但方天明拿过了他的作业本，突然问了一句他想不到的话："你们这作业本是射县印刷厂印的？"——印刷厂的名字是印在每一页下方的。

看父亲居然没有追究自己的事，方伟赶紧接上："是啊，上学期换的。

之前是风城印刷厂的。"

"哪个好用？"

"这个好用，一年级用那个纸太薄，一不小心就划烂。"

方天明沉吟一下："多少钱一本？"

"八分。"

方天明从衬衣左胸口袋里掏出一叠钱，展开来有五块、两块、一块的和一些毛票、分票，从中挑了一张5毛的递给方伟："拿去吧，买五本，你小子肯定还要被罚的。拿一本给我，找的钱要给老子拿回来。"

"好嘞！"方伟没想到今日居然就此过关，一把抓了钱就往外跑。

"你小子又想往哪儿跑？"

"上楼写作业。"

高光时刻

上任第三天一早，方天明去了县企业局，找陈副局长。

县城太小，城里的人不是亲戚就是发小，关系最远也是街坊。陈副局长是高方天明两级的学长，也是从小一起玩儿大的。

"综合社需要周转资金。"方天明开门见山。

陈副局长有些愕然："你知道的，你们是集体企业，虽然直属我们管，但财政不拨款的。"

"我知道，我不跟你们白要，你们不是有无息贷款吗？"

"你小子怎么知道的？"

"别管我怎么知道的，反正那个烂摊子你们不能甩给我就不管了吧？现在综合社连工资都要发不起了，更别说经营周转。"

"你小子自己说的要经营自主权。"

"我是要经营自主权，但没说你们可以见死不救啊。"

陈副局长摇头笑了："就你小子嘴巴厉害。无息贷款的额度倒是还有点，但这个我说了不算数，需要报贾局长，开会商议。"风城属少数民族自治区域，政府机关所有正职必须是藏族担任。在民国战乱时期，省里不少汉族居民为避乱或寻找机会迁到此处。解放后政府鼓励民族融合通婚，县城里汉姓的人，多数都有汉藏通婚的血缘，但多数还保留着汉族族裔，往往只能任副职。直到后来国家在这些区域实行少数民族教育优惠，为了孩子教育，县里多半人才改了户籍上的族别。

"要我跟你一起去吗？"

"这倒不用，放心我会帮你们的。还有什么事？"

"教育局贾局长我不熟，你能帮我约一下吗？"

在教育局贾局长办公室，稍作寒暄之后方天明拿出了随身军挎包里射县印刷厂的作业本。

"贾局长，我知道之前是我们的质量比不过别人，价格也贵一点，所以局里才买了他们的本子。"

他这么直接，贾局长倒有点诧异："确实是。我们之前一直用县综合社的，射县印刷厂两年前就开始跟我们接触了，人家的质量和价格都有优势，所以到去年底我们才换了。"

"如果我们价格比他们低1分钱，质量同样，是不是可以改回买我们的？毕竟是县财政的采购，支持一下本县企业，对吧？"方天明看了看坐在旁边的陈副局长。

"如果质量一样，价格还低，我们当然没有理由买外县的。但是他们用的纸张你们能买到吗？之前县综合社也换过几家厂的纸，都没有这个质量好啊。"

"这个交给我，如果我们做不出同等质量甚至更好的，你们还是买他们的。"

从教育局出来，方天明直接去了县车站。去省城的长途客车一周只有两班，最近的一班要两天后才发车。他又去了县运输车队，找到一辆明天要拉木材去省城的货车，说好了搭顺风车。

"这么快就要出差？"纪秀兰很愕然。

"是啊，得去找纸。廖昌顺一起去。"廖昌顺在综合社负责跑业务，包括采购和销售，是个能跟任何人搭上话拉近关系的人。

"去多久？"

"说不好，至少一两个星期吧。"

纪秀兰没多说什么，收拾好行李，从衣柜下面抽屉拿出一个铁皮饼干盒子，把里面的现金拿出来递给方天明。

"用不了这么多。"方天明大概点了一下，超过一百块。

"穷家富路，再说你们社里后面应该要报销吧？"

"该报销当然要报销，不过社里现在没钱了，估计要等几个月。"

纪秀兰叹口气："也不知道你调回来图了个什么，钱又少，还是顾不了家里。"

"过上半年一年，理顺了就好了。"方天明给妻子吃宽心丸。突然又想起来："明珠今年要上小学了吧？"

"是啊。"

"要不这次我带上她吧？她还没去过省城呢，上了学就没什么时间了。你一人带两个孩子也累。"

"带明珠倒是不累，她每天除了吃饭睡觉，看家里那些杂志画报就能坐一天。只是你那儿子，屁股是尖的，一分钟也坐不住，你不在家他简直满天都是脚板印。"

"方伟你不要惯着他，该揍就揍。他们老师都说这孩子聪明，不管严些怕学坏了。"

"我打他他都不怕，再说你那打法也太狠了，每次看着他身上青一块紫一块的，我也是当妈的，也心疼的。"

"养不教父之过，男孩子就得严格点。"

第二天吃早饭时，方伟知道了爸爸要带妹妹去省城，立马不干了。

"为什么不带我？我也没去过省城。"

"你要上学。"

"我这学期保证考前三名，爸爸带上我吧。"方伟拽住方天明，把整个身体吊在父亲右边胳膊上。

方天明胳膊上下举放让方伟荡秋千，看着他嘻嘻笑了，垂下手把他放回地上："好了啊，该上学了。"转身拎上包，抱起小女儿出门。

方伟一路尾随着跑到了县车队，到底没能上了车，在车子开动的时候终于爆发了，指着驾驶室里的方天明和方明珠："爸爸，你就是偏心妹妹，你就是不喜欢我。"他蹲到了地上，哭得小脸皱成一团。跟在后面的纪秀兰费了好大功夫，才把他拽起来送到学校去。

这一趟出差去了半个月，方天明收获甚丰。不但找到了射县的纸张供应商，签下了合同，而且还找到了一家云母买家。

"云母屏风烛影深"——云母是一种天然的绝缘材料，是钾、铝、镁、铁、锂等金属的铝硅酸盐，为单斜晶系，层状结构，解理完全，呈现玻璃光泽，可折射出多彩光。风城探明的云母矿储量是全国单矿第一，有一个中央直辖的采矿单位驻在县里。该单位人员全部来自外地，说话口音本省外省都有，矿里自办学校、医院、食堂，基本与县里没什么关系。开采出的云母据说是直供军工企业的，必须达到一定规格的才选运走，其余的原来作为矿渣，就倾倒在县城往西3公里一个固定的河滩斜坡。不知道什么时候开始，就有人来县里收小块的云母，只要直径5公分以上的晶体分离成厚度小于1厘米的片状，都可以卖钱，而矿渣里符合要求的还不少。于是云母矿的"矿渣"也有了市场和价格，"云母加工"——其实就是简单地筛选、剥离成片，也就成了风城县大小企业和一些个人的一种副业。

综合社以前并没有开展云母加工业务，这个业务主要由"大集体"企业开展，县城也有不少个人从事加工业务，综合社一些没上班的社员也纷纷自己在家里做云母加工，再统一交由大集体收购。

方天明和廖昌顺在射县的茶馆里打听纸厂的信息——在茶馆里谈生意是省里的特色，直到现在也还保留着，只是往往都有了包房。意外地听到隔壁有人说到云母，就留了意，让廖昌顺打前阵搭上了话，发现竟然是一家电器厂的采购，方天明加入谈话后，对方发现他对云母是真的了解，一来二去达成了合作意向，价格比大集体的收购价高出一成，但要求供货量和时间保证。

方天明回到风城，第一时间去找陈副局长问贷款的事。陈副局长很给力，无息贷款已经批了下来。手里有粮，方天明心里不慌了，带着印刷厂的工人，用带回的第一批纸日夜试制学校作业本，用了一周时间，交出了贾局长满意的样本，同时又让廖昌顺收购了云母样品，送出去给电器厂家，落实了合同，接着就开始以略高于市面平均的价格收购云母，同时请回一个之前云母加工的老师傅，对质量严格把关。

几件事情做完，综合社算打了翻身仗，当年年终就扩招了七八号人。

经营搞上去了，年底方天明却被县商业局的工商管理科请进了"学习班"。

这期政策学习班的主题是"防止投机倒把、跨范围经营"。县里凡是没有得到县企业局"云母加工经营许可"的各集体、乡镇企业负责人和部分加工量比较大的个人基本都被"请"了进来，封闭一周，除了被集中学习政策外，还被要求"自我检讨，相互检举不规范经营活动"。

"哈哈，方哥，我就说你娃肯定跑不脱。"方天明进到区政府会议室做的临时教室，就看见个体户老廖笑着跟他打招呼，老廖这年也算是风城县云母加工经营的大户。

白天被集中学习政策，晚上在集体宿舍"自我检讨，相互检举"的时间，成了这帮在县城数得上头脑活络的人集中吐槽时间。

"工商所这帮人，拿着鸡毛当令箭，思想极左。都改革开放了，还乱搞运动，制定一堆条条框框，限制企业发展。"方天明拿出一包"大前门"散了一圈，首先开口。

"可不是吗，全国都能做的事情，就风城不能做？"老廖点上烟吸一口，第一个附和。

满屋的人都称是。

虽然并未达到洗涤思想的作用，但进学习班在多数小县城居民的眼里，还是一件不光彩的事。一周后方天明回到综合社，云母加工队的队员都围到他办公室里，啜啜地问："方社长，咱们队是不是要停工了？"

"停个屁！"方天明挥手扔掉手里的烟屁股，"让小杨去打经营申请，不管批不批，咱们该怎么干就怎么干，不过关起门来，小心一些，别被那帮人抓到就是了。"

第二年，方天明去外地请到一个照相技艺很好的师傅，综合社开了县里第二家照相馆，照相馆有好几种布景，有仿制的各种洋派服装道具，照片会经过修饰渲染成彩色。在县国营照相馆里只拍过标准黑白照的县城青年们蜂拥而至。

到第三年，综合社账面已经有了不少结余，方天明决定买一辆货车。县里货车少，运费相对较高，综合社如果自己有车，一来运送木材云母等到外地可以省下一笔可观的运费，二来还可以开展运输业务。

货车要到省物资局购买，物资局要求方天明在所在县的生产指挥部门开证明才能上牌。

方天明挠挠头。县生产指挥部门的头是县委书记严有德，这是个循规蹈矩的干部，做事一板一眼，讲究排资论辈。方天明曾经跟省音乐学院、体育学院签下的杉木方块加工供应合同，就被他强行调节给了国营背景的县农机社。现在县里各个国营和大集体企业没一家买上车的，综合社一个乡镇企业要买车，他肯定不会支持。

他转念一想，州供销社领导倒是一向很支持他，于是问州里的证明作不作数。

得到肯定的答复后，他去州里开了证明，请县里熟悉的司机把载重五吨的"东风"牌货车开回了风城。

扎着大红绸的货车开到综合社大门口，除了社里的工作人员，还有不少居民拥上来看热闹。不到半小时县委书记严有德也听说了，他站在高出综合社院子十几米的台阶上看着那一群人，脸色不由暗沉。县里都知道方天明这小子脑子活，会做业务，就是胆子太大不遵守规矩。现在居然敢越过他和县生产指挥部，真是乱来。但木已成舟，他除了在会上点名批评一下，也没有别的办法。

接下来，综合社基于"鼓励民族特色业务"的政策，开展民族服装加工，竟然得到了中央民委的拨款支持，在原来办公楼的地基上扩建一倍，重建了新的办公楼。

一九八二年，方天明因为企业经营出色，被选为人大代表，进京参加全国人大会议。

那几年是方天明的高光时刻，除了偶尔被他认作"老古板不懂搞企业"的部分主管部门人员批评外，见到的人对他都是笑脸相迎，每天听到各种称赞。"能力强，敢想敢干"是他的标签，正赶上改革开放的春风吹遍大地，他就成为了改革开放先锋。就连他一向仗着口齿利索不饶人，经常说到对方痛自己快，也成了直言不讳，快人快语上。

当然，他肯定没有做到承诺妻子的"过半年一载就更多时间在家帮你"。

祸起萧墙

方明珠上小学后拿到第一个作业本，很自豪地跟同学说："这是我爸厂里印的。"

她对印刷厂算是相当了解，因为每天傍晚，她都要去那儿叫爸爸回家吃饭。

对于方天明忙得顾不上家，纪秀兰不是完全没有怨气。但她更多看到的是综合社业务蒸蒸日上，方天明荣誉加身，作为几乎承担了所有家务的双职工之一，她可以无愧于心地说出"军功章里有我的一半"。

这个男人是她自己选的，事实证明她选得没错：从上小学时她就知道，那个衣衫褴褛、表情倔强，调皮到令所有老师头疼的小男生"只要愿意，什么都可以做到最好"。

所以她也没有在嘴上太抱怨。只是每天下午饭菜都凉了，她可以等但孩子不能饿，必须得遣人去催。

这时方伟总是最积极："我去我去，我跑得快。"

纪秀兰笑骂："跑得快有什么用，让你去就是放狗撵羊，两个都回不来。"

"我保证今天不会。"话音在屋里，方伟人已经到了屋外。

方明珠照例是坐在饭桌旁，手里捧着一本《儿童文学》《少年科学画报》之类，埋着头全然没听见母亲和哥哥的对话。

时间又过去半多个小时，纪秀兰唤："闷豆儿。"

没人应声。

纪秀兰敲敲女儿前面的桌子，方明珠一脸懵地抬头："啊？"

"去叫你爸爸和哥哥回家吃饭。"

"噢。"方明珠把看到的那页倒扣在板凳上，站起来出门。少时的她微胖，行动也慢吞吞的显得有点笨拙。纪秀兰看着微微摇头：这女儿，不光长得完全不像自己，就这举止，哪里有半分自己的利落。

方家住在县城西头，综合社位于县城中间，不过就算以方明珠的脚程，十五分钟也就走到了。

这时候方天明多半不在办公室，而在印刷车间。这几年印刷车间的单子越来越多，每天两班倒还经常做不过来。

"爸爸，妈妈叫你回家吃饭。"方明珠看到印刷车间门开着，从街沿一跳跳进去。

没见到方天明人影，转头问："孙阿姨，我爸呢？"

孙阿姨爱说笑："你爸爸？他站在那边睡着了。"

"胡说！我爸爸才不会站着睡着。"方明珠并不能辨别孙阿姨的话是褒义还是贬义，但站着睡觉显然不是正常的，她已经不是三岁，不会被随便糊弄了。

孙阿姨笑："你自己去看，啊？"一手指了方向。

方天明并不是站着睡着了，他还在看着印刷的新样本，不过脸上确实有些疲惫。

方明珠过去拽拽爸爸的衣角："爸爸，妈妈叫你回家吃饭了。"

"闷豆儿啊，等我一刻钟。"

"哥哥呢？"

"在那边。"

方伟在一个角落里，正拿着一把铅字玩儿得不亦乐乎。

又大半小时后，父子三人总算回了家。纪秀兰瞪他们一眼："赶快都去洗手。"

吃完饭收拾完上楼，方伟写作业，方明珠接着看书。

"明珠，你作业呢？"纪秀兰问道。

"在学校就写完了。"方明珠念书倒是一点不笨，作业从不用带回家，考试从未出前两名。

孩子们安顿好了，纪秀兰转向方天明，开始跟老公算账。

"你又把车票扔得满抽屉都是。"

"是吗？没注意。我来收拾。"

"不用了，我已经帮你订起来了。你这些车票都是一个月前出差的吧？还不去报销？"

"太忙了，顾不上。"

"顾不上顾不上，这边还有上上个月的呢，还有给你们照相馆买道具的发票。还有，你给你们综合社建楼买的那车木材连发票都没有，怎么处理？你知不知道你现在贴了多少钱啊？挣得又不多。"纪秀兰不免有些报怨。

"我知道了啊，尽快报，尽快报。"方天明一边说着，一边靠在广交椅上打起了呵欠。一会儿就传来呼噜声。

这天晚上吃完饭，家里来了客人。

方明珠认得，来人是综合社的会计曾叔叔，每次见到方明珠都特别热情。

"闷豆儿，快来快来。"曾五亮在方明珠面前蹲下，从挎包里拿出两串项链，"看看喜欢哪个？"

项链是给照相馆买的道具首饰，粉红的仿珍珠串，在仅有 40 瓦的惨淡白炽灯光下也珠光闪闪，这种漂亮东西是小县城风城买不到的，方明珠的眼睛发亮："都好看。"

"那就一起拿着。"曾五亮便把项链往她手里递。

方天明开口阻止："这是照相馆的道具，不要给小孩子玩儿。"

"方哥，难得孩子喜欢，照相馆用的我还买得有。"

方天明沉吟一下："那就给她一串。"叫方明珠："选一串吧。"

方明珠感觉有点委屈：明明曾叔叔说了都给自己的。再看看父亲虎着的脸，没敢说什么，选了一串转身回去看书。

"明珠，你去院子里玩儿一会。"方天明说，"爸爸和曾叔叔有事要说。"

"啊？"方明珠更不明白了，家里三天两头有客人，方天明从没有在会客时让她出去过。有时大人们讨论的话题她觉得自己知道，参与讨论也并不会被责备。今天却要她出去？

但她知道父亲认真的时候说一不二，虽然不情愿，还是拿起书走了，去楼下厨房接着看。

晚上睡觉的时候，方明珠留着意，偷偷听到了父母的小声议论。

"你们社里那货车谁开不是开？你怎么就不能答应让小曾开呢？"

"小曾他是会计，以前没有开过车的，就算有驾照，我们这些山路没有十来年经验的敢给他开吗？再说他去开车了会计谁干？"

"你们那点账，随便找个人就能干。再说了，人家说要送咱家一台彩色电视机，你干嘛翻脸把人骂成那样？"

"你想想他一个会计每个月多少钱？一台彩色电视机两百多块，他哪儿来这么多钱买？以后还不得从车里捞回来？……"

过了几天，方明珠做了一个梦。

梦里她还是坐在院子里小板凳上看着书，突然走来一个清瘦的老奶奶，头上裹着黑色的头巾，拿手碰了一下她的额头，喃喃地说："有点烫。"然后正色跟她说："回去告诉你爸爸，要当心！记得一定要告诉你爸爸当心！"早上方明珠醒来，梦境历历在目。她跑下楼找到正在蒸馒头的妈妈，说了这个梦。

风城大多数人都相信鬼神之说，纪秀兰也不是全然的无神论者。她听完脸色凝重起来，让方明珠叫方天明下楼，又让方明珠重复一次梦境。

方明珠再讲一遍，纪秀兰接着问老奶奶的详细样貌。

方明珠平时有些脸盲，碰到街坊熟人不知道怎么称呼的情况经常出现。但这次，她十分详细地描摹出梦中老人的形象："青色褂子，黑色头巾，很瘦，嘴有点瘪，大概到妈妈的耳朵这么高，戴一副金子的小耳环，手很凉。"

"这是妈。"方天明和纪秀兰对视一眼，同时说出，心里都咯噔一下。

"妈"是指方天明的寡母刘氏，方明珠不到两岁她就过世了。夫妻俩都知道，方明珠不可能把奶奶的相貌记得这么清楚。

纪秀兰又让方明珠再复述一遍梦境，重点放在了奶奶碰了一下方明珠的额头说"有点烫"。

方明珠从小身体壮，好几年才患一次感冒，当时并没有发烧症状。纪秀兰叮嘱方天明："估计要当心女儿身体。你这几天不要出差，万一有事赶紧回家。"

方天明说好。纪秀兰又叮嘱方明珠放学早点回家，在学校如果不舒服马上找老师。

"可是老奶奶说的是让爸爸注意啊。"方明珠强调。

"你爸爸不会有事，你记得妈妈的话。"

一个月后，家里果然出了事，而这事，应在方天明身上。

这天放学，方伟和方明珠带着大表弟，在云母矿的篮球场上和任家的兄妹组合对抗。

任家兄妹带来的篮球气不足，勉强打了不到十分钟，就蹦不起来了。

"弟弟，回家去取一下气枪。"方伟惯会指使弟妹。气枪是指手压式充气泵。

表弟很乖，站起来就往家走了，两队兄妹就在篮球架下坐着等，太阳正在下山，天边有红色霞光，高山的轮廓被勾上一道金边，四周有人家正在做饭，烟囱青烟袅袅。风城的黄昏美得很安详。

一会儿表弟慌慌张张跑了回来，空着手。方伟问："气枪呢？"表弟上气不接下气地开了口，带着哭腔："哥、姐，快、快回家，他们要抓大姨父。"

"什么？"四个孩子都是一愣，倒还是方明珠先出声："什么人要抓大姨父？"

"公安局的，平常跟大姨父很好的几个叔叔。"

方明珠松了一口气，摸摸表弟的头："那是他们闹着玩儿，大人们经常这么闹着玩儿的。"

"不是闹着玩儿，"表弟哭了出来，"都用绳子绑了。"

极端惊愕的方家兄妹发足往家里狂奔。

患难人心

还没到门口，就见院里围满了人，都伸着脖子往信用社二楼看，但却没有人敢上楼去。

兄妹二人从人群中挤过去，奔上二楼进了家门。

方明珠永远记得看到的那一幕：父亲被两个穿公安制服的人摁着肩头坐在地上，上身被拇指粗的麻绳五花大绑，两只手紧紧捆在身后。家里的衣柜三门全开，床头柜倒在地上，所有的抽屉都被抽了出来，底朝天倒扣在地板上，柜子里的东西撒了一地。这是她在电影里看到过的抄家场景。

成年后很长的时间里，方明珠都不能看到这种满室狼藉的样子，一旦看到，就像有一根刺深深扎进心里，狠狠搅动。

纪秀兰站在一旁，看起来颇平静，没有哭也没有闹，兄妹俩心里略为安定。方天明脸上也很平静，看见兄妹俩进来，他说："明珠，去给爸爸倒杯水喝。"

方明珠下楼去厨房，看见院里仰着脖子满脸好奇的众人，内心一阵厌恶，跑到楼道里解开了自家猎狗的绳索："小黑，上。"

小黑冲出去，人群一阵惊慌略微散开，待看清是方家那只猎狗，知道它并不伤人，又重聚在一起。

方明珠手里端着父亲的茶缸，一边上楼一边狠狠地说："看什么看，都滚回家管好自家的事。"

"你这孩子怎么这样说话？"有人抗议。

方明珠还要说话，来了一个人拉住了她的胳膊往楼上走："别理他们，快回去。"方明珠转头，是二姨。

喝完女儿倒的一杯茶，方天明就被公安带回了位于县东头的看守所。

文革虽已过去好几年了，疑犯游街的风气却还在。五花大绑的方天明被押着走的一路，押送的公安一路跟街边的人宣告"方天明，综合社社长，贪污"。

方明珠很快就得知：父亲是被人告了，罪名是在综合社修建办公楼期间，收受建筑队贿赂；并联合建筑队长老高，通过做假账等手法，贪污公款一万元。检举他的人名叫曾五亮，系综合社会计。

那是一九八三年，国家刚做出了《关于严厉打击刑事犯罪活动的决定》，要求"从重从快严厉打击刑事犯罪活动"。风城一个小县城，每年刑事犯罪案例的数量用一只手的指头便数得清。这一阵风中，除了一些在街头向女性吹口哨的小青年被作为流氓犯罪团体抓起来从重从严判了罪，没抓到太多的额外的刑事罪犯。曾五亮这一状可以说告得非常是时候。

十九世纪八十年代初，县长的工资仍然只有百元左右。一万元是风城普通人想都不敢想的巨大数目。方家人很快成了过街老鼠。

第二天放学，方明珠是在一群调皮孩子的追赶下逃回家的。

风城小学离方家不过七八分钟路程，但平时放学，要好的同学们总要打打闹闹说说笑笑，怎么都要十几分钟才到家。

放学铃响，方明珠收拾好书包，抬头找那几个顺路的女同学，发现她们都已经先走了。她手脚向来慢，不过平日她们都会等她。

方明珠也没有多想，背上书包跨出了学校的铁门。她看见面前不远有几张脸龇牙咧嘴地朝她笑着，都是学校出名的调皮孩子。方明珠一向并不跟他们打交道，径直左转，向家的方向走。

"方班长——"突然后面有一个拖长的声音叫她。

方明珠是班里的班长，她下意识回头，就听见另一个声音接上："大肥猪！"

还不及反应，几个小孩一起喊起来："她的爸爸是大贪污。"

胸口如被重重一槌，方明珠却顾不上去检视，巨大的羞侮感驱使着她仓皇逃走，她听到那些小子就跟在她身后，哄笑着一句一句大声喊："方班长，大肥猪，她的爸爸是大贪污。"越喊越顺溜，声音也越来越大，显是有更多的人加入了他们。

只凭一点道听途说的消息，这些无知的孩童，甚至还有不少成人就在心里给方天明定了罪，而且在他们心里，这罪必须祸及全家，方家所有人都必须因此不得好报，才算天道公平。

方明珠用平时两倍的速度逃进了家门，下意识地寻找母亲，想要扑到她怀里去哭："妈妈！"

"妈妈在这儿。"母亲的声音有些虚弱，方明珠站住脚，眼睛逐渐适应从太阳下到昏暗灯光下的转换，终于看见母亲就坐在饭桌旁，怀里已经有了一个人，是哥哥。

方伟的脸是红肿的，衣服撕了条口子，衣裤和书包上都是脚印。

"他打架了，"方明珠想。又摇摇头，"不对，他是被打了。"

"明珠，来。"纪秀兰的声音有点虚弱，但非常坚定。她把方明珠拉到身边坐下，擦了她流下的两行泪："不哭，啊。"她坐直身体，把怀里的方伟也推着坐直："不哭。记着，我们家的人，不能让外人看笑话！"

纪秀兰这句话和她之后的做法，对方明珠一生影响至深。就从那一刻起，十岁的方明珠骤然长成了一个成年人，她学会了仰头吞回将要流下的泪水，学会了安慰母亲，学会了在看到别人的一瞬间收敛脸上和眼中的悲伤，露出一个笑容。

方明珠没有问那些顽劣孩子为什么几天后就停止了对她的辱骂，也没有问为什么顺路的女同学们很快又跟她一起放学了。但她心里知道：一定是学校老师们保护了她。

方伟就没有那么幸运了，被寻衅挑事成了家常便饭。他身材瘦小，并不是打架的好手，经常带伤回家，直到有一天，他加入了街头小混混团队，认了"大哥"。

方明珠对兄妹俩遭遇不同的原因很快得出结论：因为她是一贯的好学生，学习成绩好，各种比赛拿奖，所以得到了更多的保护。而方伟，因为平素太顽皮，被学校和老师们放弃了。

她对自己能够得出这么冷酷的结论吓到了，同时也明白：这就是现实。

水里火里

小学三年级的方明珠还没有接触到武侠小说，几年后她读到金庸先生的《飞狐外传》，苗人凤跟南兰谈到胡一刀夫人时，用了极其羡慕的语气："胡夫人是这样一种女人：丈夫在水里，她就在水里，丈夫在火里，她就在火里。"

胡夫人成了方明珠最爱的小说人物之一，原因无他：她自己的母亲就是这样一个女人。

方天明被捕时，承接县综合社办公楼工程的建筑队长老高正好有事在外地。他回到风城听说了方天明的事，立即就上了方家的门。

"老高，你说实话，你为了工程给天明送过钱和东西吗？"纪秀兰看起来很冷静。

"弟妹，小方挣钱从来都交给你管，你应该知道没有啊。"

"那你可以给他作证吗？"

"当然。小方在我们建筑队干了十几年，他的为人我清楚。"老高是个讲义气的汉子，"我明天就去公安局说明情况。"

没有等到明天，当天老高回到县城住处不久，也被五花大绑地押进了看守所。作为方天明的同案犯，他的辩解和证词，显然是不予听取的。

那是十九世纪七十年代，司法界的习惯还是"疑罪从有"，犯人（嫌疑人一词也是多年后才开始使用的，一旦被告就是犯人）必须自证清白。

方天明被捕第二天，公安局有人带话来，让纪秀兰准备被褥衣服。看守所不是正式监狱，是不备这些的。

纪秀兰收拾好东西，又拿上一个搪瓷缸子，满满地装上一缸子腊肉炒豆豉——她打听过了，看守所的饭菜简直就是猪食，这个菜能放好些天也不会坏。

她没有见到方天明的人，探视需要单位开介绍信。来接东西的警员倒也是认识的，嘴角挂着一点嘲讽的笑对纪秀兰说："你们家方天明狂的很啊。"

"他怎么了？"

"他在里面跟所有人说'老子是清白的，他们怎么把我抓进来的，还得怎么把我放回去'。还跟我们干部说什么'捉虎容易放虎难，你们当心骑虎难下'。"

对于丈夫的要强个性和他那张能噎死别人的嘴，纪秀兰有足够的了解。

"他本来就是清白的。"

"清白不清白不是你们说了算，法院会调查。"

"他挨打了吗？"纪秀兰也打听到，看守所的狱警打"犯人"是常事。

"进了这里，吃点苦头肯定难免，你下次如果来看他，劝他说话别那么拽，好汉不吃眼前亏。"

纪秀兰开始上下奔走。

先找本县的亲友，找到了他们的证婚人严有德，他已经从县委副书记位置上退下来，进了县人大。

严有德帮着打听了一圈，发现爱莫能助。

"现在正是严打时期，谁都不敢乱插手过问司法案件。既然你们都相信天明没有问题，就等法院查账吧，总会查清楚的。"

"可是我去问过了，综合社的账并没有封，还是曾五亮那个畜生在管着，他肯定会作假证据。"

"这肯定不至于。再说他检举时交了账本作为证据，那个总不能改吧？"

"交上去的只是一本总账，明细账都没有。具体证据要看明细账目和单据啊。严表叔，你不知道天明这几年给单位垫了多少钱还没报销，怎么可能贪公家的钱？他又不懂财务，账上被人做手脚太容易了。"

"……你们还是要相信组织嘛。这样吧，我想办法问问正式查账什么时候开始。"

打听结果是：目前只是立案抓人，开始调查，要等到县检察院正式提起公诉以后，才会正式封账查账。至于要多长时间，尚不清楚。

县里显见是走不通了，纪秀兰托了母亲袁氏来家里暂住一段，照顾两个孩子，自己跟单位请了假，去了州府K县。

在州府呆了一周，纪秀兰回来后几天，州法院绰号"青天"的杨副院长到了风城，刻意问到了方天明的案子，作出指示："方天明经营企业有力，对县、州改革开放搞活经济都有贡献。这个事出得比较突然，是否有其他隐情？这个案子要仔细查，尽快查清。"

杨副院长到风城的消息，方天明当天就知道了。他大笑着跟同一间房的"狱友"说："怎么样？老子就说了嘛：他们怎么把我抓进来的，就得怎么送出去。你们看，州法院的杨青天来了，县里只要一查就知道老子是清白的，老子很快要出去了。"

方天明没有想到的是，这账一查就查了快半年，加上前后的时间，等到正式宣判，他已经在看守所呆了八个月。

方天明更没有想到的是：他并没有被证明是完全清白的。

方天明案件审判会当天，方明珠期中数学考试。

父亲出事的半年多，方明珠没显出什么异样。在学校里，她上课认真，尊敬师长，学习成绩稳定保持年级前两名，每学期被评选为校"三好学生"。在上个学年终，还在县里第一届"风城县三好学生"的评选中当选了。

自己当选"县三好"，方明珠是有点意外的。小学时她在班里的成绩是"万年老二"，那个永远考第一的，是父亲发小李光荣的女儿雪梅。县级三好生是在县完小和县里俩大厂矿自办的小学里横向评选，每个学校每个年级顶多一个，正常情况下都是成绩第一的同学。

她听到过有同学在私下议论："夏老师太不公平了，县三好凭什么是方明珠而不是李雪梅？人家雪梅考试成绩第一，篮球打得好，又团结同学，方明珠呢？除了跟几个降班头玩儿得好，对我们都爱搭不理的，拽得跟她那个贪污犯爸爸似的。"

脱离了幼时笨小孩状态后，方明珠不算是讨人喜欢的孩子。除了不爱主动跟人交往，脸盲经常走在路上不招呼熟人，她还开始逐渐展露出跟父亲一样的口齿锋芒来：听到有不同意的观点，不但跟谁都敢争辩，而且一直要争论到对方无话可说才肯罢休。

而那些同学嘴里说的"降班头儿"，是指后坡李铁匠的女儿玉玲，旁边院里苏屠户家的二女儿桂兰。都是家里条件差、学习成绩差、留级到班里的，其他同学几乎都不理睬她们，只有方明珠跟她们友善。

在教学楼转角处静静听着这番议论，方明珠没有冲出去争辩，听完后也没有再去问询。她默默地记住了：这是班主任夏老师对她的爱护，不可辜负。

审判公告早几天就贴在街头，周围同学偷偷议论，方明珠选择性失聪，默默低头看书。

吃早饭时她跟纪秀兰说："妈，我今天数学考试，可能赶不上公审会。"

"你只管念好书考好试，不要受影响就好，不用去，中午回家听结果就行了。"

数学考试是两堂课时间，方明珠一小时就交了卷。倒不是刻意的，考试答题她一向快。

可是教室后面黑板上写着方明珠的名字，她是今天的值日生。方明珠有点无措。打扫卫生要等大家都交完卷，到时公审可能都结束了。但她内心里又绝不想去求哪个同学替自己值日。

"先扫走廊吧，这样一会儿能快点。"方明珠拿起扫把，低头开始打扫走廊，不觉有眼泪一颗颗掉落地上。

后面一只手伸过来抢了扫把，是一个清秀的少年："方明珠，你还在这儿干什么？还不快走，公审早就开始了。"

方明珠有点茫然地抬头，看见是平时并不太打交道的同学南飞。她刚要说什么，另外一个眼睛大大下巴尖尖的女同学也加入进来："你快走吧，值日有我们。"

匆匆说了声谢谢，方明珠拽着书包飞跑起来。

二十九年以后，风城小学同学们在省城聚了一次会，方明珠先向小学毕业后再未见过的南飞敬了杯酒："谢谢你当年那一伸手。"

是的，是这些点滴的暖意护着方明珠，让她在之后的人生里，无论被迫穿上了多么坚实的铠甲，心底始终保有当初的柔软。

勤劳致富

方明珠赶到的时候，公审会已经快结束了。

她看到了依然五花大绑，被身穿制服的公安人员摁着跪在台上的父亲和高叔叔，听到了法庭的宣判结果：

"罪犯方天明贪污公款一千元，事实确凿，证据充分，念其对综合社经营的贡献，量刑从轻，判处有期徒刑两年，缓刑两年，剥夺政治权利两年。"

一千元？方明珠想起了家里那些父亲没报销的票据，那一堆父亲垫钱买下给综合社造房子用的木材，还有那天夜里听到的两百多元的电视机。这样的父亲，会贪社里一千元？

大概就是从那个时候，方明珠学会了冷笑，左边嘴角挂起，脸部其他肌肉不动的笑容。

缓刑不必入狱，宣判后第三天，纪秀兰带着两个孩子，去看守所接回了方天明。

没有被完全还以清白，方天明不是不失望的。但他生性豁达，也没有表现出很强的沮丧。出门看见两个孩子，先一个个抱起来举了个高，拿几天没刮的胡子扎他们的脸。

回家路上，很多人打招呼，说："好了天明，总算水落石出了。"

"还留了个尾巴。"方天明淡淡地答。然后听见右手牵着的小女儿说了一句话："爸爸，谁让你说别人骑虎难下嘛，别人就不下了。"

方天明愣住。虽然常听祸从口出，但他从来没有意识到他的口齿锋芒会成为祸端。

回家第二天，他们在家里请老高吃了顿饭。

老高被判无罪释放，但在看守所呆了这么长时间，建筑队的很多业务都断了。心灰意冷的老高就此离开他打拼了二十多年的风城，回了老家。

方天明人虽然放了出来，但在缓刑期间，综合社肯定是回不去了。一家四口，他得寻找生计。

他回到家就发现，妻子纪秀兰已经替他找到了：养鸡。

改革开放后，风城的人家几乎每家都养一两只鸡。公鸡用于过年的菜肴，母鸡用于日常产蛋。土鸡生长期长，产蛋少，基本都不够吃。县农牧局养殖站最近一两年开始培育良种鸡，也就是后来最普遍的白羽鸡。

良种鸡喂养两个来月就能产蛋，四个来月可以吃肉。养殖站培育成功后，开始在县城推广，第一批鸡苗赠送，种蛋由站里收回统一孵化，站里不收的，可以自己留着吃或者售卖。

方天明被捕后，除了忙于奔波申冤，纪秀兰很快就感受到了经济压力。

八十年代初期，所有的工作单位都实行"低薪酬，高积累，保终身"的制度。有正式工作编制的人生老病死都由单位管，但到手收入很低，两个人工作养两个孩子，可以说是捉襟见肘。之前方天明夫妇两人的工资都保持在平均水平以上，家里没为钱发过愁，但花钱的地方也多，最大的开支是方天明爱交朋友爱请客吃饭，还有两个孩子的教育。

学校是统一收费，花费不多，但兄妹俩都爱看书，尤其是方明珠。风城偏远，新华书店也没多少图书，家里每年订阅了大量报刊、杂志等读物。

每年末从邮局拿回订阅单选报刊杂志的时候，是方明珠最开心的时候之一。她记得每年家里订阅书报的花费都在三位数以上，对钱没什么概念的她要到后来才知道：她和哥哥每年在那张订阅单上的勾勾画画，都要花掉母亲三到五个月的工资收入。而且几乎每年兄妹二人都会增加订阅种类，随着方明珠阅读速度不断提升，她要的读物也越来越多。

这样的生活水平，显然是纪秀兰一个人撑不起来的。

方天明被捕后，关心纪秀兰的人不少，其中有一部分是劝她赶紧跟方天明"划清界限"的。这些人只得到纪秀兰一句"嫁鸡随鸡，嫁狗随狗"的回应，碰了一鼻子灰悻悻地走了。还有一些，是真正关心她一家人的，其中就包括现在畜牧局工作的中学同学郑得安，他向纪秀兰推荐了种鸡养殖。

纪秀兰第一次只拿了八只鸡苗。毛茸茸的小鸡一回家就吸引了兄妹两人的注意，他们自告奋勇地承担起看顾小鸡的工作。

小鸡暂时养在一楼过道里，每天中午下午放学，方明珠就把它们放出到院子中晒太阳，自己坐在院子通向外的巷道旁横木上，左手持一根小树枝在小鸡试图往外跑时把它们赶回院子，右手还是一本读物。每天吃完饭帮着给小鸡切青菜、喂饲料，下午放学去给它们挖虫子。这些方伟干了两天就没兴趣的活儿，方明珠倒是坚持了下来。

小鸡长得很快，两个月后就产蛋了，而且每天一枚从不偷懒。一个月后，纪秀兰带着两个孩子去交了第一次"种蛋"。

养殖站工作人员把鸡蛋在灯箱上照一照，确定是已受精可以孵化的"种蛋"就收下。种蛋每枚一毛五，非种蛋留着自家吃。

方天明回家时，家里已经有近十来只生蛋鸡，每个月也算略有进项，而且兄妹二人每天早餐都有一只鸡蛋，营养得到了保证。

方天明当然不会满足于这样的小打小闹，他回家第二周，家里的养鸡规模就扩大了两倍。

恰好信用社一楼外间的房子已经空置了，方天明就用这间房做了鸡舍。他在三面墙上搭起了两层高的木制鸡笼，鸡笼外面有食槽和水槽。靠另外一面墙是倾斜着梯子状的架子，供鸡们活动的时候歇脚用。白天三面墙鸡舍轮流开放，每只鸡都有 4 小时以上自由活动时间。圈养鸡容易生病，方天明去畜牧站借来技术书籍，学会了给鸡注射疫苗，又学会了配制饲料。

养鸡已经稳定补上一个人的收入空档了，方天明开始琢磨其他路子。前几年经常去省城和周边出差，他了解到各地市场上存在着商品供应与需求的差异。登记注册了个体户执照，方天明成了八十年代的"倒儿爷"一员。

方天明先是在风城收购药材，卖给省城药材批发市场的做市商们。风城周边都是大山，出产各种天然名贵药材包括虫草、贝母等等，这些天然药材没法儿大规模开采，都是山民们在当季时每天出山采一点，积累一些后拿到县城里售卖了贴补家用，做市商们批发销往全国各地，不可能一点点来收购，方天明就弥补了这中间环节，赚取差价。

药材的品种和规模渐渐多了，需要包车运出去。包车的费用是来回的，回程跑空很不划算，方天明就开始从省城往风城运商品，一开始是酒。

　　风城是藏区，居民多好酒，县商业局卖的永远是那两三样廉价烈酒。但风城人的消费能力其实不低，机关工作人员有高原补贴，收入比本省平原地区同样级别的高出一截，牧民每家养几十头牦牛，算得上富有。只有务农的真穷，但勤劳肯干的一年挖药材等山货也有不少收入。方天明运回去的第一车特曲白酒很快销售完，之后方天明跟省城啤酒厂达成了代理协议，大多数足迹没有出过风城的居民，第一次喝上了这种第一口味道奇怪，但越喝越喜欢的饮品。

　　受益于改革开放的时代，也受益于自己的敢想敢干，借着人们的物质需求广泛地未被满足契机，个体户方天明在小县风城算得上很成功，80年代初，改革春风造就了中国第一批富起来的人，他们有一个在电视报纸上广为传播的名字叫做"万元户"。八十年代中，方家成了"万元户"中的一员。

　　书呆子方明珠对钱没什么概念，对家中的经济情况向来不太过问。不过她能体会到，家里的条件又比周围邻居好很多了：家里陆续添置了收录机、洗衣机、大彩电，不光院里和周围邻居家没有，学校同学们好像也没几家有；父亲还买了县里第一辆"铃木"牌摩托，好像得要两千多块；电影里有什么新式样的服装，哥哥、自己和表弟很快也就能有；美味的上海梅林午餐肉罐头，在家里不用一人一小块地分，而是每人面前摆一罐，爱咋吃咋吃。

再遇伯乐

那几年，方家的日子过得比方天明夫妇新婚后的几年更顺遂：方天明能挣钱，纪秀兰工作顺利，已经当上了城乡信用社主任；女儿方明珠上了初中，成绩还是年级前两名，县里什么作文、数学、知识竞赛，经常拿一等奖回来。唯一头疼的，就是儿子方伟。

方天明在看守所的八个月里，家里变化最大的是方伟。

他加入了街头小混混团队，不但以前的诸多调皮事项未改，还增加了打群架的劣迹。更糟糕的是成绩一落千丈，小学留了一级，初中又留了一级，已经跟妹妹方明珠同班了，成绩仍然排在倒数行列里。

而看起来温和少语的方明珠，偏偏跟方伟势同水火。

在家里，一言不合兄妹俩就开吵。方伟嘴皮子伶俐，方明珠道理一套套毫不退让，每次都吵到纪秀兰偏头疼快犯了。

在学校里更甚，两人课间直接动上了手。同学们都奇怪："你们这是亲生兄妹吗？"

方伟愤然："她什么时候把我当哥哥尊重过？"

方明珠冷哼："你看看你自己做的那些事情，值得尊重吗？"

方明珠只觉得方伟完全违背了母亲的叮嘱，行事"亲者痛，仇者快"，成了家里唯一一个让人看笑话的，心里愤恨："怒其不争！"

兄妹俩的矛盾一直没有缓解，直到方明珠考上省城的高中离家住校。

方伟学习成绩不好，但脑筋活泛，很快能在生意上助方天明一臂之力。假期里，他就跟着方天明下乡收药材，算账倒比方天明还快，收货验货也一分不差，还能帮着谈价格。

"你小子，读书怎么没见你这么灵光？"

　　方伟嘻嘻笑，回到家里，主动帮方天明收拾衣服放进洗衣机里，顺便收走衣服口袋里的一些零钱——他早就发现父亲大数精明，但在这些零钱数目上从来不甚清楚。

　　这天父子俩又一起回了家。纪秀兰帮方天明对账，方天明正一项项报着数，就听见巷子里"呜"地一声，是他的摩托车打火排气的声音。

　　"方伟，你小子给我回来。"方天明暴起。风城与周边山高路险，他和纪秀兰都不让方伟学驾驶，但架不住方伟嘴甜，哄得方天明的两个司机朋友教会了他开车骑摩托，更不知道什么时候偷配了钥匙，常偷偷把方天明的摩托车骑出去嘚瑟。

　　追到楼下，只见着一缕摩托车尾气。方天明的脸罩上一层怒气，面前却来了一个人，笑道："小孩子难免顽皮，老方你又何必太动气。"

　　这次来的却是位贵客：是去年刚从邻县调来的副县长吴奇。

　　吴奇是来请方天明出山的。

　　"春潮涌动"的八十年代中期，不光是王石、任正非、柳传志、任志强、刘永好这些日后神州人们耳熟能详的"84派"企业家在投入商海，各级政府也都在想办法搞活经济。风城地处偏远，本来就没什么工业底子，政府官员们也大多缺乏搞经济的经验和头脑。主管经济的副县长吴奇到任后，先在省城注册了一家"窗口"公司，聘任了一个省城户籍但长居风城的人做总经理，算是搭了个架子。架子搭起来了，"窗口公司"也经常有一些信息收集，但经营却一直没有太大水花。为了出成绩，县委商议，在窗口公司下成立一个风城分公司，另聘能人，发展经营。

　　能人是谁？县委几个领导扒拉扒拉手指，整个风城，也就数得上方天明。他自己的生意做得红红火火，直接注入新公司，立即就有业绩。

　　商量好人选，副县长吴奇亲顾茅庐，表达爱贤重能的诚意。

　　吴副县长还没说完来意，被纪秀兰截了话头："吴县长，我家方天明怕没有这个能力。"

　　方天明在县综合社的遭遇让纪秀兰心里有了阴影，本能地排斥这种官方机会。

　　吴奇在小县城身处高位，纪秀兰这种面罩寒冰的脸色多年没见了，一时不知如何接话。

"这样吧，老方你明天如果有空，到县政府来坐坐？"他努力转圜。

纪秀兰还要说话，方天明暗暗用目光阻止。"好，明天我去拜访吴县长。"

吴奇告辞，纪秀兰问方天明："你明天真去啊？"

"人家县长都上门请了，总得给面子去一趟吧？"

纪秀兰了解方天明，知道他看起来性子暴烈，但最受不住别人的好话软话，叮嘱他："记得前车之鉴，不要重蹈覆辙。"情急之下，成语都飙出来了。

"我心里有数，别担心。"

不算方天明去县委的这一遭，此番请贤，吴奇拜访了方家不下三次。

方天明软化了，对纪秀兰说："刘备三顾茅庐也不过如此吧？吴县长是我的伯乐。我就答应了吧？"——方天明文化程度不高，但颇爱读书看戏，偶尔抛抛书袋倒也不离谱。

"什么伯乐，不过就是人家夸你夸得好听，你耳根子又软了。"纪秀兰不由丢了个白眼，"现在这样不是挺好的吗？又没人管你，钱挣得也多。"

"可到底只是个个体户，不大好听，经营范围也受限制。"

"好不好听的有什么要紧？实惠就好。"纪秀兰倒不太看重这些表面。

"那你再想想，一再拒绝，得罪了县委这些人，他们要给我一个个体户穿小鞋不是很容易？"

"……"纪秀兰辩不过，知道方天明心里已经做了决定。叹一口气，也只能由着他去："那你自己可要长些心眼，不要像上次被人暗算。"

"吃一堑长一智，放心你男人不是那么笨的人。"

方天明就此接下了县委"明天公司风城分公司总经理"的聘书，回到家里给纪秀兰展示："你看，固定工资200元，这是全县最高的工资了。我现在的生意都可以折算入股，年底按经营业绩给奖金和分红。这个条件，县委是有十足诚意的。"

纪秀兰快速心算了一下，固定工资旱涝保收，加上经营奖金分红，比自己干个体收入也不会低太多，也就接受了。

县委当然是有诚意的：明天公司经营得再好，县委班子的人也不能从中拿一分钱收入，他们只需要政绩，至于经济收益，给方天明便是。

松茸大王

在成为"明天公司风城分公司总经理"之前，方天明已经开展了小规模的松茸生意。

风城所在的自治州有十三个县，地广人稀。八十年代交通很不便捷，国道基本只到县城，再往下都是乡级公路，加上车辆少，县城之间的物质交换都不多。而十三个县地域广袤，特产丰富。自从买了那辆铃木摩托车，方天明的活动范围迅速扩展，他找了一张本州地图，用半年时间骑着他的摩托跑遍了十三个县的大部分乡，在地图上标识出特产。

松茸也是无心插柳，他的原意是找矿源。横断山脉是亚欧大陆和印度洋板块交界，板块挤压抬高形成青藏高原，高原边缘山势纵横，沟壑天堑。地壳活动活跃的地方矿产必然丰富，常有居民捡到某种宝石的传说。方天明还特意带着方伟一起去省城地质大学上了两周的宝石鉴定班。但他在地质方面毕竟是外行，这一圈跑下来除了收集到一些类似孔雀石、绿柱石的原石，并没有发现哪里有矿脉。

倒是在Y县临时打尖时，吃到的松茸口感格外鲜美，又看见乡民四处都在售卖，显见产量比较大，价格也比风城更便宜。于是当在省城听说当时某大明星的公司有人在收购松茸时，方天明立刻留了心。

通过请教农科站、林业局，查阅可得的有限书报，方天明知道了日本人特别喜食松茸，相信其能治癌症，需要大量从中国进口。在得知松茸出口日本的价格高达十几万到几十万人民币一吨时，方天明大为咋舌。

在乡民手中不过卖几毛钱块把钱一斤的松茸，销往日本身价可翻几十倍，方天明直觉这是个良好的商机。

通过药材的生意伙伴关系网，方天明逐渐找到了一些松茸买家，虽然也都是些二道贩子，但他们给出的价格减去产区收购价、人工和运费，利润空间还是可观的。

但两年下来，方天明的松茸生意都做得不大。原因有三：

一是松茸保鲜极难，造成收购运送成本很高。松茸生长在高原气候干燥的少数的松树、铁杉林中，菌丝需要先在树木根部孕育很长时间。一旦成熟，只待一场雨下，半天时间便能冒出地面，如小伞状张开。长出地面的松茸诚如东坡居士形容荔枝："一日而色变，二日而香变，三日之外，色香味俱去矣。"八十年代国内连冰箱都是稀罕物，更没有很好的保鲜技术，唯一的办法是采摘后迅速运出。松茸只能自然生长，整体产量极小，分散生长，又由乡民分散采摘，即使在最密集出产的八九月，每日能得百斤之数已属不易。这样零散又匆忙地由产地运至县城，再运至省城，成本增加不少。虽然价格不错，但若在非量产的时节收购，利润就微薄了。

二是出口松茸质量要求极高。横断山区盛产各种菌类，多数蘑菇在开伞后的口感香味就远不及苞状之时，松茸尤甚。而且松茸的药用价值最高处，在其躯体外裹的一层深棕色茸状物，而这一层茸在整体开伞后就会干掉。所以符合出口品质要求的松茸必须在未出地面时就采摘，在当时乡民采到的松茸里，只有不到三分之一能做到这一点。

三是资金周转要求。收购松茸和方天明收购别的药材不同，目前他的药材基本都建立起了稳定的供货渠道，相互有了信任，接受延期付款。但松茸必须全现金收购，而且请人代收运送也都必须现金支付，同时买家并不总是实时付款。虽然方天明已算"小富"，但自己的现金供这门生意周转肯定只能小打小闹，个体户能贷到的款也不多。

方天明是个爱琢磨的人，两年摸索中他一直在思考松茸保存的问题，通过各路请教，各种学习，知道除了产地乡民常用的晒干保存法外，可以用真空包装保鲜，和盐渍保存。干松茸不属于出口品类，真空包装需要专门的设备，买不到也买不起，盐渍法他可以尝试，难点在于掌握盐水配比和煮的时间。通过很多次实验，他还真的成功了，做出了买家认可的盐渍松茸。虽然价格比新鲜的略低，但可以集中制作和运输，整体成本更低，反而提升了利润。

而现在，他是公司法人代表，还是县委直接成立管辖的公司，可以申请到远高于个体户的经营性贷款额度，扩展规模不再难。

可以说是方天明打开了当地松茸外销的路，两年后，明天公司风城分公司的松茸经营规模达到全州最大，方天明被产地乡民称为"松茸大王"。明天总公司也直接接触到了日本买家——本田株式会社，他们的中国公司专门派人到风城考察后，和明天公司直接签署了采购协议，还赠送了明天公司一台真空包装的设备。

设备最后没用上，没有人能把那全日文的说明鼓捣明白。但明天公司的松茸生意算是打开了局面。

与此同时，竞争也在加剧，做松茸生意的个人和单位不断增多。产量最大的 Y 县政府干脆出了通知：松茸必须由 Y 县商业供销系统统一收购。

手握日本买家渠道和自研的盐渍技术两张牌，方天明倒是不怵，明天公司也吃不下太多量。他定出市场最高的收购价格和最高的质量标准，购销两畅，松茸成了明天公司最大的业务，生意做得红红火火。

梦想小径

方明珠知道自己是个异类：她人生中最快乐的时光，是大多数人学生生涯最苦逼、最黑暗的高中三年。

从还是个小孩子开始，方明珠就断定自己是要上大学的，而且要上一流的大学。

发这样的宏愿，在七八十年代的偏远小县风城，也是个异数。且不说风城县高中的高考本科上线率基本是无限趋近于零，最好的高考记录也不过是省城的二本民族学院。单说八十年代绝大多数人眼里的好出路，是初中毕业考中专，然后就业。中专的就业率百分之百，分配的工作几乎都是机关事业单位等铁饭碗，成绩最好的初中学生，特别是农村籍学生，很多都是考不上中专才勉强读高中的。

方明珠感谢父母倾尽所能，让她获得可能是整个县城最丰富的家庭图书馆，当她在县城街头的小租书店已经找不到更多可读之物时，父亲还特地为她去找了县文化馆的朋友开"后门"，把县文化馆的藏书室向她开放。那些书籍在她心里打开了一扇全面通透的落地窗，让她知道在风城这个四面环山三河交流，朝晚都有霞光，日中常见彩虹的美丽小镇之外，还有广阔的世界多样的风景；而学校里课堂上老师教给的那些知识，尚不到人类知识海详中的涓涓一滴。她或许还不太知道自己具体要过什么样的人生，但"读万卷书，行万里路"是其中必须的内容。

上初二方明珠跟父母讨论过这个问题。作为藏区的学校，风城完小初二时开设了藏语班，学生们可以在英文和藏文中选修一门。选藏文在初中毕业考中专时会有一定优势。

方明珠毫不犹豫地选了英文，学校要求家长签字，方明珠回家，很郑重地跟母亲说:"我是要上大学的,高考只会考英文。"

她以为要花点功夫讨论和说服,但纪秀兰只是瞄了一眼单子就签了字,一边签一边说:"你自己决定。不过考大学不容易哦,你要做好心理准备。"

"大不了我多考几年,反正我上学早。高考最高年龄限制是 25 岁,我能考九次呢。不用九年,顶多三年我一定能考上北大。"

"北大?你心还真大。"纪秀兰是真的诧异,恢复高考以来,整个州里都没有听说有谁考上北大的。

方天明回家后听完纪秀兰嗔怪地复述"你女儿心多高你知道吗?",却是满脸开心。因为家贫上学太少一直是他的遗憾,他从内心非常尊敬和羡慕知识分子。他把方明珠叫到跟前:"喜欢读书是好事,你要读大学,读硕士,读博士都没问题,想读多久,爸爸就供你读多久。"

有了父亲这句话,之后再面对姨妈们"考中专工作后再带薪进修"之类的建议,方明珠充耳不闻,听多了就暗暗嘀咕一句:"燕雀安知鸿鹄之志。"气得姨妈们到方天明面前告状:"姐夫,看你把你家女儿惯成什么样了?有这样跟长辈说话的?"

立了大志的方明珠并没有"头悬梁,锥刺股"地付诸努力,已经初三了,回家还是不做什么功课,每次纪秀兰问起,回答都是"早做完了"。在家里都是捧着小说——方天明开后门争取到的县文化馆图书室开放犹如给她打开了宝藏,她的读物从一天可以看完一本的武侠小说,变为了两三周才能啃完一本的名著,《复活》《安娜·卡列尼娜》《红楼梦》之类。除了经常开着家里的录音机听英文磁带,纪秀兰不太记得她在家里学习的时间,学习成绩,还是稳定地班里第一、年级第二——因为老考第一的李雪梅上初中后跟她分在了不同的班。

对于方明珠考试一直考不过李雪梅,纪秀兰心里是有疑惑的,曾经和方明珠讨论过一次:

"我看你平时学得还不错,考前别的同学甚至包括雪梅还来问你题,为什么总是考不了第一?"

"因为第一永远只有一个啊。"方明珠答得简单利落。纪秀兰并非机智的人,竟一时语塞,好一会儿才能接着问。

"那为什么第一就一直是雪梅，不能是你呢？"

"不知道啊。"方明珠想一想，"可能她比我认真，也比我更想拿第一吧？"

纪秀兰发现自己这个在多数人眼里寡言少语，见到陌生人第一反应是躲到书里去的"闷豆儿"女儿，原来肚里竟有自己的一本歪理。后面她认真地检查了一些方明珠的考试试卷，发现她难题不丢分，丢分的都是容易的题，甚至就是漏做题，几乎每次大考都会看错看漏个一题半题的。

"你每次考试都早早交卷，就不能认真检查一下吗？"

"我检查了啊。"方明珠捧着小说漫不经心地回答。

"那为什么还是漏题错题？"

"哦，那些都是我会的啊。"

"会的为什么没得分？"

"得分很重要吗？学懂了最重要吧？"

的确，对于方明珠而言，学习的乐趣在于弄明白那些结论后面的原理，倒不在于最后试卷上的分数。"不为考试而学习"是她认为最理想的学习状态。

她这自以为是的不唯分数论很快遭到严峻挑战。

中考的成绩榜贴在学校大门旁围墙上，方明珠毫无悬念地又是年级第二，比高居榜首的李雪梅低了十几分。没有意外和惊喜，她又在数学考试里漏了一道大题的后半个问题。

但这一次，面对分数一向表现得十分潇洒的方明珠终于也有些着急了。

县城高中的学风和高考历史成绩大家都清楚，方明珠对自己的自制能力还算有比较清晰的认识，知道如果进了县中，就算是跟自己"上北大"甚至只是上个大学的理想提前道别了。

要上大学，唯一概率较高的路径是考上省城少城中学的民族班，那是省教委和省民委联办的，每年一个班，面向全省的少数民族地区招四五十名学生。

这个班去年的招生分数，比方明珠今年的中考成绩要高那么几分。

看完榜单回家的路上，第一次意识到分数如此重要的方明珠嗫嗫地跟母亲商量："听说州立高中的学风也很差，要不我复读一年吧？"

纪秀兰没答话，她看到了路边站着县教育局负责中考招生工作的张老师。

在母亲和张老师打招呼，拜托她在招生时照顾一下方明珠时，方明珠脸红到了耳朵根，只恨不得有个地洞可以钻进去。终于可以走开时，她马上开口向母亲抗议：

"妈，您不应该跟张老师说那些话。"

"为什么？你不想上少城中学？"

"想啊，可是我要凭自己的本事考进去，不想以走后门这种不公平的方式进去。"

纪秀兰有些好气又有些好笑，觉得自家这个孩子确实已经读成了书呆子："我只是拜托人家一下，人家能不能帮上忙还不一定呢。"

少城中学招生结果放榜，方明珠的名字在列。

方明珠赧着颜，小心翼翼地打听到自己并不是班里最后一名，才算松了口气。

集体生活

高中的学习生活是一种全新的体验，但方明珠好像从一跨进校门就适应了。

童年时第一次跟父亲到省城，方明珠晕车晕到几乎神志不清，下车好不容易站稳后第一句话就是："啊，这就是省城吗？省城就是这么平吗？"

省城地处盆地，地势开阔，放眼望去一片平坦，天空仿佛在视线的尽头与地平线相接。这种景色，自是让从小习惯了推窗就是群山巍峨，抬头可见峰顶积雪的方明珠感觉极是新奇。

地势开阔，学校的面积自然也比"夹皮沟"里的风城完小大很多，除教学楼和教师住宅外，还有实验楼、食堂、标准跑道的操场足球场，和专供高中三个年级民族班学生住宿的宿舍。

新生报到办手续，班主任郑老师浓眉方口，看起来颇为严肃。管生活的易老师头发已花白，圆脸上一派慈祥。

方明珠跟着易老师进了自己的宿舍，已经有两个女生在里面。一个小圆脸红扑扑像秋天苹果的叫央金，藏语仙女的意思；另一个脸庞白净笑容腼腆，齐耳短发一丝不乱的苗族女孩叫可灵。不知道为什么方明珠看见她就想到《天龙八部》里那个抱貂的钟灵。

三张上下床的下铺都放好了行李，靠近门那张的主人不在，央金介绍："那是汪静，进门放下行李就找地方学习去了。"

"这么刻苦？"方明珠心里暗想，"怕是玩儿不到一块儿去了。"然后兴高采烈地爬上央金的上铺："我住这儿。"——她留意意到可灵刚才下意识地把自己床单往里卷了卷，显然不喜欢别人碰到她的床。

基本同龄的孩子，又都是首次远离家，室友情谊迅速建立起来。

"喂可灵，你头发怎么弄的？这么柔顺。"方明珠趴在床上问对面下铺。她自己初中三年一直剪男生似的平头，现在长了一些。由于发质有些天然卷，总是显得毛毛糙糙的。

"没有特别弄过啊，就是洗完梳直而已。"

待看过了可灵洗完头，如何花大半个小时轻柔细致地用毛巾拭擦，用梳子理顺，再小心地呆在室内直到头发大半干了才出门——那个时代电吹风于她们还是罕见的奢侈品，方明珠决定还是让头发毛糙下去好了。

开学典礼后是第一次班会，班主任郑老师再次强调了大家能来到少城中学有多不容易，语重心长地叮嘱："你们都是少数民族地区培养出来的，一定要珍惜机会，好好学习，考上大学，不辜负你们的家长、师长和父老乡亲。"

方明珠低着头，手里玩着一支钢笔，对后半句暗暗腹诽："学习不应该是自己的事吗？关父老乡亲啥事儿？要不要上升到这种高度？"转头却见旁边的央金和可灵都被这话感动得双目含泪，再悄悄扫一眼全班同学，神情或凝重或激动，自己的一脸轻松显得甚是异类。

"唉！"方明珠低下头在心里叹口气，"都是些好学生，可是不好玩儿。"

方明珠对面的上铺直到开学好几天后才住进了人，是一个小麦色皮肤，身高腿长的藏族女生，名唤青青，有一双在少数民族姑娘里少见的细长丹凤眼。

几句话后，方明珠就发现这个青青是班里少有、可以一起臧否学校制度社会新闻乃至古今权威的妙人儿。两人相见恨晚，聊到停不下来。到论身高排座位时，只算得上中等个头儿的方明珠主动要求去倒数第二排跟青青做了同桌。

宿舍里的分工和秩序也非常自然地建立了起来：跟名字一样热心善良的央金做了宿舍长，有轻微洁癖的可灵不自觉下主动承担了很多打扫卫生的工作。青青和方明珠是各类讨论话题的发起者和执行者。而另一个同学汪静在宿舍里是影子一般的存在：早上六点前就去了教室，晚上熄灯以后才蹑手蹑脚回来。要不是每晚听到开门关门和洗漱声，其余四人几乎都忘了这宿舍还有第五个成员。

二零六宿舍的日常是这样的：

从周一到周六，央金都是第一个准时起床的。一边洗漱整理，一边开始叫其他人起来。

可灵总在央金第一声"起床了"话音未落时，也安安静静地起了身，而上铺两个急懒家伙，会在央金喊完第二声后嘟嘟囔囔地应一句："知道了。"

直到下铺两人已经收拾妥当准备出门时，上铺仍然没有其他动静。央金开始站到下铺的床沿，对着耳朵叫人。

总要等到离七点早操开始时间只剩十分钟，宿舍长柳眉倒竖拿起了打扫卫生的鸡毛掸子做杀气腾腾状时，上铺的两个家伙才会一个鲤鱼打挺起身，在五分钟之内完成洗漱穿衣叠被整理床铺一系列动作，还不忘了讨论两句："央金，你那可爱的小圆脸不适合做凶恶表情哦，完全不相称。"然后一屋四人匆匆赶在早操哨响的一刹那进入队列。

"你们两个懒虫看看，我们又差点儿迟到。"自小严格遵守纪律的央金难免焦虑抱怨。

"你看不是刚刚好，一秒钟也不浪费。"两个上铺的家伙嬉皮笑脸。

课程从高一起就排得很满，上午八点到十二点，下午一点半到五点半，晚饭后一小时活动，和半小时集体看新闻联播，然后晚自习到九点，十一点熄灯。

晚饭后的活动时间，男生多数在足球场，女生一部分打打篮球，一部分聚在操场旁的乒乓球台。206 的四人多数时间也在此。

还有三分之一左右的同学，手捧教材绕着操场边走边看，把宝贵的时间都投入了学习。

班主任郑老师也是足球场上的一员，他掌握着活动时间，在六点四十五喊停，绿茵健将们就自觉摇身变回读书郎。

蓝球场上的同学差不多同时也就停了手，纷纷往教室方向走。只有乒乓球台的少数同学让郑老师有点头痛。

郑老师家住教师楼四楼，从他家阳台一伸头就正好能看见乒乓球台，乒乓球台上打球的同学，抬头发球时也能看到他。

他踢完球回家洗把脸换好衣服，从阳台探出头三秒之内，大部分同学便自觉离开。剩下的在几分钟后听到郑老师阳台上一声咳嗽，也就散得差不多了。

只有两个同学仿佛不懂得这一切明示暗示的存在，直到郑老师已经下了楼，绕台三匝，她们仍在削球扣杀，不亦乐乎。

"该结束了，回去看看新闻，上晚自习！"每次都逼得郑老师不得不开口，这两个女生仿佛才看到自家班主任，叫声郑老师，恋恋不舍地放下球拍，慢吞吞往播放新闻的大阶梯教室走。

从高一到高三毕业，这个场景几乎每天上演。玩到最后的两个女生，正是方明珠和青青。

宿舍长央金口中的懒虫方明珠，到周日倒是一点也不懒。

周日清早，善良可爱的宿舍长和卫生委员决定让上铺的两只懒虫多睡一会儿，去食堂时捎带上了她俩的饭盒，等她俩端着四个人的早餐回到宿舍时，发现方明珠也起床了。

"今天太阳从西边出来？"两个勤劳的下铺万分惊奇。

"太阳从哪里出来我不知道，但我知道我们今天是要从大门出去的。"

"出去干什么？"

"两个小傻瓜，今天星期天啊，在学校里关了六天你们没关够吗？今天咱们去望江楼看薛涛井，然后去吃著名的省城小吃。"方明珠一边说，一边拿起了央金日常用来吓唬她的鸡毛掸子，啪一声拍到青青的被子上，"懒虫！别浪费大好周日。快起来吃饭，吃完出去玩儿。"

之后二零六的周日很少"浪费"，在其他同学多数依旧在教室里捧着课本或者做练习题的时间里，她们就像出笼的小鸟般在省城四处闲逛，走遍了省城各个公园景点，尝遍了各种小吃。

望江楼找不到粉红的薛涛小笺，但井水似乎仍能映出当年女校书的音容；

琴台路无人当垆卖酒，卓文君著名的数字头诗里可以想像其决绝幽怨；

草堂如今屋宇过于堂皇，难以想见如何为秋风所破；

武侯祠读《出师表》，领略羽扇纶巾、算无遗策的诸葛丞相风采。

……

走在这些著名的人文景致里，经过一座座亭台楼阁，阅读一副副文思翩然的楹联，方明珠觉得这些以前只存在于书中的人物都鲜活了起来，仿佛能看见他们就在前面屋檐下，转角处，或吟哦诗句，或驻足沉思。

省城不止有各类故居可以发怀古幽思，还有不同植物花卉，四季风物。

春天，河边的柳树新发，一眼便能直观理解什么叫"柔柳烟笼"；

初夏，满城芙蓉灼灼，真正体会"花重锦官城"；

入暑，各处公园湖中芙蕖出水，艳而不妖；百花潭修竹蔽日，比别处都清幽，看上半天书也清凉无汗；

秋日，满街的梧桐落叶，堆积寸余，踩上去足下绵软，细细而清脆的叶子碎裂声从脚下传到耳膜里，特别是在宽容巷子那些古旧的宅第外，更衬托出长巷无人的幽静来。

冬天……唯有冬天不美。省城地处盆地，一年里倒有三百个阴天。到了冬日尤甚，每天都阴阴沉沉，几乎就是三个月见不着太阳。空气潮湿，冷气直入肺腑，无法驱赶。室内比室外更冷，晚上钻进被褥，只觉一股寒湿之气，手脚僵直到天明也暖不过来。

除了阴寒湿冷的冬天，方明珠的周日都过得很是惬意。

穷人家的好孩子

方明珠住校生活中最惬意的一项，是父亲来探望。

班里同学所来的地方泰半位于山区，八十年代中后期的交通条件非常不便利，到省城一日路程就算最近的，所以孩子送到少城中学就算全托给了学校，家长日常来探望并不多。方天明因为常出差，相较而言来得比较频繁，每月至少有一两次。

方天明算是受宿舍孩子们欢迎的家长，因为他不那么像家长。来了全不问学习如何，考试多少分，大家排名怎样，只做三件事：分吃的、聊闲天，还有给方明珠带衣物和零花钱。方明珠习惯了跟父亲可以像平辈一样讨论问题，只要有道理，"您说得不对"甚至"错！"这些话语都不会招致斥责翻脸，尚不知道这种互动不同于绝大多数七零后的亲子关系，见舍友们都喜欢跟自己父亲交谈，开心中也有些诧异。

这天方天明正在跟宿舍里的孩子们海阔天空侃大山，宿舍门开，走进来另外一位家长：汪静的父亲。

汪静的父亲是她家所在县城中学的老师，曾被评为优秀教师。他身上带着的那种老师的气场从一进门就自然发散，四个刚才还嘻嘻哈哈的孩子都不由感受到威慑，齐齐住了口。

汪老师进门，像上课开场一样对着屋里的人略略点了点头，开口问汪静："你每天几点起床看书？"

"六点。"汪静背影僵直地站在父亲面前，声音蚊子般细不可闻。

汪老师微微点了点头，又问："晚自习上到几点？"

"高一是九点。"

"教室几点锁门？"

"十一点，宿舍关灯的时间。"

"那你每天要用够时间。"

看着汪静紧张的脸，方明珠忍不住开口了："汪叔叔，你家汪静已经是我们班上最刻苦的同学了，每天都到宿舍关灯才回来……"还没说完被汪老师打断了："她必须刻苦，成绩不好不刻苦能行吗？"

方天明也忍不住："老汪"——汪老师那一派肃杀的脸看上去确实比他老出不少，"学校抓学习已经很紧了，你不要给孩子太大压力。"

汪老师仿佛这才看见还有一个家长在，问了贵姓后对方天明说："方老师，你家孩子学习好，你自然不操心。"

"我成绩还没汪静好呢。"方明珠又忍不住插嘴。

汪老师很是惊诧地看了她一眼，还是转向方天明："方老师你家是城镇户口吧？汪静是农村户口，考上大学是她唯一的出路，她怎么能够不努力？"

方明珠在心里翻了无数个白眼，对平时没怎么接触了解的汪静充满同情，庆幸自己的父亲是被叫做"方老师"的那一个。

汪老师没再多说话，要汪静带他去看教室，出门走了。再过一会儿，方明珠也送方天明出去。

走廊里碰到生活老师易老师。看见方天明，问道："是方明珠同学的家长？"

方明珠忙给父亲介绍，方天明刚说完"易老师好"，就听见对方说："方老师，给你提个意见啊，你可不要把孩子惯坏了。"

方家父女四眼相对，都是一派愕然。易老师继续说：

"方明珠和同学青青，嫌弃学校食堂不好吃，经常跑到校外去吃东西，而且花钱大手大脚，我常碰见她俩买些根本用不上的东西。我们学校的学生少有这样的。都还是中学生，还是要艰苦朴素才好。我看你们给她的零用钱太多吧？以后少给一点，学校是有助学金的。"

方明珠十分诧异：她和青青是时不时跑到校外去吃饭，易老师在大门值守问起过。但吃的也不过就是一碗面啊馄饨什么的，完全算不上奢侈；还有一两次她和青青买些课外书小公仔什么的回来，被易老师碰到，这至于就大手大脚了吗？真没想到老师还会为这点事儿给家长告状。

正在腹诽中，方明珠听见自己父亲说话了："易老师，我知道您是好意。不过我的女儿我就愿意惯着，这些小事儿就不辛苦您管了。"

方明珠看着易老师写着"怎么可能有这种回答"的表情，赶紧道声老师再见，拉着方天明就跑。

走到学校大门口，方明珠笑着向父亲伸伸舌头，竖起右手大拇指。

"你们老师也是管得奇怪，你又不是有什么不良嗜好，吃好点应该的。"方天明一边说，一边掏出五十元钱递给女儿，"给，这个月零花钱。想吃什么自己买，钱不够跟爸爸说。"

平心而论，方明珠是理解易老师的立场的。

入学两周，方明珠总结出班里同学有两个共同点：一是学习好，二是普遍家里穷。简单而言，就是穷人家的好孩子多。

十九世纪七八十年代，整个中国都处于物质短缺状态，而"老少边"地区，自然是格外穷的。

方明珠打小对钱没什么概念，但也没怎么被钱欺负过。她对贫穷最直观的感受来自于一个小学同学桂芳。她是留级到方明珠班上的，进教室时身上的粗布花罩衫又旧又脏，有好几个破洞，书包一看就是好些个哥姐用过的，多处不同花色的补丁，带子都快断了。

桂芳妈妈拉着她走进教室前门，当着老师同学的面"啪"地甩了一个极清脆的耳光，吼道："好好读，不要再浪费家里的钱。"桂芳脸上当即浮起四道指痕。

到了课间，其他同学都不愿搭理桂芳，方明珠看她趴在桌上一言不发，心下不忍，喊了她一块儿跳橡皮筋。从此她就和方明珠成了朋友。

桂芳放学后常去爬山下涧，方明珠出于好奇也跟着去了一次，发现她不是去玩，而是去捡拾别人扔掉的牙膏皮、塑胶鞋底等卖给废品收购站。那天回到桂芳家正是晚饭时间，一家人留方明珠吃饭，她就吃了一碗。

回到家方明珠很新奇地跟纪秀兰讲起："我今天在桂芳家吃到的饭叫金裹银，挺好吃的，我们家里为什么从来不做？"不料纪秀兰沉了脸："你在别人家里吃饭了？你知不知道她家里的粮食根本不够吃的？你吃一碗，别人家里就有人要饿肚子。再说什么金裹银，那是家里米不够吃了掺上玉米面，你以为是好东西吗？让你连续吃两顿你就不干了。"方明珠自此方知还真有人家是吃不饱饭的，再也不敢在吃饭时间去那些看起来家庭条件就不好的同学家里。

然而她高中的一些同学家里贫穷程度似乎更有过之而无不及。

开学没多久的语文课，一个同学的作文被当作范文朗读。方明珠记得格外清楚的一句是：当他登上离家的火车时，年方四岁的小妹妹追上火车，塞给他一个烤熟的土豆，让他带着路上吃。

一个土豆值得这样珍而重之，这样的贫穷是方明珠以前未曾想到过的。

还有班里那个英语好到可以帮老师上课的同学，在食堂连菜都不舍得打，只吃榨菜就白米饭。民族班的学生学杂费全免，每月有三十元助学金，全部用于吃饭基本是够的，正在长身体的时候这样从牙缝里省钱，可以想见家里确实极其困顿。

家里贫穷的同学，学习也格外刻苦，方明珠虽然一直认为学习应该张弛有度有乐趣讲效率，并不认同这种每天学习十四小时全年无休的状态，但心里还是佩服他们的。

十数年后，这些穷人家的好孩子都过上了不错的生活，自己和家庭物质条件产生了质的变化。这是时代大潮叠加个人努力的结果，也是这一代人的幸运。

最美的风景

邻桌坐了个美少年这个事实,方明珠并没太意识到,倒是很快看见了邻座也有一本手抄的诗词。

虽然小学课本里也选录了一些古诗文,但方明珠对古典诗词的深爱,却发蒙自金庸大侠。

彼时她刚上初中,读到生平第一本武侠小说《书剑恩仇录》。书末陈家洛开了香冢,不见香香公主遗骸,惟余一滩碧血和一缕幽香。作者题词一首:"浩浩愁,茫茫劫,郁郁佳城,中有碧血。碧亦有时尽,血亦有时灭,一缕香魂无断绝。是耶?非耶?化做蝴蝶!"刚从曲折跌宕的故事里走出来,又读到这么荡气回肠的句子,方明珠的感受只得用曹公句子形容——"但觉口齿余香,竟是痴了"。

后来诗词读得多了,鉴赏能力逐步提升,明白这一阕词并非上佳之作,但方明珠能够在无意识中领略古典诗词,甚至中文韵律意境之美,发轫于此。

七零后的中学时代,每人都有一两本平时密藏、只跟好友死党分享的笔记本,多数抄着歌曲,贴着从电影画报上剪下的明星照,方明珠的那一本抄着诗词。

在那个物质贫乏的年代,对偏远小城的中学生方明珠而言,那些能在头脑中萦绕三日不绝的优美词句,并不那么容易录得,县书店统共也只找到一本《唐诗三百首》。她只能在读杂志、报纸偶尔看见引用的诗词句子时,赶紧抄录下来。及上高中,一本薄薄的硬皮笔记本子竟还有一小半的空白。

高中排座位是不让男女同桌的,但当时两人共用一张的长条状课桌颇占空间,每排四张只够留出左右两个走道,中间的两张桌子不得不并在一起。

为了避免座位固化带来的视线固化影响同学们视力,班主任郑老师要求每两周略为改变一次座位阵形：以纵列为单位，集体向讲台右边方向移动一位。已经在最右靠窗的一列则换到左手墙边位置。这种应该说还相当科学的排阵下，左右邻桌每隔两月会有两周时间成为四个人的大同桌。

一次语文课上，大家都照常认真听课，方明珠和青青偶尔耳语几句，突然听到右边邻桌的同学轻声问了句："'梅花香自苦寒来'的上句是什么？"这并不是课堂内容。方明珠转头，看见邻桌正摊开一个笔记本在写什么，很明显，那是一个诗词摘抄本。

课间方明珠悄悄看了邻桌的摘抄本，内容显然比自己的要丰富很多，而且字迹隽秀，与优美的诗词相得益彰。

方明珠想想自己被父母戏称为"天书""鬼画符"的字，悄悄把自己的本子收到抽屉深处的一叠书下面。

共同的爱好是少年人关系的催化剂，方明珠很快又发现这位清秀的邻桌也是关心时事、喜欢辩论的人，他们这两张相邻的课桌成了班里的临时辩论台，几乎每个课间都有讨论不完的话题。遗憾的是：比其他同学多得多的沟通讨论，却并没有催生出超出同学友谊之外的感情，甚至班主任郑老师时不时找个别同学提醒"不要早恋"的谈话，从来都直接忽略了这一组。每天十小时的学习时间外，除了诗词歌赋、杂文小说，还有音乐广播、围棋象棋……种种或优美或有趣的事物占据注意力，世界对十四岁的方明珠像刚掀开一个小小角落的星罗盘，她旁骛太多。

对比自己之后展现出来的，可以于人群中一眼发掘出帅哥美女，也可以在一照面间轻易挑出美人容貌小小瑕疵的本领，方明珠觉得高中时的自己大概如童时的杨戬，还未开眼。

好在，她没有错过少年时期最美的风景。

那应该是在高二的某一个黄昏。连青青都去上自习了，方明珠兀自一个人在操场上溜溜达达。

不经意抬头，看到对面不远的观众台上站着一个人，抬着头似是在看落日。

那少年有一双极其清澈澄明的眼睛，盛敛着不知是天边云霞还是昨夜星辰的光彩。方明珠但觉远离了脚下的砂土跑道，置身在最柔软的云层和最灿烂的花海。

　　她停步，继而屏住呼吸，生怕发出哪怕一丝丝的声音，破坏了眼前的美景。

　　整个晚自习时间都没从刚才的震撼中回过神来的方明珠也不知道是如何神游般回到宿舍的，她拿出日记本，找不到准确的词句来形容，只能写下一句："那目光所及，如春风吹拂，百花盛开。"

　　在往后人生漫长的、几乎暗无天日的日子里，方明珠时时能感觉到：父母的爱，年少时获得的那些珍贵的爱护和帮助，犹如护着她心脉的最后一口真气，让她能跟命运对峙多年没有变得面目狰狞；而记忆中这些美丽的风景，则像是暗夜里的微光，让她在哪怕最黯淡的日子里，也对这人间残留着一丝眷念。

连坐与逆袭

　　少城中学民族班的学生都是生源当地成绩最好的孩子，到了学校后要经历与之前完全不同的排名。从名列前茅到成为倒数却几乎没有体现出巨大落差和焦灼感的学生，郑老师见得不多，方明珠是其中突出的一个。

　　入学成绩排名，方明珠是全班倒数第四。

　　郑老师要求全班同学每周写一篇周记上交，当周就看到了排名后十位里其他同学的痛心疾首和发奋努力的决心。

　　可是方明珠交上来的，是一篇显见敷衍的景色描写。

　　班会上郑老师读了一位同学的周记。结句铿锵："我绝不会再做后进生。"

　　方明珠跟青青互相递个眼色，窃窃私语："需要这样公开表决心吗？"她俩在"学习是为了自己"这点上有高度共识，对公开写周记、诉心声这样的活动颇不以为然。

　　青青排名尚可，位列中上。

　　方明珠当然不是没有落差感。老师们的目光自然是聚焦成绩好的同学，她在之前上学的八年也习惯了老师们的各种关注。如今却成了各科老师眼中的小透明，班主任眼中需要另一种关注的后进生，自然不会没有感觉。

　　但她并不以为需要攥紧拳头向全世界呐喊："我要努力，我要进步！"

　　虽然年龄在班里算最小的一批之一，但方明珠认为：相比班里那些一心只读考试书的好学生们，自己的人生观世界观更加成熟，对学习也有自己的计划和节奏。

　　在老师同学看来，方明珠对人生有更多不同想法一事很明显，她念起"天地者，人生之逆旅，文章者，百代之过客"，说起"游于艺"时那种溢于言表的赞同和兴奋，完全令循规蹈矩的同学们"友邦惊诧"。

但她的学习计划和节奏，就非常的不明显了。后进生方明珠除了没有公开表达要发奋图强的决心，为同学们所能记住的事迹，也多半跟努力学习没什么关系。

班主任郑老师在班里推行了一学年的轮值班长制，每个同学轮流做班长一周。方明珠在第一次做值周班长时，就因为晚自习时间跑出校外看电视剧，被郑老师抓了个正着。

八十年代中后期，港台电视剧刚刚传入大陆，便迅速征服文娱生活仅有样板戏、地雷战地道战和革命歌曲等内容的亿万观众，常常引致万人空巷，守在电视机前翘首等待"浪奔，浪流……"或者"依稀往梦似曾见……"等片头曲响起。让方明珠晚自习翘课还违反纪律晚上出校门的，正是一九八三年版《射雕英雄传》。

被同时抓包的还有几个平时出名调皮的男生，郑老师已经顾不上批评他们，手指打颤地指着方明珠："我看你这个值周班长的本周总结怎么写。"——值周班长的总结是要在每周末班会上宣读的。

方明珠自知此次逃不过，周末的总结里少不得要做做自我批评，并告诉其他同学："一定要以我为戒。"走下讲台就看到一起被抓包的一个男生冲她做鬼脸笑："方明珠，我怎么觉得你这个检讨写得跟自我表扬似的，一股子看电视剧有理的味道？"

"轮值班长制"是很多同学给郑老师树大拇指的好制度。不同于固定班长与班主任不可动摇的紧密关系，轮值班长更容易听取更多民间意见。在自己的轮值时间时主动发起，给其他轮值班长建言献策，方明珠在轮值制实行期间，积极地推动班会时间从自我检讨和思想剖析转变成不同的有趣活动：演讲赛、辩论赛、知识竞赛，共同点都是与考试关系不大。

在老师同学们"不刻苦""贪玩儿""整天看闲书"的正确记忆里，方明珠的成绩倒以明显可见的速度在进步。班里每学期做一次排名，第一学期末，她从全班四十五名学生里的倒数第四名，进入前三十五，一学年末，成为班里二十七名。

高二要分文理科了，方明珠拉着央金陪她去找班主任，问了一个问题：

"郑老师，理科可以报考中文系吗？"方明珠喜欢数理化远甚于需要大量记忆背诵的历史地理。

"不可以。中文是纯文科专业。"

方明珠略为踌躇半刻,决定选文科。

跟父母的沟通就更简单了,方明珠就一句话:"爸妈,我要考北大中文系,选文科了啊。"

虽然深信"学好数理化,走遍天下都不怕",纪秀兰倒也没有在方明珠分科的事上多置评。但她也侧面了解了少城中学的高考情况,担心北大会成为女儿遥不可及的梦想,提了一个建议:"学文科也不一定要报中文系啊,听说中文系分配工作都不太好,你考虑学法律吧?你口才像你爸,做律师应该不错。"

"我对律师不感兴趣。"

"我就学中文了啊,反正爸爸说过了,读硕士博士读成书呆子都供我。"

虽然分了科,语数外还是大班上课,其他课程文理科班各有小教室,文科课上,方明珠跟可灵做了同桌。

历史课老师讲题,方明珠头大如斗。她实在无法理解为什么需要背诵在同一个时间段里,全世界不同地区发生了什么事情,哪一件先发生几天,哪一件后发生几天。

"学史可以明智?我看这样学史可以弱智。"

她转过头对可灵说:"等考完高考,我就再不看历史书!"

地理课同样,背诵南美洲和非洲那些又长又饶口的城市名简直要命。各地物产本来有趣,但只考联名记忆,顿时枯燥无味。

"死记硬背这些东西有什么用啊?"方明珠半边脸搁在课桌上,皱着眉头叹气。

"以后去旅游倒是用得上。"可灵一语点醒梦中人。

"可灵,不如我们来漫游世界吧。"

两人发明了地图上漫游的游戏,先说出一个目的地,然后通过互问:"在哪里?""怎么去?""气候怎样?""去了吃什么?、看什么?买什么特产?""这里历史上有什么著名事件发生?"等等问题,逐渐把地理和部分历史知识给串了起来,算是把方明珠从枯燥死掉的境地里解救了出来。

分了班，排名也还是按整个大班排。第二学年末，方明珠追到了前十五名内。

三年的课程在两年半里学完，第三年的下学期开始进入全面的复习。此时方明珠排名已经稳定在了十名以内。

高三下学期的一天，郑老师从大教室里把方明珠叫出来，说要找她谈谈。

方明珠很意外，这是郑老师第一次单独找她谈话。她快速回想了一下：最近没有翘课，没有私自出学校，成绩还行，为什么要被约谈话？

没想到不是单独谈话，去的是教务处，全校主管学生思想的骆老师也在。

"今天找你是有一件事要谈。"骆老师让方明珠在办公桌对面坐下后开口，方明珠能感到一团深灰色的空气，兜头兜脸地笼上屋内三个人。

"过几个月你们就要高考了，高考前我们要做政审，背景调查显示你父亲曾有犯罪记录。"骆老师的语气，在她自己感觉是平静，在方明珠听来是冷酷。

"他是被人诬陷的。而且，这是我小学时的事，不是已经过去很久了吗？"方明珠不觉挺直脊背，本能地自我保护。

"你这个认识有问题，是不是诬陷要以政府调查的事实和结论为依据。"骆老师看一眼面前双目茫然而一脸倔强的方明珠，叹了口气，"这样吧。你写一篇关于此事的认识，态度要鲜明，证明你有正确的认识和立场，我们要放进你的档案。"

"我要是不写呢？"方明珠没法接受。

"孩子，别跟自己前途过不去，不写你就不能参加高考了。"方明珠看见骆老师的眼中滑过的怜悯，悲从中来，把头埋进自己臂弯里放声痛哭，嘴里连连喊着："为什么？为什么？"

骆老师和郑老师静默地看着。方明珠倒没有哭太久，一会儿就抬起头来，一边用袖子拭泪一边说："好，我写。"

写一篇皮里阳秋的认识对方明珠并不是难事，但那是她记忆中自己向命运的第一次妥协，她记得在那短短的几分钟里自己头脑里闪现了太多东西：自己考上大学的概率，如果不能参加高考还能有什么出路……很长时间里，想到那个时刻她都会讨厌自己，讨厌十六岁就已经学会了算计得失、趋利避害的高中生方明珠。

　　经过这次谈话的方明珠沉默了许多，在投入高考冲刺的同学中，这种沉默显得很正常。

　　高考二模，方明珠考了文科第一，在同学们明显震惊的目光里她只是笑笑："考题简单，区分度太低。"这确实是事实。二模的卷子都是基础知识点，没有难题。

故都的秋

在临近高考前，方明珠收到了纪秀兰的一封信，信中劝她："上北大不容易，复读很辛苦，你今年还是报一个能够考上的学校和专业吧。"

方明珠看完，默默地把信折好收起来。

到他们这一届，少城中学民族班已经办了三届，高考本科升学率达到百分之七十以上，但上重本的其实并不多，每届都是个位数，并没有考上北大清华的记录。这类信息是每个学生进校就要弄清楚的，方明珠自然也知道。

去未名湖畔度过四年大学生活一直是她的梦想，这个梦想她只告诉了父母。她觉得为这个梦想多付出一两年的努力是值得的，也是能达成的。

但教务处那一幕如同一个噩梦：如果复读，是不是每次都要经过这么一遭？甚至是否会更糟，直接取消她的高考资格？

而且一向都让她"自己做主就是"的母亲很罕见地给出这么明确的意见，方明珠隐隐觉得，可能和父亲的生意有关。

虽然绝大部分精力都投在自己的世界里，但方明珠对家里的事情并不是全然不了解的。

一九九零年初，朱相推行了铁腕的"去经济泡沫"政策，央行基准利率升到10%以上，银行各种贷款限期收回。火热的海南地产市场一夕冰冻，出现大量烂尾楼，民间的三角债问题严重，出现企业倒闭潮。中国经济经历了一次极其惨烈的阵痛。

方明珠寒假回家看见父亲公司还有大量的盐渍松茸库存。八九年风波中他不但没有减少收购，反而接下了不少找不到买家的货。她也悄悄跟父母分别商量："是不是赶紧出手，先把贷款还了？"

父母仍是让她好好读书，不要操心这些事情。

结合这些信息，方明珠知道父母公司经营应该是面临了困难，但这困难有多大她尚不清楚。

算是幸运，在方明珠一时下不了要不要再次妥协决心的当口，一九九零年高考志愿从之前的考前填报改为了考后估分填报。方明珠得到一个缓冲时间，可以在对能上什么学校的更大概率的准确估计后再做决定。

高考后三天，同学们仍留在学校里，估分、填志愿。

每个同学估完分单独去找班主任谈，方明珠去的时候，班里平时的尖子生都已经来过了。

方明珠对照郑老师给出的参考答案估算完自己得分，感觉相当不好。语文她有一道审题错误，多选看成了单选，数学仅够及格分数，总分加下来，比前一年的重本线差了十分左右。

听她报完分数，郑老师神色凝重地问："你认为自己估算准确吗？"

方明珠再想一想："有一道题可能记错了，减两分。"

郑老师再看她一眼，说："你是目前文科班里估分最高的。"

"啊？！"方明珠有些不可置信，赶紧再确认一遍班里两个文科尖子是否都估过了，回答是确定的。

"难道是我估高了？"方明珠自认实力还不至于超过这两个同学，但对自己的答案记忆又很有信心，"应该是他们估算得悲观了。"

按估分结果对比前两年录取情况，方明珠上梦想中的北大是不可能了。第一批志愿她选了三所位于北京的部属重点院校。第二批只填了一所院校，往下全部空白。

"报一个本省民族学院做为保底吧，毕竟重本不是很有把握。"郑老师劝她。

"不，大不了我复读。"方明珠觉得自己已经放弃了梦想，不肯一下子妥协到这种地步。

"省城有不少好大学，本省同学报也有一些优势，你为什么非要跑那么远去上学？"同学间分享，大多数同学填报志愿都以本省院校为主，不理解方明珠的做法。

"在省城待了三年，你们还没待腻啊？再说读读这个。"方明珠扬扬手里一本书，百花出版社的《郁达夫散文集》，翻开到《故都的秋》一篇，"读完这篇，你能不想去北京吗？"

……南国之秋，当然是也有它的特异的地方的，比如廿四桥的明月，钱塘江的秋潮，普陀山的凉雾，荔枝湾的残荷等等，可是色彩不浓，回味不永。比起北国的秋来，正象是黄酒之与白干，稀饭之与馍馍，鲈鱼之与大蟹，黄犬之与骆驼。

秋天，这北国的秋天，若留得住的话，我愿把寿命的三分之二折去，换得一个三分之一的零头。

要什么样的景致，才能让这见惯了东瀛江南各处美景的多情浪子甘愿以三分之二的生命为代价来留往？方明珠觉得，不去看这"特别来得清，来得静，来得悲凉"的故都秋色，人生不啻白活。

高考分数公布是在半个月后，李雪梅和方明珠在放榜前一天就知道了自己分数。

郑老师代表少城中学去风城招生，两家家长都忙着要招待孩子的恩师。高三一整年郑老师每天在自己家里给学生们煮鸡蛋补充营养，被医院下了病危通知书都不肯休息等等事迹早已经让家长们铭记在心。那个年代的教师们，是真有"蜡烛精神"的。

到达时是下午，郑老师已经跟学校通了电话获知学生们的高考成绩，当晚在雪梅家里为郑老师准备的接风宴前，郑老师分别单独告诉了两个学生她们自己的分数。

方明珠的成绩与她自己第一版的估分居然一分不差，她也知道了因当年高考难度高，本省的重本分数线比上一年低了二十分。也就是说，自己的分数已经超出重本线十分，可以上比较好的学校了。

席间李雪梅和方明珠分别坐在郑老师两侧，雪梅家长亲友再三敬酒，真心感激，郑老师亦十分豪爽，来者不拒，不觉就有了八分酒意。

"啪！"，突然听见筷子大力拍在桌面上的声音，桌上的人都不免一愣。就见郑老师指着自己右手的雪梅，对李光荣说道："你这孩子，不争气啊！竟然没有拿到状元！状元在这边。"他又指了指左边的方明珠，接着说："雪梅只考了全班第二，第二怎么说来着？"他转头问方明珠。

"榜眼。"对奇怪氛围还没反应过来的方明珠愣愣地答完，就见平日严肃方正的郑老师掉下了大颗泪水，竟然哭了。

这一下轮到她大为尴尬了。她知道郑老师一向喜爱雪梅。雪梅是最主流的好学生：努力上进、谦虚有礼、德智体全面发展，见人不笑不说话，得老师喜爱也是正常，可是郑老师当着众人这一哭，倒像是自己考第一是个错误似的。

席上变化很快，郑老师一边流泪，一边就"推金山，倒玉柱"般伏倒在案。现场顿时乱成一团，方明珠赶紧趁乱道别，像干了坏事怕被抓住一样溜回家中。

再过半个月，方明珠收到了录取通知书，是她的第一志愿，位于北京的某部委直属高校。她也算如愿以偿地去看"故都的秋"了。

美中不足的是，母亲没有送她去学校。

高二时纪秀兰已经跟方明珠约定，要在她上大学时随行去首都北京看看。临到收拾行李时，却又说不去了。"北京今年亚运会限制进京，以后妈妈再去学校看你。"

方明珠虽然有些不愿，碍于是实际情况所限，也只得作罢。她倒不怕自己出门，但纪秀兰一向晕车，难得一次主动提出要去旅游，结果又没能出行，觉得很是遗憾。

她不知道的是：限制进京虽然是事实，但应届新生的陪护家长并不在限制之列。事实是纪秀兰当时已经被县里限制离境了。

家破人散

故都的秋真是美，大学生活真是比高中自由。

跟方天明在省城火车站月台告别，方明珠坐上火车到了北京。在首都车站外很快找到了学校的新生接待处。

接待处的师兄很惊讶："你自己来的？"

方明珠也惊讶："不是每个人都应该自己来吗？"

师兄用更惊讶的目光告诉方明珠："你这个新生不太正常。"

正说着，就见前面来了一个队伍，五六个家人簇拥着一个女生。

"这算正常吗？"方明珠问师兄。

师兄解嘲地笑笑："好像也不太正常。"

很快有老师带了队，由校车接回学校。甫进校门，方明珠一眼看到夹道的两排高大银杏。

银杏当时还位列濒危植物，被教科书称为"活化石"。而这两排银杏显然都有几十年树龄了，很是罕见。

九月的北京秋高气爽，天空高远，清澈湛蓝，点缀着一两朵状态极悠闲的白云，两排银杏树身姿挺拔，枝干尽数向上伸展，不蔓不枝。小扇子般的叶子刚开始变黄，色泽清亮，是可以被阳光穿透的纯净。

原以为要专程去潭柘寺才能见到银杏的方明珠获得一个大大的惊喜。

北京的气候她也喜欢，晴朗干燥，阳光灿烂又温柔，比起省城那总是阴沉沉的天气，这样的天空下心情舒展很多。

方明珠带着欣喜的心情看着大学生活一点点展开。

宿舍在五楼，同班男生帮助她把沉重的木制箱子抬上去时，宿舍其他四人都已经归置好了行李。

有过住集体宿舍经验的方明珠很快就感觉自如。她还是住上铺，有了壁柜放东西。同屋一共五个姑娘分别来自五个不同省份，一看就知道都是从小到大以读书考试为人生唯一内容，一脸的单纯善良。

大家打完招呼寒暄几句，方明珠拿起脸盆去水房洗漱，听见身后有个声音说："新来这同学长得还挺漂亮的。"

方明珠愣了愣："这是在说我吗？"好像是肯定的，又一转念："她肯定近视还不戴眼镜。"

对于外表，方明珠一直是略为自卑的。

自方明珠能够行走自如，纪秀兰出门买东西办事多半会带着她。走在县城短短的街上自然会碰见熟人，每次都有那么一两个不太常见的人问：

"纪姐，这是你女儿？"

"是啊。"

紧接着肯定有一句接上："长得可真像她爸爸。"

或者是："长得可完全不像你啊。"话音里一定伴着惋惜的语气。

纪秀兰本不是特别注重外表的人，但被这样提醒多了，也难免看着女儿的脸叹口气。

天天被这样提点着，方明珠学会了倚在自家衣柜的穿衣镜前打量自己，然后再回头打量家里的其他人，比较之下，早早接受了自己长得不算好看的事实。自小到大她不像别的女孩子那么爱打扮，上高中后开始自己买衣物，更是偏向挑选不突出性别的款式，和自来旧的颜色。

大学属于九类院校，同学多半是农村子弟或小镇青年，来自大城市的不多，跟高中时类似，大多是穷人家的好孩子，淳朴诚恳。

班会、同乡会、学生会；图书馆、文学社、辩论队……从以跨越高考独木桥为唯一目标的封闭式高中校园走出来，一下子掉进这丰富缤纷不受太多管束的大学生活里，大一新生方明珠简直有点应接不暇。她成了班委，加入了好几个社团，在高年级同乡的帮助下还进入了学生会，成为了亚运会的拉拉队员。少年时向往的大世界慢慢在眼前展开。

学校校园相比北京其他高校不算大，也并未修葺得特别整齐，操场外的小径甚至有小半人高的杂草。但方明珠倒喜欢这种略带荒凉感的自然美，每天晚饭后她都要在学校各处散步溜达一小时以上。

十月的一天黄昏，方明珠正在操场跑道上慢慢踱着步，突然觉得一阵心悸，似乎被人掐着脖子般喘不过气来。

她找到操场边的台阶坐下来，等着那近乎窒息的心悸和烦乱感过去，清楚自己体征一切正常，这感觉不是来自身体。应该是有什么事情发生了。

此后多年方明珠一直无法解释：完全无神论者的自己，何以有这种超自然的预感能力？但这种预感能力似乎自她成年后就消失了，大抵是因为成年人不再有少年时那样纯净的心灵，心有杂念所致。

待回到宿舍，方明珠忙问室友："刚才是否有人或电话找我？"室友们答没有，都关切地问："你脸色怎么这么差？"

接下来的学习和生活仿佛没有什么异常，北京的秋色益深，学校门口那两排银杏的叶子终于全黄了。不掺杂半点杂色的纯净明黄，在益发高远的蓝天下，在足够明亮又足够温柔的阳光中十分澄静。待有秋风吹过，小扇子般的落叶满天飞舞飘洒，纵然离了树也是柔软的金黄，一派宁静优美，全然没有秋日愁绪。这是比郁达夫笔下更美的故都秋色，毫无萧瑟肃杀，唯有从容优雅。同学们忙着在这样的秋景里拍照合影，班主任忙着组织大家秋游圆明园颐和园，高年级的同乡忙着组织联谊会……大学生活美好而充实。

方明珠几乎都相信自己那感觉是错了。她照常每两周写一封信给家里，也照常每月收到一封回信。有一点奇怪的是：信纸上仍是父亲遒劲潇洒的笔迹，但信封上却是自己不认识的另一种字迹。

寒假前的一封信让方明珠再度焦躁起来。

父亲在信里让方明珠留在学校过寒假，理由看起来很充分："寒假时间太短，来回路途长，车票还不好买。"

但方明珠不相信，春节这么重要的节日，父母会不期望全家一起过？一定有什么事情瞒着她。

方明珠这次没有听话，学校统一订票开始，她就预订了期末考完试当天就走的火车。

两天一夜的火车回到省城，再两天一夜的长途汽车回风城。一路上方明珠焦灼不安。

在风城汽车站下了车，方明珠匆匆忙忙往家里跑。

一路碰上好几个熟人，都是神色闪烁地打一声招呼赶紧走开，没有以前的热络和八卦。方明珠顾不上思索，小跑着到了家门口。

"爸爸，妈妈，我回来了。"不及进门先喊。

没有人应声。方明珠走近一楼大门，赫然看见一把铁锁，和门上白底黑字的封条。落款是"风城县公安局"。

转头奔上楼，最里间的房门上也有同样的封条。

来不及仔细想这封条意味着什么，方明珠转身奔向外公家。

在方明珠急急地扣门声里出来开门的是纪老汉，一向严肃的脸上神色灰暗："你怎么回来了？你爸妈不是让你别回来吗？"

方明珠跟着外公跨进房门，看见外婆关切慈祥的脸，忍了一路的惊吓再也压制不住，问了一句："外婆，我妈妈呢？"眼泪扑哧扑哧往下落。

纪老汉和袁氏颓然对坐，都没回答。

方明珠心下知道这段时间所有不祥的预感都成了真，身子一软，瘫坐在了外公家的沙发上："我爸我妈去哪儿了？"她双手掩面，不觉由抽泣转为了痛哭。

泪水正在倾泻而出，有人在旁边叫她："别哭了，你爸妈在看守所。"

方明珠转头，是三姨，她家住在外婆家一墙之隔的县农机局宿舍，所以来得很快。

"别哭了，老人受不了。"三姨拉她起身，"走，去我家。"

方明珠愣愣地站起，眼泪朦胧中看到外公外婆黯然的脸，生生止住眼泪，双手胡噜一下脸，跟着三姨出门。

进了三姨家在沙发上坐下，又忍不住泪眼婆娑，想要放声一恸。

"别哭了，没什么好哭的。"三姨递过卷纸，"我刚开始也是每天想起都掉泪……"

方明珠头脑一片混乱，没听到后半句，但能感觉到三姨是不喜欢自己哭的。有个细细的声音在心里说：为什么你可以每天都掉泪，我就连哭一次也不许呢？

然后她仿佛明了：这是三姨的家，她在自己家里当然想哭就哭。而自己，已经没有家了，没有家的人，又怎么有哭泣的自由？

眼前还晃动着家门口那把大铁锁和交叉的封条，方明珠哽咽着慢慢止住了泪水。十岁学会不在外人面前哭泣的方明珠，在十七岁时又学会了不在亲人面前落泪。

仇恨的种子

止住眼泪的方明珠慢慢知道了事情的大概：

方天明和纪秀兰是在十一月被捕的，听说是县委四大班子共同做的决议。

原因说来也简单：八九年到九零年，明天公司因为松茸经营问题，累计有本息共计三十八万余元的贷款余额未还清。而一九九零年整个银行系统收贷，如果贷款还不上，县农业银行的行长，和明天公司后面的直接管理部门县委，都将面临不确定是什么样的后果。

而明天公司风城分公司的开户行是县城乡信用社，所以历年的经营贷款也在城乡信用社，而明天公司风城分公司的总经理方天明和城乡信用社主任纪秀兰是夫妻关系。

同时，农行行长王某做了"对该贷款不知情，系纪秀兰私自放贷"的证词，然后方天明和纪秀兰夫妻被控合伙挪用、贪污公款，数额巨大。纪秀兰被列为主犯，方天明被列为从犯，由县农行作为原告发起，州中级检查院直接提起公诉。

方家所有的家当都收缴拍卖了，拍卖所得偿还部分贷款。拍卖价格低得令人眼红，纪老汉和二儿子也去排队，竞买下了电视机和摩托车。

方明珠记得那个作证不知情的王行长，他最近两年已经不止一次到过方家，劝说纪秀兰把家里的松茸低价处理掉，先还上贷款再说。

"那家里还放着那么多盐渍松茸呢？成本都超过三十万，卖掉起码能抵一半的金额吧？"

"现在哪里有人买？你外公外婆还入了股呢，也都打水漂了。"三姨的声音里明显有怨气。方明珠知道，父亲除了贷款，还用了当时县城里人几乎没听过的"集资"方式，不少亲戚都入了股，年末享受分红。

"都是你爸害了你妈。"三姨叹息，"早点出手还有赚，哪怕是亏了出手还上贷款也没这么大祸事了。"

方明珠没有出声，但觉得"你爸害了你妈"这话如一根荆棘做的鞭子抽在自己心上。家中罹祸如此惨烈，亲友倒先在内部开始分责任找罪首。

"现在怎么办？请律师了吗？"

"你叔叔帮你爸爸请了一个，二姐去省城帮你妈妈找了一个律师，到州里待了一晚就跑了，说是不敢接这个案子。"

"我哥呢？"

"去了省城，应该是跟着你爸做药材生意的朋友。"

三姨停顿一下，安慰方明珠："没办法。至少人进去了，钱就不用还了吧？"

方明珠大骇：原来在三姨心里，钱是可以跟亲生姐姐的自由作等价交换的？接下来的一句话让她稍稍能喘息。

"明天你跟我去看你爸妈吧，我要去给他们送吃的。"

第二天是周日，三姨带方明珠去到外婆家，外婆已经蒸好了两锅馒头，炒了几个不易坏的菜，用搪瓷缸子装好盖上。三姨把这些东西放进藤编的篮子里，带着方明珠和她自己的两个女儿一起出门。县看守所已经搬到了县城最西端，需要步行约半个小时。

"你们俩每次都跟三姨一起去吗？"方明珠问两个表妹。

"是啊，我们每周去看望大姨和大姨父。"大表妹回答。

看两个年龄尚幼的表妹已经把这事当作了日常，方明珠一阵心酸，心里涌出对三姨的感激，觉得昨天是自己太过敏感了。

新的看守所是一座四方的院子，铁门和院墙都不算太高，除了四周院墙上的铁丝网和持枪站岗人员，倒没觉得跟居民住房有太大的不同。

三姨跟门口岗亭里的值班干事打了个招呼，在探视册上登完记。干事打开挂着"凤城县公安局看守所"牌子的大门，放一行人进去。

方明珠一眼就看到自己父亲在院子中间，晒着太阳跟值班干警聊着天。他黑瘦了一圈，精神似乎还好，看这情形似乎没遭太大罪。

方天明没想到在此地此刻见到女儿："你怎么回来了？"方明珠叫声爸爸，又忍不住落泪："您怎么样？我妈呢？"

"爸爸挺好的，别担心。"方天明答完，冲着院子南边小平房第一间喊了声，"秀兰，快出来，女儿回来了。"

方明珠望向那间屋子，屋子比平常的住宅稍矮一些，四周没有窗，一扇黑色的铁门上挂着把大锁，锁是开着的。锁的上方有一个小方格子，一只手从方格子里伸出来，取下锁，拉开锁拴，接着，铁门打开，母亲从那个小黑屋子里走出来。

"妈！"方明珠就要扑过去，墙上的警卫咳嗽了一声，方天明做个手势让方明珠停下来。她只能站到母亲对面，却不能伸手去触碰。咫尺天涯的感受是如此真切。

纪秀兰也瘦了一圈，原本就大的眼睛明显凹陷，头发竟是花白了一半。身上衣服却是整齐干净。

方明珠记得父亲第一次入狱时，母亲头上就有了星星点点的白发，那是她第一次知道一夜白头原来是真的。自己高中放假回家，帮母亲拔白发也是必要做的一件事。但之前的白发都是零星分布，这次一见，头顶鬓边，呈现全面蔓延之势。

"明珠，你怎么不听话跑回来了？"纪秀兰看到女儿似是嗔怪，但眼底也有一线喜色掠过。

"爸、妈，你们为什么不告诉我？"方明珠拼全力忍住眼泪。

"告诉你只是耽误你的学习，能有什么用？你别太担心，你看我们都还好呢。"

"那个混蛋王行长，怎么能做这种伪证？"方明珠恨。

"现在只能等着州法院查。我问过了，挪用是以非法占有为目的，我的所有账和单据都清清楚楚，所有贷款都按期付息，怎么可能是挪用呢？王某说他不知道，但我们社的资金不足是从其他社拆借的，跨社拆借的账每月有报表给行领导，他说不知道也说不过去。"纪秀兰回答。

"听说请不到律师，谁为您辩护啊？"

纪秀兰迟了几秒答话，声音沉下来："我自己辩护吧。"方明珠听得出，这声音里有她从未从母亲身上感受过的脆弱，和尽力隐藏的恐惧。"实在有事我一个人担了，让你爸可以出去照顾你们。"适才的脆弱一闪而逝，纪秀兰重新成为方明珠所熟知的那个愿意为了丈夫和儿女付出一切的坚强母亲。

方天明问女儿："你回家看了吗？"

"去了。没能进门，贴了封条。"

"楼下外间屋里，我还有几万块的成品药，你去问问你叔叔，能不能想办法拿出来卖掉，把钱还上一部分。"

"好。"

纪秀兰又问三妹："我有一袋面粉，当天让小徐送去了妈妈那里。"

"收到了，一四，在我那里保管着。"

"你帮我收好，这是给明珠上学和方伟应急用的。请律师什么的花费也从里面出。"

"二姐报销了一些请律师的费用，有车费和烟费，我记着账呢，你放心。"

纪秀兰又转向方明珠："你去看看楼上里屋能不能进去，我床头柜里有从第一套开始的全套人民币纪念币，每版都有两到三套，还有一两枚金银币，应该也值点钱了，你带上。"

方明珠听得云里雾里。回家的路上问三姨面粉怎么回事。得知当天抓捕极其突然，纪秀兰只来得及跟信用社的小徐说了两句话，让他把厨房里的一袋好面粉送到外公外婆。外公外婆收到面粉都很奇怪，三姨觉得肯定没那么简单，果然在面粉深处找到一捆用塑料袋包住的钱，一共是一万四。

当晚，大表弟陪着方明珠悄悄地潜进了自己原来的家。

她第一天回来没顾上细看，上下的封条在门缝外位置都是断开的。也就是说。早有人进过这屋子。

拉开灯，看到的是比十岁那年所见更为狼藉的现场。天花板上已经有蜘蛛网垂吊，方明珠顾不上别的，先找床头柜。

床头柜里除了一些纸张票据，空空如也，母亲经常放置东西的衣柜下层抽屉也同样，这间屋子，不止是进了小偷，简直就是遭过了洗劫，没有留下半点值钱的东西。

家都没有了，方明珠也顾不上在意这些损失，她让表弟帮忙掀起桌面上的玻璃，把压在下面的照片一张一张取下来，小心收好。突然想起楼下厨房碗柜抽屉里应该还有些照片。

"你在楼上等我，我去趟厨房。"厨房的窗外是一条过道，从小方伟带着方明珠多次在忘带钥匙时从窗口进去。

方明珠轻车熟路进了厨房，开了灯，正打开碗柜抽屉找照片，突然听到门开了，一个人带着哭腔喊着："妹妹，你回来了。"闯了进来。

来人不是方伟，而是信用社的出纳小徐。原来大门钥匙在他手里。

小徐是两三年前顶替他父亲进入城乡信用社工作的，也就二十几岁年龄，叫方明珠妹妹倒也没有错。他步子有些趔趄，显然已经喝醉了。

"妹妹，我对不起纪阿姨和方叔叔，对不起你。"他边说边掉泪，哭得涕泗交横。

方明珠有些愕然，并没有听父母和三姨说过小徐做伪证之类的事情。

"我对不起你们，我应该把事情顶下来的啊。"小徐一边说着，一边伸出手握住了方明珠的右手。

方明珠本来要抽出手，听到他这么说，心头一热，也就由他握着。谁料小徐突然把她手背递到自己嘴边，一边说对不起一边胡乱亲了起来。

方明珠一时呆愣，不知该做何反应，好在此时另一个声音响起来："你在干什么？"是表弟在楼上听到了楼下的动静赶下来了。

小徐还是一边哭，一边说着对不起，倒是在表弟警惕的目光下放开了方明珠的手。

"姐，他想干嘛？"

"没事儿，喝多了撒酒疯。"方明珠压抑着泛起的一丝恶心，淡淡地说。

回到外公家，方明珠用肥皂狠狠地把右手搓洗了三五遍，心里告诉自己：从一刻开始，记得对任何人都要防备。

接下来的两天，方明珠见到了叔叔和各位姨妈，舅舅已经调到州卫生学校工作了，一家人不在风城。

方明珠向叔叔方天清说起家里被查封的药品和松茸存货，方天清摇摇头，表示已经去托过关系，没办法拿出来。

所有长辈都跟方明珠说一句话："过完年就回学校，你在这也做不了什么，你好好地上学，就是让你爸妈放心。"

而几个姨妈还有一些街坊，都异口同声再三叹息："都是你爸把你妈害了。"

在很多年后，方明珠一直想：如果能够穿越，她最想穿越回去做的事情，就是回到这一刻，阻止所有人说这句话。

这轻飘飘的一句话被很多人重复后，在纪秀兰本来对家人爱意满盈，愿意付出一切乃至生命的心里，种下了一颗仇恨的种子。这样的话语一再地告诉她：她的付出不值得，她的苦痛源头不是来自外部，而是来自她的丈夫。这颗仇恨的种子以黑暗沉重的现实为养料不断生长，逐渐离间瓦解本来相亲相爱互相扶助的一家人的关系，破坏这个家庭历劫之后回归幸福的能力。

求助无门

方明珠提出要去州府的时候，亲戚们都不赞成。

"你一个小孩子，连人都不认识，去又有什么用呢？"在亲戚们的眼中，方明珠一向是个只会读书，连招呼人都不太会的书呆子，何况这件事情事态严重，亲友们目前尚没有一个人有什么主意，方明珠显然处理不了。

方明珠执意要去，她记得十岁那年母亲是如何帮助父亲争取到被相对公平对待的机会。自从看守所回来，她每晚一闭眼就看到母亲那双憔悴的眼睛，花白的短发，和她之前从未在母亲处感受到的脆弱与恐惧。

大家拗不过她，小姨帮着找了一个要开单位车去州府办事的朋友，托他捎方明珠往返。

方明珠去找了七年前过问方天明案件的杨院长。杨院长原籍风城，上次事情后论起来跟纪家也算是远表亲，后续两家也有走动。方明珠按辈分唤杨院长表爷爷。

杨院长见方明珠来，很是慈爱地招呼她坐，问学习问生活，让家人准备饭菜，给方明珠收拾住处。他和夫人生了四个儿子，独没有女儿，一直对方明珠关爱有加。

方明珠在表爷爷家呆了一天半，只得到五分钟时间谈父母的案子。

"这案子我已经问过了。"表爷爷的神情透着怜悯，也透着为难，"目前的形式是整个银行体系紧缩银根，造成银行系统巨大损失的案子，肯定是要从严从重办的。"

"可是这些钱是用来公司经营的，贷款手续清楚，用途也一致。就算暂时还不起本金，也一直在偿还利息，我爸妈完全没有占有的意图，怎么能说是挪用呢？"

"可是毕竟确实造成了银行的巨大损失，是吧？"

"要是不抓人，最多再过一年半年肯定能还上一大半的。"

"风城吴副县长之前已经多次找你父亲，要他卖了手里的货还贷，你父亲不肯亏损出手。他啊，就是太倔了，没有看到大势。"

方明珠觉得一颗心注了铅，沉沉往地上坠，咬了咬牙鼓起勇气问："那，最坏的结果会是什么？"

杨院长的表情更凝重了，踌躇良久才下了决心开口："最坏的结果，你妈妈的命可能保不住。"

晴天霹雳！！！

方明珠万万没想到结果会如此严重，她知道父母和亲戚们肯定也没有想过。

杨院长看着面如死灰的方明珠，十分不忍："这只是可能最坏的结果，也不是一定。你还是先回学校，家里的事情你也帮不上，能想的办法我们会想。"

方明珠不知道是怎么回到风城的，关于这个最坏结果，她没有告诉父母和任何亲友，只复述了表爷爷最后一句话。大年初三第一班客车发车，方明珠告别外公外婆去了省城。

方伟在长途汽车站接她，他跟叔叔方天清一直有联系，知道了方明珠的行踪。

电影电视剧里，这种情况下兄妹见面，抱头痛哭是唯一正确行为。

但他们没有。方明珠看见方伟脸上挂着笑容，突然觉得心内一团怒火烧起：父母遭受这样的冤屈，他没在身边出力，倒一个人躲起来轻松？她扭头不看方伟，面上罩上一层严霜。

方伟也很莫名其妙：这个妹妹怎么还是一见面就给他使脸子？便也不说话。

直到到了方伟的住处，两兄妹才开口对话。

"你什么时候到省城的？为什么不留在风城帮爸妈请律师？"方明珠没好气。

"……"方伟不知如何回答，只好先给方明珠倒杯水，等她能坐下稍平复一点情绪，才慢慢开口。

原来，方伟在父母被捕第二天，就去了县农行王行长家，质问他为何做伪证，激动时在桌上拍出了他的匕首。

第三天，就有在县公安局工作的同学捎话，说县里要"斩草除根"，让他赶紧离开风城。

他去见了父母一面，匆匆到了省城，投奔了父亲的药材生意伙伴杨伯伯，杨伯伯推荐他进了另一个伙伴管理的药厂做销售。

方明珠明白了原委，对方伟的态度这才略微松弛下来，心里责怪自己无用还迁怒于兄长。她把自己了解到的所有情况也告诉了方伟，兄妹商量着第二天还是去找杨伯伯想想办法。

杨伯伯是方天明的长期生意伙伴，也是交情很好的朋友。他是S省的药材做市商，真正属于改革开放第一批富起来的人，身家不是方家可比。

杨伯伯在很多场合讲过跟方天明交好的原因：有一次方天明给他交药材，地磅出了问题，整整少算了好几百公斤的重量。方天明只跟他确认了一句："重量没问题？"得到他"没问题"的回答后就再没说第二句话。等到他发现磅出错，已经是他自己出货的时候了。

"你应该知道不对啊，为什么不提醒我？"那一车不是名贵药材，但按错算的重量，方天明的损失至少需要三个月以上的利润弥补。

"杨大哥你说没问题，那就是没问题。"方天明回答，两人自此成为莫逆之交。杨大哥指示手下：方天明的货品等级、数量只须按他自己报的为准，不必查验。方天明也没有做任何让杨大哥为难的事。

方明珠在杨伯伯脸上看到的表情，与几天前在表爷爷脸上看到的类似。

"唉，你们这个爸爸啊！"他叹一口气，"县里控制你妈妈人身自由时他在省城，当时我们哥儿几个都劝他马上去泰国躲一躲，我们帮他办手续。只要他不回去，县里抓你妈也没用，最多吃点苦，也不会判。然后我们想办法凑钱把贷款还了，事情了结他再回来。可是他啊，死倔！怎么也不肯按我们说的做，说是不能留你妈妈一个人在那里，第二天就赶着回去，赶回去就直接被抓了。现在两个人都在里面，怎么办？！"

爸爸这样做难道不对吗？难道要留妈妈一个人在危险里吗？方明珠在

心里想着，但没说出声，她不敢冒惹杨伯伯生气的风险。

"我去问过了，现在最大的问题是给银行造成损失，只要钱还上，应该就不会有大事。还请杨伯伯帮帮忙。"

杨伯伯沉默，半晌说道："他要是没进去，我叫兄弟们一起凑钱没问题。现在他也进去了，只怕就算还了钱，人也出不来。"

方明珠的心一寸一寸地凉下去。她知道生意人要计较得失，可还是寄希望真有超越利益的交情："杨伯伯，您看能不能这样？就算我和哥哥借的钱，我们以后一定还。"

杨伯伯十分为难地看着她："这也不是小数字，是要大家一起凑的，现在这种形势，就算给了钱，很大可能人也出不来啊。"顿了顿他转开话头："你还是回学校好好上学吧，以后毕业了就不要回来了，我在海南有朋友，到时候你就去海南吧。"

听着他这似乎接受托孤似的语气，方明珠没有应声，只是直直地愣愣地看着他；还是方伟很快反应过来，道了别拉着方明珠往外走。方明珠心里只说：果然是生意场上无兄弟，放心我自己的事不会来求你。

死的自由

从杨伯伯家出来后，方伟带着方明珠跟自己玩儿得好的几个同事朋友吃了餐饭，然后送她上了回北京的晚班列车。

晚餐很丰富，方伟说笑着招呼大家吃喝，神色并无异样。

"你妹妹受得了这个打击吗？"要好的兄弟知道他家里的事，悄悄问。

方伟转头看一眼发着呆的方明珠，回答："家里不是第一次出事了，她应该没事儿。"在他记忆里，这个妹妹惯常除了看书就是发呆，现在看起来也并不异常。

惯常的表情下，方明珠的世界已经碎为齑粉，她不知道自己是怎么回到学校的，也不知道那几个月自己是怎么度过的。

方明珠日后脑海里关于那次归校的记忆里，唯有一碗饭突兀地浮着，其他背景都是一团空虚。

到宿舍后正是午饭时间，方明珠虽然并不感觉饿，也跟着去食堂打了一份饭菜，自己一个人端着回了宿舍。

坐在宿舍的课桌前，她机械地伸筷子夹起一箸米饭送到嘴里。每一粒米都像一颗子弹，嚼不烂又随时能炸开；咽喉里横着一根刺，又弥漫着一团浓雾，重力失去了作用，塞进嘴里的食物都堰塞在喉咙口上，无法向下。

吃下去，吃下去。她在心里恶狠狠地命令自己，一边往嘴里塞进更多米饭，发现这种与自己的意愿作对式的惩罚能稍稍抵消一点对自己无能的憎恨。一餐饭似吃了一个世纪，碗终于见底的时候，她知道赢了这场与自己的角力，略为心安。

是夜胃似被胀满气，钝钝的刀子割般痛了一整晚，但身体的痛楚中，心里那万根芒刺倒似没那么尖利，感觉自己能陪着父母受一丁点苦，反而略有欣慰感。方明珠把身子蜷成一团，双手抱着胃，不准自己起来找药吃，感觉到一丝自虐的快意。到天快亮时，才半睡半醒地昏沉了一阵。自此以后很多年，吃饭于方明珠而言都是一种责任，是活着的必须，她对食物的热情与兴致一直无法提到很高，不能成为一个通过美食热爱生活的人。

正常地吃下第一餐饭以后，其他正常的事情也渐次正常开展：跟着同学上课，跟着班级安排开班会，跟着各社团日程参加活动……方明珠能走能跳，能说也能笑。她随着各种日程表，有样学样，不露痕迹，像是一名再普通不过的大学生。

但她分明知道：那是一具被唤做"方明珠"的行尸走肉。真的方明珠，被拘在无尽的恐惧里，蜷缩在上铺帘子后面小小的空间里，等着收到来信告诉她一审宣判结果，又生怕收到来信告诉她猜测中的结果。

每晚闭上眼，她都会看见母亲憔悴的双目，耳边又响起表爷爷那一句"最坏的结局，你妈妈的命可能保不住"。几乎每夜，她都是睁着双眼到天明的，偶尔入睡，立即落入梦魇，里面魔影重重，都是要夺母亲性命的，而她只能眼睁睁在旁边看着，手不能动口不能言，不能帮母亲做任何事情……从这样的梦魇中惊醒，除了满身满头的冷汗，满目需要强忍不发出声音的泪水，余下的就是深到骨头里的自责，责备自己是如此全然地无用。

如果母亲真的……她还要活着干什么？

终于有一天，方明珠忍受不了这无尽的惊惧与等待的煎熬，傍晚拉上床帘，她翻出了自己的匕首。

匕首长六寸许，开了刃，很锋利。壳是藏银打制，嵌几颗小小的红珊瑚和绿松石。这是藏区女孩子通常可得的成年礼，在收到大学录取通知书后，父亲提前送给了她。

"出门在外，不可惹事，也不必怕事，带上这个可以防身。"这是母亲的话。

右手抽出匕首，左手翻开手掌向上。她手腕纤细，腕动脉清晰，以这把匕首的锋利度，切开应该不费力气。

闭眼吸气，方明珠想：此后就不会被那些无休无止的梦魇纠缠了。

但就在闭眼那一瞬，母亲那疲惫憔悴，但仍带着不屈服光芒的双眼又闪现在脑海。一个声音同时在头脑中响起："你这样走了，父母怎么办？他们受的磨难已经那么多，还能经得起这样的打击吗？"

方明珠睁开眼，匕首颓然地从手中滑落。她呆了半晌，在心里狠狠地骂自己一句：懦弱！

是的，她没有、也不该有，寻死的勇气和自由。活下去，是她能为父母所做的第一件事。

在无边的黑暗和恐惧里活着不是易事，她必须自救。

二年级开学，方明珠报名参加了班长竞选，并给自己投了一票，最后以一票的微弱优势胜过了另一位呼声很高的竞选人。之后她又加入了几个社团，从此白天除了功课，还有很多事情填满她的时间，把她从一片漆黑的情绪里短暂拉出来。

而漫漫的黑夜里，好在有音乐。父亲高中时买给她的随身听还在，虽然已经不能任意地买磁带了，但还有收音功能。北京音乐广播电台主持路凌涛的声音和他播放的音乐，成了夜幕里的一双无形的手，帮着方明珠把无尽的恐惧和自责略略推开，让她终于可以度过一个又一个焦灼无尽的夜晚。

接近大一学年末，方明珠先收到了一个中学同学的来信，告诉了她父母的一审结果：纪秀兰获刑无期，方天明则被判十八年有期徒刑。庭审一结束，同学马上就写了信寄来。

这是比方明珠日夜恐惧着的猜测稍好的结果。

她还知道了：父母都没有专业的辩护律师，父亲是由叔叔辩护的，而母亲真是自己为自己辩护的。叔叔是个中医，母亲是个会计，他们去对阵中级检察院的专业律师检察官，方明珠没法想象那是怎样的场景。

他们都已经当场表示对结果不服，要上诉。

看完信，方明珠放下一直颤抖的双手，软倒在床上。

过几天，收到了三姨的来信，信里做了更详细的说明：判决书认定的事实是纪秀兰夫妇"以已被县工商局注销的明天公司名义私自放贷，挪用公款"。存货松茸以不到十万的价格处理了归还部分款项，最后认定的金额是二十九万多。而那些被封存的药品，应该是被放置到过了期，全无价值了。

　　人还在，就还有希望。方明珠想着。那个周日她没有待在学校，按着从图书馆黄页查到的信息，坐车去了北京大学东门，在校门对面一片平房中，找到了一个挂着"××律师事务所"牌子的玻璃门，推门进去。

　　"请问你有什么事？"屋里陈设很简单，就两张长条形办公桌，仅第一张桌后坐着一位女士，看起来年龄也就二十五六，她看着方明珠有些诧异地问。

　　"我想咨询一些法律问题。"方明珠心里有点打鼓，不知道咨询是否要收费。

　　那位女士招呼她到桌子对面坐下，方明珠用旁观者的口气，把案子的大致情况讲了讲。

　　"判得太重了。"讲完，她看到那位女士重重叹了口气，"赶在时间点上了。"

　　"难道不是根本就错判吗？"方明珠不服。

　　"这个现在不能下结论，要看具体证据，至少量刑过重是确定的。"她试探性地问方明珠，"这是你亲戚家的事？"

　　"我自己家的事。"方明珠犹豫一下，还是说了，"当事人是我父母。"

　　"哦。"对面的眼光里透出怜悯。

　　"现在我能做什么吗？"

　　"按照程序，只能先上诉等二审。这样吧，二审出了结果，如果要到最高法申请，你再来找我们。"

　　方明珠道了谢，惴惴不安地问咨询要怎么收费。她口袋里装着这学期还余下的生活费，不过也只有区区两百来元，完全不知道够不够。

　　"今天的咨询免费，等你家案子到了北京你再来。"

　　方明珠松了一口气，却有一句话没能说出口："可是我家没钱请律师。"她心里略为安定，至少律师在了解大致案情时就能判断量刑过重。二审到省高院如果结果不理想，可以直接向最高法申诉。她在北京，她能为父母做点事。

　　她去旁边书店买了一本《刑事诉讼法》，以了解相关的程序。

又过了三个月，方明珠再收到同学信件，听说省高院要将案子发回重审。收到信那一天，方明珠觉得天快亮了：发回重审，意味着省高院对一审的判决非常不认可。

然而没想到的是，二审判决结果出来，并没有质的变化，只是量刑有变：纪秀兰改为了有期徒刑十八年，方天明十五年。

二审出结果时已经是方明珠大学第三个学期。学期结束的寒假，她再次买了车票，回去看父母。

二审是终审，判决完后，方天明和纪秀兰就要正式入监服役。州里的重刑犯监狱在一个叫八道桥的地方，听说那里长冬无夏，寒冷异常。风城气候算得上冬暖夏凉，父母应当没有应对那严寒气候的服装。但方明珠手头拮据，只能给爸妈各买一双北方的雪地靴。

火车到省城，转长途汽车到州府，然后一早再起来搭乘班车去八道桥。

方明珠在等车的路边不停跺脚。州府海拔比风城高出一千多米，积雪冻冰，能感觉十个脚趾头冻得生痛。不知道八道桥那种苦寒的地方，父母如何安置？

班车终于到来，三个小时后，方明珠在八道桥车站下了车，背上背包走出去，居然看见方天明在车站外等她。

"爸！你怎么在这里？"方明珠万分惊喜。一是惊喜于父亲居然能知道自己到达时间，二是惊喜于看来他有活动的自由。

"你写了信说放寒假要来，我和你妈算着估计就这几天，就跟管理干部打了招呼，每天州府班车经过的点都来看看。"

八道桥并不像想象中那么荒凉。车站外有一条街，虽然是土路，但临街铺面里衣服鞋帽，面馆饭店，也算应有尽有，路上来来往往的人，并不比风城县城少太多。这里海拔高氧气不足，紫外线又格外强烈，居民们多半脸膛黑红，皮肤粗糙。方天明到此地两月有余，脸也开始变成紫红色。但人倒是比上一次方明珠见时精神些，也长了一点肉。

"这里经商开店的，不少都是出了狱没什么地方可去，或者不愿意回去原来地方的人。"方天明告诉方明珠。方明珠仔细观察，并没有人看起来恶形恶色，都在规规矩矩做生意。

"走吧，先吃点东西。"方天明带着方明珠进了一家小面店，给她点了二两馄饨。面店老板叫着方哥，似乎已经熟悉。

吃完面，方明珠要给钱。被方天明阻止了："放心，爸爸有钱。"他还是以前的习惯：从上衣左胸口袋里掏出一叠不同面值的钞票来，找出一张一元的结了账。这里吃饭的价格，看来要比风城和州府贵不少。看着方明珠不解的眼神，他解释："有叔叔和亲友们来看望送的，还有队里的奖励。"

"奖励？"方明珠听得云里雾里，听方天明简单讲了一路，大概明白。原来方天明到八道桥前，管理监狱的大队长就听说了昔日的"松茸大王"要来。队里是有开展经营的。方天明一到，就直接被队长要到了经营小组。他给队里提出了贩牛肉、建鱼塘等建议都被接纳落实，目前已经盈利。加上他擅长文书，字也漂亮，现在队里的干部写各类报告、书信之类，多半找他帮忙，倒是很快成了队长倚赖的骨干，所以行动方面也比较自由。

方明珠简直不敢置信：自己父亲居然在短短的时间里，在这么恶劣的环境里打开了局面。虽然她觉得父亲成也因能力，败也因能力，但还是得承认能力是个好东西。

下午方天明带方明珠去女监探视妈妈。纪秀兰的精神看起来也比之前在风城看守所时好一些。干事准了她当天下午和晚上的假，一家人可以团聚一下。

方天明住在经营小组，不在大牢里，而在离镇中心不太远的一个小院，院门朝南，北边和东边各有几间土坯平房。除了黑铁的院门，跟四周的居民住房外表上没有什么差别，大门上挂着的大锁白天也是打开的，晚上七点后由看守队的人从外面锁上，早上九点再打开。

晚饭居然有大锅的土豆烧牦牛肉，经营小组的一个小伙子负责打下手收拾。从牧民手中买来牦牛，宰杀后卖肉是方天明给经营小组做的第一个方案。牧民养牦牛也吃牛肉，可是绝不宰杀。他们宁愿将牛卖给屠宰场或牛贩子，再从市场买回牛肉。杀牛是个力气活，一头牦牛轻则八九百重则千余斤，需要好几个青壮年组队才能完成捆绑、放倒、杀死到分割的工作。八道桥只是一个乡，没有正式的屠宰场，又因为杀牛仅在秋冬季，无法持续经营，不适合民间个人开展，但对监狱这种有充足无偿劳力供应的单位，是再适合不过的营生。每头牛可以赚到八百人民币左右，和一副牛头牛尾内脏及少量牛骨牛肉，大队干部会分一些给经营小组的人犯做菜。

吃饭中间监狱大队长还专程过来看望了一下方天明的大学生女儿，对方明珠说："你爸真的是人才！"

看见父母在此间的际遇不是自己想象那么恶劣，方明珠微微安心，觉得自己回学校也不能再日日沉浸在痛苦里，需要积极一些，找些事分散一下注意力。

长夜漫漫（一）

晚饭期间，一家三人讨论起二审的判决。

"爸爸，判决书上说明天公司已经被工商局注销，是事实吗？"

"我没有得到过任何通知，我手里的营业执照、公章、法人章，还有公司的账目，都是被抓后交上去的。如果公司被注销了，这些东西可能还一直留在我手里吗？"

"那这些东西在法庭上作为证据出现了吗？"

"我们上交的所有东西，包括信用社这几年公司的贷款还款记录，这些贷款的还息记录，还有明天公司的相关资料，都没有在法庭和后面的任何文件里提到过。"

"爸，妈，我在北京咨询过律师，他们说这案子显然是判得过重。咱们一定要申诉。"

方明珠告诉了父母她去律师事务所咨询的情况。

方天明和纪秀兰显然也跟方明珠开始一样，对量刑过重而不是错判的结论有些不能接受。方明珠安慰父母："毕竟他们不完全了解案情，也没看到证据，不敢下太绝对的结论。这么轻易就能看出量刑过重，一定要申诉。"

"我已经在写申诉材料了，就是不知道该怎么递送。"方天明说。

"太好了，爸爸你写的材料拿给我，我去直接找高院申诉。"方明珠已经查到了，最高法在北京设有信访处，接待申诉或上访的群众，并且通过黄页查到了信访处的地址。

"你哥哥怎么样了你知道吗？"说完案子，纪秀兰问起儿子。

"他应该还挺不错的，他的性格适合做销售，业绩好像不错，这学期他每个月还给我寄钱来着，还跟我说要上研究生的话他供我。听说他们单位在省医大有委培的业余大专班，张叔叔给他争取了一个名额让他上了。"

"都是真的啊？"纪秀兰收到方伟的信件里说过这些事，但她有些担心儿子是为了安慰他们。

"嗯。我们有个初中同学现在也是单位派到这个医大进修，跟我说在学校里碰见了他。我还有他在学校照的照片。"方明珠从包里掏出照片来，是方伟在医大门口喷水池边照的，西装革履的样子很是正式。纪秀兰吁一口气："你这哥哥从小到大始终让我放心不下。你还好，学习一直不让我们操心，现在上了大学，以后怎么都不会太差。记着要好好读书，不要受家里影响，要是影响了你的前途，爸妈心里怎么过意得去……"

"你们放心，我学习成绩不错的，上学期还有一门课考满分，全年级唯一一个呢。"看着父母欣慰的脸色，方明珠庆幸自己还是知道轻重，没有耽误了学业。

当晚，方明珠住在了经营小组的小院子里。

"就住这里吧？住在街上旅店不一定有这里安全。"方天明问得有点小心翼翼。

"好。"方明珠答得很爽快。

方天明早就整理好了东侧一间无人住的平房，吱吱作声的旧木床架上，他和纪秀兰从带来的棉絮被褥里挑出了最好的铺上，纪秀兰当天也住在这里，床小，母女俩只能分睡两头。

自己这也算是有了"坐牢"的经验了吗？方明珠略带好奇地想着。接着想到母亲就跟自己躺在一张床上，而父亲就在旁边的另一间屋里，这种能与父母共患难的感觉让她心里十分踏实。当晚，是方明珠一年多以来睡得最香甜的一次，没有任何梦魇干扰，就连一到冬天就彻夜冰凉，让她总是睡不稳的双脚也是暖暖的。

早上醒来，方明珠知道了自己的脚昨晚为什么一直是暖暖的：纪秀兰微蜷着身，把她一双脚牢牢捂在胸口，这姿势显然已经保持了一整晚。

"妈——"方明珠慌忙把脚移开，又感动又歉然，"我这双脚就跟两个冰坨子似的，您心口捂着它们怎么睡得着。"

"没事儿。"纪秀兰显然没睡好，笑得有些疲倦却又恬然，"你打小就这样，一到冬天手脚冰凉。也怪爸妈没有给你生好，给你捂捂不算什么。"

"妈，"方明珠知道自己落了泪，忙忙擦掉，泪中带笑地说，"谁说没生好，您看我这身体多好，头脑也聪明啊，不知道多少同学羡慕我呢……"

探视完父母再回到学校，方明珠感觉自己又有了好好活下去的理由。

大学课程并不满，大二后一学期的周四只有两节课。方明珠以要去别的学校看望高中同学为由，让宿舍同学帮自己请了假，背着上大学时二姨送的一个棕色小皮包出了校门。皮包里装着案子一审二审的判决书，和父亲写了一半，自己接着写了一半的申诉材料。

最高法信访接待处在南二环，从位于北京西北郊的学校过去，要转三次公交，路上花费大约两个小时。

公交车摇摇晃晃，方明珠有些晕车，但心里很安定。

下了公交车，她按照手里拿着的地图往前走，发现要到达信访办需要经过一个小巷。

那个巷子，比方明珠见过的监狱中的景象悲惨许多。

巷子深数十米，宽不足两米，路面是砂土，两旁是已经分不清是黄色还是黑色的土墙。路两侧都被人占了，半蹲半躺的以中老年男人为主，也有个别女人带着小孩。衣衫脏污褴褛，面色腊黄，目光黯淡，看过去只有两个字——绝望。

这些人显然是长期住在这巷子里的，有人靠着脏兮兮的被褥，下面铺着薄薄的塑料布。还有人在生火，火堆上铁丝架子吊着黑乎乎的水壶。

方明珠匆匆穿过巷子，能感觉到他们看她的诧异的眼光——她青春年少，衣着整齐，不像是应该出现在这里的人。

她大步疾行地甩脱后面那些黑洞般无物无望的眼光，几乎是奔跑着进入信访大厅。

信访大厅里也有不少人，和巷子里那些人比起来显得正常许多。方明珠从门卫处拿了来访单，填好从窗口交进去。

站着等了不到半小时，大厅的喇叭喊方明珠的名字，通知她到刑二厅窗口。

方明珠拿着访单回执给厅里的干警看过，干警指了路，方明珠来到挂着"刑二厅"的门口，敲门进去。

接待桌后坐着个清瘦的中年男子，他让方明珠坐。

核对完姓名，中年男子问："你今年十八岁，上大学？"

"是。"

"当事人是你父母？"信访登记信息里有当事人关系，方明珠点点头，看见中年男子的眼中同时滑过一丝诧异和悲悯，心里不由想：在这样的地方工作时间长了还这么心软吗？看他年龄，可能家中也有个跟我差不多大的孩子吧？

中年男子开始问具体情况，方明珠一边讲，一边把包里整理的材料递过去。

中年男子仔细看过材料，沉吟一会儿，摇摇头："确实太重了。"然后抬头看方明珠："这样吧，我给你办！但你需要提供证据。"

方明珠没想到这么顺利，不由眼中放出光来，连道几声"谢谢叔叔！"伴着鞠躬。然后才想起来问："要什么证据，这些不算吗？"她指的是判决书和申诉材料。

"这些不能作证据，我需要能证明你们申诉材料里写的事实的证据。比如公司执照，公章；贷款、还款记录等等。"

"可是这些已经上交给了中院，我们估计拿不到。"方明珠眼里的光又暗了。

"当时没有打收条吗？"

方明珠冷笑了一下，想起家里两次抄家似的场面，哪可能有收条这回事？

中年男人叹口气："能找到中院的熟人吗？不拿原件，他们能出收了证物的证明也可以。贷款还款记录，银行肯定是有账目的，有盖章的复印件就可以。"

方明珠垂首，摇了摇头。既然是行长做伪证，怎么可能给她拿到账目呢？中院可以争取一下，但机会估计也不大。

看着她瞬间颓然的样子，中年男人又叹了口气："实在不行，证人证言也可以。"

方明珠抬起头来，恢复一些生气。

"这样吧，你过两周再来，我还是周四值班。我给你出个条子，你拿着回去收集证人证言，收集到再来找我，我给你办。"

长夜漫漫（二）

一张写着"请配合方明珠同志进行证据收集"字样，盖着大红公章的信笺，重新燃起了方家人的希望。

暑假，方明珠带着这张信笺，先去看望父母。

她小心翼翼地从学校的信封里抽出这张信笺，再轻轻展开给父母看，生怕一不小心就把它碰坏了。

纪秀兰神色也有一点激动："终于找到申诉的路子了。"她又问："你准备去哪里找证据呢？"

"我先回风城，找银行了解这个贷款的人，和工商局的人，然后跟哥哥一起去州府，他比我熟人多，看看能不能找到州法院的人出收条。"

"好。"方天明和纪秀兰都认可。两人经过一番筛选，列出了七八个认为交情比较靠得住会帮助的名字，让方明珠回到风城后先让叔叔方天清带她去。他们知道凭方明珠自己，大概率是相见不相识。

夏天的八道桥风景优美，虽然地处海拔四千以上，但地貌为高山草甸，放眼四周一片开阔，和风吹在一眼看不到的边的碧绿草原上，耀眼的高原阳光下七彩格桑花盛开。极目之处层峦叠起，因为相对落差不特别大，连最峻伟的雪峰也显得温柔。庙宇是这里最雄伟的建筑，白石主体，顶部是浓墨重彩的朱红，与庙前的白塔和风中翻飞的五色经幡，混合成一幅色彩极度明快的画图。方天明带着方明珠沿着河滩走向镇里，边走边指点周边的山峰说着山名，告诉她："这里现在被称为'摄影家的天堂'。"

方明珠侧头看看微笑着说话的父亲，近半年不见，他的皮肤在高原的朔风里已经黝黑得跟当地居民类似了。她走近河边，伸手试了试水，七月的盛夏，这高原山雪山化水而成的河流，依然冷得刺手。

一年四季，这河滩就是父母他们浣衣、清洗食物的所在，这河水，冬天该是怎样刺骨冰凉？想到母亲已经明显粗糙的手，方明珠又觉心里一阵刺痛。

方明珠看望过父母，先回了风城。

当把自己和父母都觉得很重量级的信笺拿到叔叔方天清面前时，方明珠感觉到叔叔的反应很平淡。

方天清拿起信笺仔细读过，抬起头说："这上面并没有明确说要再审这个案子，只是说请予以配合，并不是强制要求配合？"

"刑二庭的人说，要拿证据才能办呢，拿证据是第一步。"

听完方明珠说可能要的证据类型，方天清眉头微皱。他是一个稳重的人，很少着急做结论。沉吟了一会儿，他对方明珠说：

"这个案子是州中级检察院提起的公诉，听说办这个案子他们还立了集体二等功。目前这种情况下，估计很难拿得到证据。"

"……"方明珠没想到冷水来得这么快，"那无论如何，总要试试吧？"

方天清再沉吟一会儿："当然，就算死马当成活马医吧。"

按着方天明和纪秀兰列出的名单，方天清带着方明珠一家一家拜访。方天清已经是县里小有名气的医术好、人品好的中医，去到的地方都受到热情的招呼："小方医生，进来坐。"

"这是我哥哥的女儿。"进得门来坐下，方天明先介绍方明珠。

"认识认识，囡豆儿嘛，从小看着长大的，这孩子争气呢。怎么样，在北京上大学还好吧？"

"还好，谢谢 × 叔叔。"方明珠接过话来，"今天来，是有件事情要麻烦 × 叔叔。"

"哦？有什么事就说吧。我跟你爸妈也是几十年交情的老朋友了，他们出这事儿也真是可惜。"

方明珠珍而重之地拿出信笺，说明来意。然后就看到对方热情的脸上浮起疑惑。

"你爸妈这个事情，州里和省里不是都已经定调了吗？"

"还可以申诉的。我已经在北京咨询过了，一审二审都判得不对。您看这不是最高法刑二庭开的条子让我来收集证据吗？"

"可是最高法如果要再审，直接找省里和州里法院拿证据不就行了吗？"

"需要先有证据，才能启动再审。我家的证据都上交了，所以要拜托你们给证人证言。"

疑惑的脸色转为了十分的为难：

"闷豆儿。"他们一直习惯这样叫方明珠，"不是叔叔不想帮忙，但你爸妈这件事情，叔叔也不清楚啊。"

"您只要说您清楚的事就好，比如您跟我爸爸一起收松茸，知道他把贷款都用在了正常的经营上……"

"这个，我帮你爸爸收的松茸数量很少，不可能知道他一共用了多少钱啊……"

……

方明珠没有想到，父母经过再三思考筛选出的名单，是这么的不堪一击。

"×××，你爸把盐渍松茸方法教会了他，他这几年做松茸也赚了不少钱。"

"×××，前年手里松茸出不了手快急疯了，家里人求着你爸，你爸没压他价格收下了。"

"×××，你爸长期使用他的车运货，运费都按高标准给的，从来没拖欠过。"

"×××，这几年年终决算都是我帮他处理的。"

……

这些在他们心里可以构成危难里伸一伸手的情分的理由，原来在一丁点现实可能的风险面前，就会被选择性地全然忘记。

拜访完名单里的人，方明珠一共只拿到两份证人证词。一份说明：方天明被捕当年去 H 县收松茸，是拿到了县企业局介绍信的；另一份说明：城乡信用社跟其他社的拆借，农行王行长按照正常程序，应该是知情的。

方明珠认真看过了刑法和刑诉法相关章节，知道这样的证词力度太弱。

跟方伟约好去州府的时间到了，方明珠坐上班车离开风城。她坐在窗口，侧头看着路边熟悉的景色逐渐被抛到身后，感觉"故乡"二字也在心里慢慢坍塌：生活了十几年的这个小镇，原来竟是跟她和家人毫无情义的一个陌生地。她决定毕业后无论如何，不会回到这里来工作和生活。

在州府，兄妹俩不出意外地一无所获。

"案件已经终审，档案已封存，非本体系或专业律师不可查阅。"

不管是直接上门还是托了人引见，所有见到的人都是同样的回答，理由正当又充分，态度干脆又坚决。

时间一天天过去，方明珠刚回来时的满心希望，像肥皂泡般一个个破灭，连存在过的痕迹都不留。

"你先回学校吧，后续我再想想办法。"方伟只请了一周假，需要回单位了。

知道自己再逗留也是无益，方明珠颓然地跟方伟一起上了回省城的车。想到父母眼里燃起的希望，只觉得自己给了他们希望，又不能实现，何其无用！

回到北京，方明珠再次去了最高法信访处。

她名字仍然很快被叫到，方明珠低着头惴惴然递过手里的两张写着证言的白纸。

"就这些？"中年男子的语气里显然有些意外和失望。

"嗯。"方明珠鼓起勇气，抬头看着对方，"小地方的人特别怕官，听说是州中级检查院提起公诉的案子，都怕受牵连吧。"

中年男子微蹙眉头："可是只有这点证言，不好办啊。"

方明珠再次垂下头去。

"我尽量试试，好不好？"中年男子的声音里有一些无奈。

"谢谢您！"听到还有希望继续往下走，方明珠感激不尽，"我哥还在想办法找证据，找到了我就送来。"

"好，你们尽量努力。"

离京

待收到方伟的信，说终于拿到了贷款和还款相关账目的复印件，时间已经又过去了一年多，方明珠大四上一学期都快结束了。

大四上半学期，学校统一安排了两个月在外地的实习。回到学校办完手续，方明珠再去到最高法信访办已经是年底。

这一次她等了很久，没有听到喇叭里叫她的名字。难道是刑二庭值班换人了？等到下午四点，方明珠失望地离开了。

第二周再去，中年男子有些焦灼地问她："上周我叫你半天，你去哪儿了？"

"我等了很久，以为您没值班，或者轮不到我了。"方明珠很歉然，也很感动。

"是有什么新的证据吗？"

方明珠把包里信用社账目复印件递过去。相关贷款、还款、还息记录都在列。

"这个有一定说服力。"中年男子看完问，"公司相关的证据有吗？"

"实在拿不到。"方明珠无奈答道。

"有这个，可以试试了。过两个月你再来看看进展。记着只要你来，我一定会叫你的，你要等着，别中途走了。"中年男子叮嘱方明珠。

"好的。"方明珠深深地鞠一个躬，"叔叔，太感谢您了！"她眼里带着点泪花，笑了。

方明珠不记得是自己忘了问，还是因为有规定对方没说，她一直不知道这位清瘦叔叔的姓名。但他的言语行动，也在她心里积蓄了一股暖流，冲淡她对人的戒备和不信任。

两个月后方明珠没能前去，放寒假了，她开始为工作奔波。开学后一周，她忙忙地再次去到那个巷子深处的大厅。

知道这事不会太顺利，以为自己做好了持久战思想准备的方明珠，在看到对方脸上的为难之色时，瞬间觉得心掉进了冰窖。

这个神色太过熟悉，从家里出事以来，她每一次为着能做的努力求助于旁人时，见到最多的，就是这种"不是我不想帮你，而是我帮不了你"的表情。

在最高法信访厅的这间小屋里，她之前没有见到这个表情。这是她能坚持着在这条路上来回，没有放弃的重要原因之一。

而现在，这个神色，出现在了对面这张一直不太有表情、但她能感受到关心的脸上。

她不敢开口，只是直直地盯着对方。生怕自己一个问题，就引来令最后一丝希望断绝的答案。

中年男子沉吟着开了口："这个案子，不太好办。"

方明珠不敢接话，继续等着。

"去年经济过热，今年整体是收紧的状态，这种情况对你父母这一类案子不太有利。"对方很小心地字斟句酌。

方明珠看着对方，眼里呈现出初来时的茫然无助。虽然她不太理解，经济收紧跟案件性质有什么关系，但她记得：家里两次出事都适逢"严打"，所谓天时不利，代价惨痛。

"你也不要绝望，我们慢慢想办法。"

"可是，我已经快要毕业了，再过几个月，我就不在北京了，不能继续来这里找您。"方明珠有些木然地开口。

"是这样？你不考虑留北京工作吗？北京的大学留京应该不难吧？"

"我已经跟学校说好，不留北京了。"

中年男子再度进入沉吟。半晌开口：

"如果你不能来，这事就交给我，我慢慢给你办，好吗？"

失魂落魄的方明珠回程晕车了。

忍着恶心在半道下了公交车，她扶着路边行道树，吐到五脏六腑都要翻转过来。

比起身体上的不适，感知更强烈的是头脑里翻滚着的几个问题：

"要不要去跟学生处谈，自己还是要留北京？谈的话有没有把握？"

"留在北京，是不是这案子就有希望，还是这个叔叔根本就是安慰自己？"

"如果要留北京，双选的时间已过，工作单位怎么办？"

……

留京和考研，确实不在她的计划之内。

方明珠的大学录取通知书上，有"定向培养"四个字，这意味着原则上她毕业后应该回到生源所在地工作。

在高考完填报志愿的时候，这四个字一丝儿也没造成对方明珠的困扰，年少的她曾经以为：学成后建设家乡，是天经地义的事情。她的专业是经济管理，她自认为偏僻而人才缺乏的风城，这是可以派上用场的专业。

待家中罹祸以来，似是一夜便见尽了人情冷暖，她心里这个志愿慢慢死去：她已无家，亦无所谓家乡。

由是"定向"便成为了一个问题，但方明珠并没有太多考虑如何解决。她不是善用策略的人，解决问题的方法一向简单直接：大不了分配了工作不去罢了。

没想到有人主动帮助她。

学校从大二开始设置了计算机课程，除了微机原理之外，还要求学会两种基础语言编程。一经接触，方明珠就爱上了这些课程：写下一段代码，通过编译执行，计算机就能输出自己想要的运算结果和界面，这种感觉很神奇。而且全程无须跟别人交流合作，很适应方明珠当时"非不得已不与人交往"的心境。

已经不能在图书馆里静心读书的方明珠爱上了泡机房。

九十年代初，计算机相关专业还未大发展，课余学校机房里的人很少，方明珠是晚上唯一常见的女生。

物以稀为贵，负责管理机房的老师难免好奇问问，一来二去也算熟悉了。

三年级时，机房老师跟方明珠聊起毕业的打算，知道了她是定向生。

当再知道她那不解决的解决问题方法，有些好笑地提醒她："分配了不去单位报道，是要被退档到学校的。"

"退就退吧，反正我也没别的办法。"

机房老师看看她："我有个同学在你们省教委，应该在毕业分配方面还说得上话，要不我写封信，你放假回家时去找下他？"

方明珠接受了这份好意，但临到去前心里仍是打鼓。打小她就怵跟人有目的地打交道，求人办自己的事更是太难开口的事情。

回到省城第一天，方明珠犹豫再三还是买了些水果上了门。对方家里宾客盈门热闹异常，开门见着一个模样陌生的学生难免有诧异之色。不及对方问话，方明珠已经失措，只顾得上说了句："我从 ×× 学校来，这是 × 老师带给您的信。"就放下水果和信件落荒而逃。

回到学校再到机房，被问起时也只能赧颜，在心里为辜负了机房老师的善意十分歉然。

既然别人都在为自己的事情想办法，自己不努力也实在说不过去。方明珠决定用最直接的方法：找了学生处管分配工作的候老师，讲述了家中的大概情况，说出不想回乡的诉求，也说出自己交不了取消定向的钱。

一九九三年起，中国高校开始双向选择，不再包分配，可以市场化择业。定向也是可以收取一定费用后取消的。

侯老师倒也没有太多犹豫，给出了解决方案："这样吧：你可以不回去，学校也不收你钱了，但是也别留京了，如何？"

彼时北京高校毕业留京还颇容易，当年学校的政策是：京籍以外的学生每班排名前三的，可有一个留京指标。第四到十名有半个。方明珠的综合成绩大概排在班里第三名。如今的她最容易接受的就是等价交换，立刻同意了。

既然已经谈好了条件，如今若要反悔，只有交钱一途，弥补定向培养费用或者留京名额需要的金额差不多，不到两千元。

可方明珠确实拿不出这笔钱来了。

弹尽粮绝

自从家里出了事，方明珠一直最自责的事情之一，是自己还在花家里的钱。

她所上的大学属于九类院校，学费全免，每个学生每月有六十元基础奖学金，加上北京高校都有的三十多元伙食补助，节省一点吃饭是够的。

但既上了大学，生活不仅仅是上课读书，总还要参加各类活动，加上一年四季总要添置些衣物，偶然和同学们出游，回乡往返车费等，方明珠不愿意显得像个异类引起同学们的探究，也就免除不了所有开支，每月尚需再跟三姨支取一百元。

尽管知道三姨代管的是家里的钱，但每次拿钱，方明珠都在心里极其鄙视自己的不能自食其力，一面又觉得在亲戚眼里，自己一定是个彻底的负担。

这种感觉起于家中刚出事第一个寒假。看过父母回来不久，她跟三姨说起下学期生活费的事情，三姨突然起身，带她去了县农行的办公室，丢下一句话："这是我姐纪秀兰的女儿，她还得上学，你们看着办。"然后把她留在那里，径自走了。

方明珠毫无准备，呆若木鸡，办公室负责人也呆在那里，俱是手足无措。

没人告诉她该如何处理，方明珠垂着头在办公室里呆坐了半天，背心全是冷汗。直到办公室负责人长叹一口气，去了趟行长办公室，然后拿过来六百元现金，要她写一张收条，收条上保证"以后不再来找银行闹事"。方明珠看着那张脸上的无奈和嫌弃，匆匆按要求写了就逃走。

三姨见她拿了钱回去，面有得色："这就对了。不能让他们那么轻松，把人给弄进去就算了？"方明珠伸右手抱住自己左肩，像一只小兽般把自己蜷缩到最小，只觉浑身发冷。她自小对物质没太多要求，很少向父母伸手要钱，偶有需要的时候从没被拒绝过，可以说是没有受过钱的欺负。感觉今日这钱来得十分屈辱，自己仿佛是第一次被领到街头，展示残疾获得过客扔下几个铜板的乞儿，最为看重的"尊严"二字，被人扔到地上拿鞋碾了个稀碎。

三姨另外拿五百元给方明珠："这次给你一年的费用吧。"然后要她写个收条。

"收条？"刚打过那样一个收条的方明珠本能地抗拒。

"当然要打，要不以后你妈妈问起我钱去哪儿了我怎么回答？"

方明珠打了收条，在那个假期剩下的几天，见到任何亲戚，都觉得对方看着自己的眼神满是嫌弃，脸上跟三姨一样，明明白白写着"你这个无用的负担"几个大字。

在大学里，方明珠尝试过找家教工作，但北京高校太多，供给远远大于需求，而十九世纪九十年代初经济还很不发达，学生能够兼职的其他工作更是难找。方明珠总结最主要的原因还是自己没有尽力，为此心中常常羞愧，但又不知如何去尽力，只好安慰自己说自己花销不算大，不考研究生了毕业就工作，尽快把这钱给补回去。

没想到大四上半学期，方明珠被"断粮"了。

之前的习惯，如果她假期不回风城，每月生活费由三姨给她邮寄过来。而开学两个月了，她尚未收到收款通知。

由于之前有一学期额外收到方伟寄来的钱，方明珠手里还算有点剩余。但到了第三个月，别的不说，她上机房的费用要续了。

方明珠几乎是手冒冷汗地写了封信给三姨，问了生活费的事。之后收到三姨来信，让她等等，说是她管的钱被人借走了。

方明珠心下略有疑问，但也没敢问是谁借走了。只能先找同宿舍同学借了些钱顶上。

到了第四个月，弹尽粮绝的方明珠实在不想再找人借钱，忍不住又写信催了三姨。

之后她一次性收到了一学期的生活费，三姨在信里告诉她："你妈妈的钱已经被你哥哥花光了，我只能管你到毕业，没有更多的钱了。另外当初你父母判决时，法庭判留了三千多元作为你的学费，由你叔叔保管，你需要钱最好找你叔叔要。"

默默看完信再收起来，方明珠拿着汇款单，独自一人去邮局取出钱来。

取完钱出门，低着头往前走，等到抬头时，方明珠才发现自己在不觉之间走到了旁边的服装市场，面前这个档位正中间，挂着一条白色无袖亚麻长裙。

这条裙子方明珠在两三个月前跟宿舍同学一起逛街时看见，一眼便喜欢上。问过价格，需要她一个来月的生活费，于是没说什么走开。这两三个月以来，她已经在这里来来回回数次，每次都远远看看，便低头走开。

这会儿看着眼前这条裙子，突然感觉随身小皮包里那叠刚取出的薄薄钞票灼灼发热，都在跳跃着跟她说："多漂亮的裙子啊，快用我换回它吧。"

方明珠自幼年起便不是很执着于物，不记得曾对某件东西有如此强烈的拥有愿望。她吸口气，右手用力摁住小包盖子，告诉自己赶快走开，可是脚不听话地停在原地。心里有个声音说："是不是以后你的人生里，喜欢的东西都必须放弃？"

一股辛酸和委屈像浓雾，没头没脑罩住她。方明珠放弃挣扎，走上前对档主说："我要这条裙子。"

拎着裙子走回去，方明珠一路对自己说："这样做实在太不理智，太过任性。"

"可是如果不偶尔做点任性的事情，你可能会疯掉的。"心里那个声音回答。

是的，那条裙子并不见得让她喜爱到无法放弃的程度，她只是需要在手里握住一件美好而有些奢侈的东西，来证明命运还没能把自己逼到绝路，以此来对抗心底因家破人散生出的巨大空洞和无边恐惧。

至于家里的钱怎么就花光了，方明珠倒没想太多。她只是有点疑惑：自己几年花的也不过那笔钱零头的一半，方伟怎么这么大手笔一次花掉上万？但三姨每一笔支出都有记录，她说花光了应该就是花光了。只是自己快毕业了，要找工作参加招聘会显然还需要用钱。她不敢再问三姨，只能问方伟。

方伟对此事没做任何解释，只是找单位上司借支了一千元给方明珠找工作用。

花掉一个寒假找工作之后，方明珠算过了账：她必须在正式毕业典礼后不带任何耽误地去到工作单位，才不至于让自己的生活费接续不上。"你记得要赶在上半个月报道，这样可以领到全月的工资。"——这也是三姨的嘱咐。

所以如果再去找学校要求留京，她拿不出钱，方伟显然也拿不出。三姨那里，拿自家的钱尚且要小心翼翼，之外的显然不必考虑。至于叔叔处，他知道三姨手里那笔钱，方明珠不想再向他开口要钱，坐实自己就是一个负担的认知。

而且对方明珠而言，不想留京还有另一层原因：留京大概率是进机关或事业单位，据她所知，这些单位都是要政审的。父亲第一次的事情并不大，就能影响她参加高考，此次家中遭遇的灾祸，难道不会影响她进入这些招一个人要调查祖宗三代的地方？她不想尝试。当然她跟同学们说起为什么不争取去这些单位时十分潇洒："我可不想过那种二十岁到六十岁一成不变的生活。"——这话有一半真心，也有一半伪饰。

再三地犹豫踌躇之后，方明珠没有去找学校。她接到了几家广东公司的接收函，选了其中一家，在毕业典礼完成后，成了同学里第一批赴单位报到的人。

那家公司远在南粤之西南，靠近刚建省几年的海南，需要先坐二十几个小时火车到花城，再转十二个小时火车方能到达。

"既然救不了父母，既然父母还在牢中受罪，就把自己放逐了吧。"这是方明珠去学校办理派遣证时的心声。

这一走，伴随着方明珠的是接下来几年的深深自责，因为自己在申诉的事上并没有做到竭尽全力。

她是带着恨意离开北京的，这恨意所指，是她自己。

刹那芳华

南下的火车开动时，是晚上十点多。

火车咣当咣当，车身微微摇晃。窗外多数时候是寂黑的，但不时有昏黄的灯光拖着长长的影子投进车厢。

方明珠和同学美娜对坐在下铺，刚刚因为同学的送别哭了一场，两双略显浮肿的眼睛对看一眼，都还沉在深深的离愁别绪里。

"睡了啊。"方明珠打个招呼，简单洗漱后，爬上中铺，阖了眼。

但是哪里睡得着？脑袋里纷至沓来各种画面。

先是黄昏的操场，吃完散伙饭的同学三三两两围坐在地上。有男同学弹着吉他，唱"一起走过的日子"。

然后是上了黄色的"面的"，很多同学拥在两边车窗挥手，有同学叮嘱她："一路平安，少哭啊。"

"我没哭啊。"她以为自己洒脱地笑着呢，下一秒被同宿舍好友唐兰拢了下肩膀，刚好车过弯的劲道把她甩进唐兰的怀里，她猛一低头，泪如倾盆。

再然后是一帮人从车站走到站台上，看得见铁轨在灯下闪着光延伸到远方。她头脑纷乱地听着各种祝福、道别、叮咛的话。忘了自己作何反应。

四年的大学生活就此结束，这四年里方明珠以为自己只是扮演着一个正常的大学生就已经耗尽力气，再无精力发展和维护更深的同学情谊，分别时才发现，原来有这么些人和事让自己舍不得。

而脑中又闪过一个人影，方明珠轻轻翻一个身，眼角不觉又有一滴泪坠落。

毕竟是青春，是即使处于最贫瘠的荒漠中也能开出花来的美好年华。即便方明珠认为自己处在那样深的深渊里，居然还能喜欢上人，简直是不可思议和不可原谅，但情愫，还是那么不受控制地生长了。

方明珠在日后的记忆里这样描述她那段注定不能开花的大学感情。

那个故事还没开始就已经结束，所以我甚至没有一丝可以凭念的东西，正如一首歌里唱的：连爱情的证据亦找不到半点。

但那个未能开始的故事，却成了我生命中永远的经典。

在陷入那段无望的感情之前，一直都以为自己不可能在同龄甚至同代的人间找到爱情了，当时不足二十岁的我，已经看过太多的人情世故，要爱我的人，必得——懂得沧桑。

直到真正爱了，才知道感情完全无法预设。

爱上的，是一个笑容如阳光般灿烂的大男孩，有着孩童般的聪明慧黠，和许多孩童般的顽劣习气。想来，令自己心动的可能正是他那些极近孩童本性的东西。这些东西，原本在自己的天性里一样地灵动着，却因为现实的原因被强迫摒弃。一个被迫变成大人的孩子爱上了一个可以无拘束地做孩童的孩子，这是我对自己感情的诠释。

在隐隐察觉自己的情感后一直挣扎着压制，知道现实的处境容不得自己添上任何感情的行囊——一无所有的潇洒原是自己唯一的所长呵。但素来以理智与清醒自许的我这一次败给了自己的感情。那一次期末考试，在家庭的灾难中还能要求自己全力应考的我第一次对着书本力不从心，终于对自己在长时间的矛盾挣扎中倦极的心说：好罢，考完就写一封信给他，然后希望他能让我解脱。

可是我并没有得到解脱。

他开始频频造访，而我以惯常的沉着的微笑迎他来送他去，以惯常的幽默泼辣的语言与他谈天说地聊遍所有话题唯独不提爱情。聪明如他如我，都知道应该避开些什么。

他来时我不曾表现出惊喜，他走时我也不曾表现出失落，我仍然在软弱地同自己挣扎着，为了该不该纵容自己这一回。而任心底无数涛起浪涌，面上的神色依然是平静如常。

在与自己争斗中我的确忽略了他的感受，我忘记了孩童的天性是容易厌倦的,尤其是对呆板的一成不变的东西。就在我们如常的谈笑渐渐减少时,他身边多了一个女孩的身影。

那是个什么样的女孩我不知道,想来必然有比我更丰富的表情,比我更多变化的情绪,比我多得多的小脾气和小性子。最重要的是,比我多得多的方法让他明白——她在乎他。

我不是毫无察觉,但却不愿意更不敢去追究。等到必得面对那个事实,才发现自己的伤恸原来竟深至此。整夜我抱着肩在校园里无目的地游荡,空荡荡的心终于在晨曦时抽痛到浑身颤抖。

而紧接跟着来的,是毕业。

固执地跟了被全系同学称为"超级电脑"的老师做论文,每天把自己置于图书数据中,借助导师那严密的逻辑思维和一丝不苟的严谨要求,逼自己的注意力集中到大脑,去忽略心底那一根根纤维被丝丝抽离的痛。

终于到了答辩的日子。

我的答辩在上午,而下午第一个上台的,是他。他走上台,脸上浮起惯常的孩童般的笑,坐在后排正中的我,突然觉得多日来的神伤都不知去向。

风从门窗中无声地穿过,教室里有十多位老师和二十几位同学,但在那一刻里,于我而言,整个教室,整个世间,只剩下了台上的他,和台下的我。心底有一个愿望是如此清晰:只愿时光就此停顿,让我便这样看着他,直到老去。

那是地老天荒的一刻,我理解了"刹那永恒"绝非谬语。

也许是从那时起加倍地爱上了鲜花,爱那些柔软美丽而短暂的生命,在数天的时间里绽放了生命所有的光华。更盼着能一见昙花,那固执的花朵,是怎样把生命凝结在了短短的几小时以内。

而在那一刻,我知道,我是一朵没有来得及开放的昙花。

在青涩的感情中痛到不能呼吸的方明珠不会想到,多年以后,当时间抚平了多数伤痕,当很多往事在记忆中可以如风般轻盈时,那未来得及绽放的刹那光华,会是她青春岁月中很美的一段记忆。而爱,是最不必后悔的一件事。

第二部分

孤独的青春

缺月挂疏桐，漏断人初静。

谁见幽人独往来？缥缈孤鸿影。

惊起却回头，有恨无人省。

拣尽寒枝不肯栖，寂寞沙洲冷。

——苏轼《卜算子·黄州定慧院寓居作》

同舟

    一早在车轮和铁轨碰撞的"哐当"声中醒来，方明珠有些不知身在何处的恍然。愣了一会儿才想起：这算是她正式踏入社会的第一天，这一天开始，她的身份不再是一个学生，从此要与无论如何都相对轻松的学生生活作别，面对茫然未知的前途。

    火车还需要十几个小时才能到达花城，然后再要转一趟车，才能抵达要去报道的单位，这旅途似乎跟她目前所能看到的前途一样漫长无聊。方明珠起身洗漱完，坐在车窗边的小座位上，对着窗外掠过的景色发呆。

    "方明珠，你想什么呢？"耳边传来一个声音，甜美温柔得像邓丽君唱歌。方明珠抬头，眼前出现一张巴掌大瓜子脸，是同学美娜。

    看着眼前这张脸，方明珠不由有些愣怔又有些好笑：人生真是无法预料，大学四年里她无论如何也想不到，首次踏上社会的旅途，她的旅伴会是美娜这样的同学。

    作为同系同级但从未同过班的同学，方明珠和美娜在学校时并不算熟悉。

    方明珠第一次记住美娜是入学第一个冬天，夜间下了些许小雪，晨起已经略略融化，道路四处结了薄薄的冰。她和宿舍几个同学走在去教室的路上，突然听见前面清脆的"吧唧"一声，是一辆自行车结结实实地摔在了地上。

    骑车的是个男生，手忙脚乱地又要扶车，又要扶后座的人，神色间十分狼狈。后座的女生倒是没事，被扶着站起身后，一手叉腰一手指住那男生："你这是怎么骑的？！"

    "怎么有这么骄娇二气十足的女生？也不问问别人摔着没，就知道指责？"方明珠不由皱眉。除了恃才傲物，她一向看不得其他有所恃而骄纵的行为，无论恃宠生娇还是恃靓行凶。

"是咱们楼下宿舍的美娜，长得漂亮追求者众多的女生难免脾气不好。"舍友唐兰与方明珠性格相投，一样快人快语。

"漂亮？"方明珠刻意打量一下，"比她们宿舍其他女生差远了吧？"学校分宿舍似乎有意将漂亮女生集中到一起，譬如楼下。方明珠记得第一次去串门，门开处便见到一双小鹿般的眼睛，长睫毛小扇子似的微微下垂，点漆似黑眼珠在睫毛的阴影下半明半暗；第二次去则见到一个颇有盛唐风韵的姑娘，用"面若银盆唇若含朱"来形容刚刚好。这两个在方明珠心目中都堪列系花级。而眼前这个美娜，淡眉细眼，肤色略显暗沉，并不是标准大美女。

认识了以后，又发现美娜上课经常迟到，一般同学迟到都悄悄从后门进，她偏不，在高跟鞋的噔噔响声中昂首挺胸，招招摇摇从前门走到后排坐下，全然不理会同学们异样目光。

方明珠自忖跟美娜不是同类，便连普通同学的表面交道功夫也懒得做，没曾想毕业分配到了一起。上火车时有送行的同学叮嘱："方明珠，照顾好美娜。"她毫不客套地回话："搞错了吧？她年龄比我大，凭什么要我照顾她？"

"方明珠你记得吗？"方明珠正想着，却听到美娜在对面说话了："有一次我妹妹来学校，我们在宿舍楼梯遇见你，我刚对你说'这是我妹'。你头一扬就走开了。我妹悄悄跟我说'这同学好骄傲啊'。"她一边讲一边咯咯笑，笑容妩媚，声音温柔。

"我这么没礼貌？给你道歉啊。"方明珠确实不记得了。但她知道自己在面对"气味不投"的人时有多么懒得敷衍，心知此事是真的。因为美娜这番讲述丝毫不带怨气，倒唤起了她心里的歉疚之意，觉得之前自己对美娜的成见可能太深——她至少不是一个小心眼儿的女孩子。

简单吃完随身带的饼干当作早餐，美娜从行李架上取下吉他，叮叮咚咚地拨弄一阵儿，却成不了流利的曲子。方明珠看看行李架，不由又皱皱眉：美娜的行李大大小小有六七件，前一天送行的同学们从窗口递了好一阵子才算全部递进来。

方明珠随身只有一只皮箱和一只母亲用旧牛仔裤改做的大背包，她的原则是只带自己能拿得动的行李。

"你这些丁零当啷的宝贝，到时候下车怎么搬？"

"没关系，肯定有人接站的。"美娜毫不在意，显然习惯了别人帮忙，方明珠暗暗摇摇头。

"我说，你为什么要去这么远的地方？"方明珠印象里，美娜除了追求者众多，似乎交游也甚广，跟几届学校风云人物类的师兄们都走得很近，毕业分配应该有人能够帮助指点，犯不着把自己发配到如此偏远的地方。

"啊？你觉得 Z 市不好吗？"美娜听完问题一脸茫然。

"对你这样的女孩子，留京更适合一点吧？"

"哦，我不是没找到北京的接收单位吗，也不想回老家，而且 S 公司应该是不错的吧，你不也选择了去这儿吗？"

"你怎么好跟我比……"方明珠话没说出口，她看出眼前这姑娘确实没什么心机，择业这么重要的问题，她似乎压根儿没多想想。

想着以后跟美娜就算在同一条船上，方明珠倒比刚醒来时感觉好一点儿：有一个可能头脑简单，但心思单纯的同伴，怎么都好过跟一些心机重重，时时算计得失的人同行吧？

二十来个小时的旅途之后，两个性格迥异，本来都不以为能与对方合拍的年轻人，因了同学的身份和相同的际遇成为了朋友，这也算是人生的奇妙之处。

火车在汽笛和车轮哐哐声中一路向南，窗外的土地颜色从黄色变成红色，植被从以树干长满小眼睛的白杨为典型代表的落叶乔木逐渐过渡为深绿色厚叶片的常青灌木。路途完全不是方明珠想象中的单调，两个年轻女孩子结伴的路上自有各色人搭话照顾，时间在各种聊天话题中过得很快，当天的黄昏，她们到达了此行的中转站——南粤省城花城。

S 公司的花城接待处设在当时城内最好的酒店之一，当晚两个女生被安顿在该酒店的一间标准房内住下来。安静的中央空调让室内保持着宜人的温度，24 小时热水洗去了一路的风尘。之前未体验过的优越居住条件暂时安抚了两颗远离亲人朋友的心。第二天一早，接待处的同事们送她们上了前住 Z 市的火车。

方明珠和美娜要去报到的是 Z 市最大的企业，S 汽车公司。

Z 市是中国首批十五个开放港口之一。九十年代中叶，无论是八五年成立的这一批开放港口，和后来陆续成立的五个经济特区，经济发展都还在赛马之初，尚没有哪个显出一骑绝尘的优势。Z 市位于南粤的西南角，有着天然的深水良港，与最大的经济特区海南省仅隔一个平均宽度不到 30 公里的海峡，那一年 GDP 总量排在全省第四，发展势头不错。

Z 市地理布局很有趣，呈哑铃状，两个主要的市辖区分别在两头，连接两个市辖区的中间地带反倒是乡间。这片乡间土地在 Z 市成为开放港口后划为了经济开发区。S 汽车公司位处开发区中心，占地很大，有九十年代中期少见的草坪喷泉网球场，公司资料里花园式厂区的介绍并不算夸张。

美娜是财务专业的，报完到就被简单利落地分到了财务部。方明珠面对的情况则略为复杂一些。

"你想去哪个部门呢？"黑瘦高颧骨，长相很具南粤特色的人事处长笑眯眯地问方明珠。

方明珠有些惊讶。她以为单位是确定了岗位需求后，按需求招人，原来还可以选择？

"您认为我适合去哪个部门呢？"

"你这个专业吧，就是万金油，头痛医头，脚痛医脚。我自己就是学这个专业的，很清楚。"人事处长带着玩笑语调说道。方明珠的专业是经济管理，彼时中国的高校还没有开设日后大热的工商管理专业，经济管理、企业管理等专业类同。

"那总得看看哪里最痛吧？"方明珠这话一出，整个人事处办公室的人都笑了。

"企管和销售处你选一个？"人事处长倒是很耐心。

"企管具体做什么？"

"制定公司各项管理规定，检查执行情况。"

"就是按领导意思写文件吧？"方明珠的口无遮拦让人事处的同事们

都有些惊诧，处长还没来得及开口，方明珠已经做了决定："我选销售处。"听说好的销售人员收入很高，她知道家里后续一定有很多需要用钱的地方。

　　报完到，人事部派人带着两个新员工去宿舍，并说明当天先安置好生活，不用去上班。公司宿舍就在厂区，是两栋新建成的七层楼高的楼房，方明珠和美娜入住六楼一套三房两厅中的一间，其他几间里住的也是当年校招的女大学生。从学校托运的行李已经由公司统一从火车站取回了，两人再去市区夜市买了必须的生活用品，社会人的生活正式开启。

下马威

两人没想到人生第一天上班，就见识一场"请愿"。

从宿舍到办公室不过短短 200 米路，走下宿舍楼远远就见公司办公大楼门口有人群集结，等走近了，发现是一群大学生模样的人，打着个横幅，横幅上写道"我们需要工作"。

"这是干什么？"方明珠转头问美娜。

同样刚到公司两天，美娜倒已识得了好几个老乡，很快在人群里看到一个，过去打听一下，回来告诉方明珠："十分厂上一届 T 大毕业生们说没事做，在跟公司请愿安排工作呢。"

十分厂是 S 公司最核心的生产车间，负责公司的 SKD（配件）进口组装，S 公司最近两年连续从几个汽车专业顶尖的高校，包括国内 TOP1 的理科院校 T 大整个班地招来人后，几乎都放在十分厂。公司 SKD 组装车销售据说很好，十分厂的大学生们居然会没事做？两人都不由感到吃惊。

方明珠和美娜的大学与 T 大是邻校，感觉颇不陌生，两人商量："看他们这样子，应该一早就来了，肯定没顾上吃早饭，要不我们去食堂给他们买点早餐吧？"美娜又从人群里找了一个老乡同去。三个女生从食堂拎回几袋包子馒头，令集会的人们非常惊讶，从此也算结下革命友谊。

赶在上班铃响之前，方明珠和美娜分别进到了自己的部门，销售和财务都是大部门，各自占据了位置相邻的半层楼。

销售处分为销售组、制单组和秘书组，方明珠被派入了秘书组。除了组织一年两次的订货会外，秘书组日常工作是帮助销售组和前来提车的客户准备各类文件，包括车型介绍、进口许可证明、销售许可、完税证明等等，以备路上关卡查验和到地方上牌时用。

"我能不能去销售组？"方明珠跟处长申请。

"销售组都要派驻外地，天天在外面跑很辛苦的，你一个女孩子，呆在屋里不用日晒雨淋的不好吗？"销售处长圆脸上一脸和气，没见过他训斥下属的人大概都会以为这是个老好人。

"我不怕吃苦。"

"那你能喝酒吗？销售组要陪客户喝酒的。"

"……"方明珠一时语塞。她一向并不许自己借酒消愁，要自己"清醒地体会这命运所给的痛"，大学毕业吃散伙饭时更发现自己酒精过敏，对这个要求不敢拍胸脯。想了一想说道："我可以练，再说也不是一定要喝酒才能做生意吧？"

处长看着她一脸执拗，只能转换方法："你也不熟悉产品怎么做销售？这样吧，你先在秘书组呆着，过一年半年熟悉了，有机会我再派你出去。"

方明珠知道这大概是搪塞她的话，但话在理上，也不好再说什么。

秘书组长是个和善的高个圆脸姑娘，带着方明珠熟悉了环境。日常的工作简单而轻松，左不过接接电话，写点证明，复印些文件，余下大把时间，可以跟同事聊聊天，也可以自己看看书。

工作之外的生活，跟大学时候基本无二，近几年分配来的大学生们都住在公司宿舍楼里。都是远离家乡的年轻人，很快打成一片。人熟悉了各种信息也就传递很快，方明珠和美娜获得了官方介绍上无法了解到的公司信息，例如：

S公司是目前Z市第一纳税大户，公司里有市里各层领导的亲属，所以在公司里千万不要轻易得罪任何人，特别是看起来就没什么礼貌的人，文印室的小姑娘可能就是市委某领导拐了弯的亲戚。

公司性质是国有，但从一个破旧的农用车生产厂发展为在全国排名靠前的汽车公司，全倚赖当前负责人李总的能力和魄力。李总是从市计经委辞职下海的，几年之间把公司做成全市经济支柱后，自己家人也进入公司担任重要位置，大儿子是最大分公司的老总，二儿子是销售处副处长。另外李总极照顾乡里，公司所有的福利产品，都来自他老家——S市下面一个县的小工厂，公司除十分厂外其他分厂的职工，也多数是李总家乡技校毕业的。

公司销售的汽车产品基本都是原装进口，只是因为原装进口和 SKD 散件进口税差极大，前者高达 150%~180%，后者只需 30%~50%，所以对外和对主管部门报的是 SKD 散件进口组装，为此特地引进了一条德国最先进的生产线，但实际闲置不用。每批进口车过关时，拆掉发动机、轮胎及部分关键部件应对检查，然后进厂安装完毕即可销售。这是 S 品牌的车销路很好，但十分厂的优秀大学毕业生们却闲得几乎无事可做的原因。而公司之所以每年引进这许多大学毕业生来闲置，主要是为了企业资质。

……

S 公司是 90 年代中期快速发展起来的一批企业的典型：依靠一个强人领导，看准部分市场机会，钻了一点政策空子，很快便改头换面。但由于没有建立起相匹配的管理体系，一旦核心领导出现决策错误或者个人仕途问题，很可能也会让整个企业倾覆。方明珠头脑里模模糊糊地意识到这个问题，觉得这样的企业里自己并没有成长空间，她原本就只是把 S 公司当作毕业后第一个观察站，于是更加强了早些离开的决心。她对美娜说："我可不想在这里浪费几年时间，把自己耗成一个什么都不会，还懒散无聊的人。"大学毕业生需要一年见习期后才能正式得到"干部"编制，她计划满一年后就离开。

没想到进公司不到一周，倒是美娜先喊着要离开。

在上班的第一周里，来自内陆的方明珠和美娜便遭遇了南粤天气给的第一个下马威：当年最大的台风正面直袭 Z 市，公司放假三天。

台风来时，路上合抱的行道树、直径三四十厘米的水泥广告牌尽数折断，一个宿舍窗户没关严实留了一条小缝，十分钟后整扇窗全被卷走，再接着只见屋内的各种杯子、盘子等小件物品往窗外漫天飞舞。再接着是连续几天的狂风暴雨，出门想打伞，还未撑开已经被风吹翻刮走，哪怕罩上直到脚踝的雨衣和及膝的雨靴，两分钟后也如同刚从河里打捞出来一般，走在路上的人像汪洋里的独木舟不知会漂到何处……两人之前哪里见过这阵势，被震慑得待在室内不敢出门。

低气压里的天空是铅灰色的，垂垂地直压到头顶；宿舍内墙也呈铅灰色，窄小逼仄如牢笼将人困在其中；"独在异乡为异客"的悲凉感更是铅灰色的，心情被拽着直直坠向无底的黑洞。方明珠眼前浮出父母的模样，努力压抑着眼里的热流，却听到旁边传来低低啜泣声，目中的潮水如听到召唤般更加汹涌。

"我不要呆在这鬼地方，我要回家。"美娜半垂着头，嘴里喃喃，泪水和长发一起爬满脸，柔弱而无辜。

方明珠只得按捺下自己的情绪去安慰她，但好几个回合下来，美娜的泪水毫无收敛之意，方明珠突然心生不耐烦：

"鬼地方也是你自己选的，你想怎样？"

"我要回学校，改派。"

"你想好了？改派是把档案户口放回学校，自己再找单位。"

"我想好了，哪怕找不到单位我也不要在这鬼地方，呜呜呜……"

"那好。等上班我陪你去人事处，你就别哭了。"

女孩子是水做的，美丽的女孩子则是洪水做的，一旦流泪足以淹没周围一切。户外老天阴沉着脸持续暴雨，室内是美娜不间断的小雨，方明珠心内躁狂，几欲撞墙。两天后终于到上班时间，她拉上美娜去了人事处。

"你去人事处哭，我帮你说，一定争取到改派，要不你再哭下去我先崩溃了。"

人事处长看着眼前两个女生，眉头皱成川字。

能劝的话都说完了，说到口干舌燥，两人丝毫不为所动，一个低头哭泣，一个抬头讲话。哭的这个眼泪似乎可以流到地老天荒，讲的那个更是你有来言我有去语说辞无穷。

两个小时后，人事处长先崩溃了，破天荒同意可以将美娜档案户口退回学校改派。让次日来办手续。

方明珠吁一口气，让美娜打电话跟父母说，自己回去上班。

经此一役，方明珠明白了谈判的结果，不见得是由哪一方掌握更多资源和更大主动权决定的，更多决定于哪一方更加坚决，更加坚守底线不让步。她们俩也成了近几届毕业生中的一个传说——"竟然可以说到人事部让步"。

谁知道到了晚上，方明珠跟美娜讨论明天怎么办手续的时候，美娜却说不走了。

"不走了?"方明珠圆眼睛瞪成平日两倍大,实在是惊大于喜。说了几天的想好了呢?

"嗯。我今天给爸妈打电话,他们告诉我改派很难,北京单位肯定是不接收的,我也不想回老家。"

"……"方明珠实在没想到这么大的事情,做决定和改决定都可以如此轻率,只能无话可说。好在美娜再去人事处改主意倒没有受到什么刁难。

社会

在几乎所有大学同窗看来，两个远赴大陆顶南端的女同学里，几乎没有过求助记录的方明珠肯定是更能够适应环境的那一个；而柔弱二字就写在脸上，事事都让人忍不住要施以援手的美娜，则当然是令人担心的。

方明珠原本也是这么以为，直到很多年后反思，发现事实不见得如此。

真正的适应环境，应该是要能在泥土里扎下根，踏踏实实地生活。而方明珠不过是在不断逃离，在一个环境逐渐变得熟悉，熟悉到她不得不展现内心秘密之前逃到另一个环境。只是因为逃离的速度足够快，快到别人和她自己都误以为背影很潇洒。

"改派"风波以后，美娜的生活很快恢复了最正常的秩序：白天上班，晚上串串宿舍聊聊天，周日逛逛市场，接受追求者们的早茶午晚餐安排；间或参与老乡、隔壁和其他学校的学长组织的出海活动，仿佛与这环境、人群和节奏是与生俱来的熟稔，在方明珠听来发誓一般重的"我不要呆在这个鬼地方"，于她只似一句轻飘飘的梦呓。

正式上班了，美娜在大学时的迟到习惯也照跟了来。每天早上，方明珠要提前二十分钟叫醒美娜，确保她已经起床了自己再翻身睡个小回笼觉。而到她起身时，美娜多半还半垂着头，长发掩面、似醒未醒地坐在床上。

"赶紧去洗漱，快迟到了。"必须把她再摇醒或者干脆揪起来，她才慵慵然地开始动作。

即使在心底对美娜的拖拉习惯摇了一百次头，方明珠也不得不对美娜的女性魅力刮目相看：进公司不到一个月，她已经收到销售处好几个男同事要认识美娜的申请。有远远见过就意难忘的："跟你走在一起那个黑瘦同学，看起来特别温柔，能介绍给我认识不？"有帮着接了个电话就动心的：

"刚刚给你打电话这个是谁？讲话太温柔了，快介绍给我认识！"还有见面后打探的："今天来找你那个是你同学？有男朋友吗？问问她想找个什么样的？我行不？"

放下成见，方明珠认真观察，只能用一个她本不喜欢，认为充满对女性不敬的词来形容美娜——"尤物"。

美娜确实不是顶尖美女，但贵在有态，态在极致妩媚：她有一双似醒非醒的睡眼，与人说话时总是眼帘微垂，眼风闲闲扫过，然后便微微低头，嘴角弯弯地笑了，伴着甜美温柔的言语。那是春风沉醉、使人神迷的言笑，令异性立时想要保护她的柔弱，又想要占有她的娇嗔。

方明珠正相反，她完全不是勾人绮念的女子。她那双"心灵的窗户"开得有点大，把她探究一切的好奇心、对他人心思敏感的洞察力、还有自己都没察觉的一丝戒备与警醒都毫无遮拦地出卖了，使得她周身不带半点粉红色的甜美暧昧气氛，反而总让交流对象有丝暗暗较劲儿的压力，简直三尺之内便不由要正冠整衣。好在她带着圆钝感的外表略为中和了神态的锐利，整体上冲淡了生人勿近的疏离之气。

如果说美娜柔得如一泓水，方明珠则直得像一棵树，一株枝干带刺的小树苗。

像一棵树，挺直、向上、不蔓不枝，是方明珠喜欢的姿态。

向上，生长，向着稀有而珍贵的阳光。尽管知道这粒种子落在了岩缝里，脚下的土壤太过贫瘠。

向下，伸展，用每一个幼小的根须吸收养分。因为明白头顶有巨大的岩石，保持挺拔的身姿需要耗费难以想象的力气。

两个外表内在都大相径庭的人总是结伴走着，连刚刚见到的人都能一眼识别反差。

"你跟你那同学走在一起真有意思，一高一矮，一胖一瘦，一黑一白……"销售处的年轻男同事笑着跟方明珠说，形容到一半发现自己词穷。

"一刚一柔，一冷一热。"方明珠帮他补充。

"对对对，就是这种感觉。"

方明珠缩在"不久就会离开"的理由后面，对自己说不必与人深交以免分别会痛，心下却明白自己不过是缺乏与人快速熟识的能力。除了销售处的同事们，在 S 公司里她来往的人，泰半是通过美娜认识的。

除了上课变成了上班，公司里的生活跟大学时并无太大差异，宿舍楼里的氛围也友好简单。真正走上社会是什么体验，要走出公司大门之外才能感受。

上班第二个周日，美娜某老乡请早茶，事先再三叮嘱 7 点钟前赶去茶楼才有位。美娜和方明珠这个周日起得比工作还要早。平时上班总是起不来的美娜这天起床倒是很顺利，方明珠按下床头闹钟，睡眼惺忪地坐起来时，发现她已经洗漱完毕，坐在小桌边拿着小镜子描眉。

直到坐在餐厅里方明珠还有点迷糊，边掩着嘴打呵欠边轻声跟美娜抱怨："什么茶值得搭上周日的回笼觉来喝……"就看见对面的美娜老乡在服务员的推车里指指点点，然后桌上陆陆续续摆上了好多个小蒸笼：蒸虾饺、小笼包、叉烧包、流沙包、豉汁凤爪、蒸排骨……

"我们不是来喝茶的吗？怎么这么多吃的？"方明珠奇道。

"对啊，这就是粤式早茶，"老乡看着两个女生意料中的诧异神情笑了，"你们要喝什么粥？"

原来"喝茶"是指"吃茶点"，这感觉很新鲜，彻底赶走了方明珠的睡意。她环顾周围，七点刚过，餐厅已经满座，看相貌绝大多数是本地人，有带着老人小孩一家子的，有三三两两朋友模样的，还有不少老人单独来，手里拿着报纸边吃边阅读。

"这些老人上餐厅看报纸？"

"这是他们的习惯，早茶可以一直喝到中午。所以我们必须早早来占位。"

方明珠哦一声，旁边美娜转过头来，微皱着眉悄悄跟她说："你看旁边那桌。"

旁边桌上是两个不到三十岁的男人，口里叼着牙签，脱了鞋的光脚抬起来搭在旁边凳子上，聊得正欢。方明珠还没及转回脸便不由得皱了眉。两人注意到她的眼光，也转过头看过来，嘴里用本地方言大声说了一个词。

"他们说什么？"美娜问老乡。

"没什么。"老乡闪烁其词，二人不肯罢休一直追问。

老乡无奈回答："他们叫你们'北妹'。本地人习惯把我们外地来的叫'北仔、北妹'。"他见方明珠又开始皱眉，忙解释说："这话倒也不算特别有恶意。有恶意的词是'捞仔''捞妹'。"

"捞了他们的世界？"方明珠有些忿然，"本地出多少大学生？如果没有外来的人，凭他们自己怎么发展经济？"那一年全国的大学毕业生不过六十来万，全国所有大学生占人口比例也不到百分之一。

"可是他们不懂啊，只觉得这些外地人来抢了当地好企业的好工作。去年我们公司一群大学生就因为这两个词，在外出吃饭时跟隔壁桌的干了一架。"

方明珠跟着美娜混了好几餐追求者的饭，但这些追求者谁也没能如愿成为美娜的男朋友。倒是一起搭伙的 T 大师兄范师兄近水楼台，在一个多月后满心欢喜地接手了方明珠不情不愿承担的照顾美娜的任务。

台风过去了，海滨城市天气几乎每日都有一番风云变幻，但食堂蔬菜依然只有"白水煮冬瓜"一菜永流传。到后来二人走进食堂只消呼吸两轮就已经感觉过饱。为了不让感觉的虚假繁荣影响身体，商量着自己做饭拯救消化系统。

于是二人在一个周日拟了采买清单去市区。Z 市虽然是开放港口城市，但却连购物中心都没有一个，只有两处由一片低矮的老房子门面购成的综合市场。这点饱从各大城市高校毕业的女生们所诟病。

在市场里转了一圈，"开门七件事"的物料倒也基本置办齐全，美娜喊着累从综合市场出来，一眼看见旁边广场有售卖服饰的周末临时市场，疲劳感立即烟消云散，兴致勃勃地要拉方明珠去逛。

方明珠早已见识过美娜逛起服装市场来永不言累的战斗力，不接话，只将双手里满满各种袋子向着美娜方向一提。美娜委屈地撅撅嘴表示放弃。

二人坐上小巴士回到公司厂区，拎着东西爬六楼的当儿，方明珠突然想起一件事。

"唉呀！我没带宿舍钥匙。"她自小的马大哈毛病从没治愈过。

"啊——"美娜发出一波三折的惊叹，接道，"我也没带。"

方明珠方才想起美娜被同宿舍叫"小糊"，暗暗叹息一声：以为美娜跟自己完全没有共同之处是错误的。

宿舍大门没锁，两人进了门，将大部分物品归置到厨房，拖干净了客厅地面，坐下来大眼瞪小眼。

"我去找人帮忙开锁吧。"美娜主动请缨。

"好！"方明珠答得干脆，美娜的求助能力较她是碾压式的。

美娜去了不多一会儿，T大的一位师兄跟在她后面上来了，手里居然是明晃晃一把菜刀。

"这是开锁工具吗？"方明珠不由问。师兄显然没想到下六楼又上六楼来帮忙，迎面听到的第一句话居然充满怀疑。只得憨憨地笑了笑："没别的工具，先试试吧。"

房间的木门薄得几乎像纸，师兄的菜刀三下两下就打开了锁，然后"事了拂衣去"般利落地告辞，还是美娜相跟着送下楼。

方明珠把剩下的东西拿进房间，过了好大一会儿，美娜微喘着再次爬上六楼。

"辛苦啦！"方明珠有些歉意，美娜顾不上听这个，坐下来先说："范师兄他们那边也是两个同学一起做饭，问我们要不要跟他们搭伙？这样大家都轻松些。"

"好啊。"美娜完全不通庖厨之艺，方明珠也鲜少下厨，只是从小在父母做饭时担任烧火丫头常常旁观，还可以斗胆一试。做饭是规模经济非常显著的活儿，两个人的饭菜和四个人的饭菜，时间成本几乎没有差异，方明珠巴不得能有更多人搭伙，轮流承担主厨责任，但同宿舍的其他女生似乎都早早都有了饭搭子——这是个女生稀少的公司，报到两个月后还独来独往的女生几乎也就剩下方明珠一个。

两人一边说着，一边清理自己手提包里的东西，美娜累了，干脆把包底儿朝天往床上一倒，赫然发现宿舍钥匙就在正中……

两个人互相追着叫马大哈糊涂虫，为总算跟对方成了一个群体笑得喘不过气。

以后的晚饭变成了四人搭伙。范师兄的厨艺很不坏，和方明珠轮流主厨，另外两个人轮值洗碗。这种愉快的分工进行了一个多月以后，范师兄成为了美娜的男朋友。

此后，每天早晨方明珠不必再做人形闹钟了，她只管自己起床洗漱，等她收拾完自己，会看见美娜的早餐准时出现在床头，伴着范师兄的叮嘱："娜娜，再好好睡一会儿起来吃饭。"

方明珠气结："你还让她睡？要迟到了知道不？"

范师兄憨笑："迟到就迟到，没什么大不了的。"

方明珠只得一边腹诽，一边走去上班。虽然工作确实清闲，且在公司前途有限，但在她心目中，既然领着公司工资，就得遵守公司纪律。

美娜的恋爱谈得甜甜蜜蜜，两人常常在晚饭桌上就变身连体婴。他们亲密得坦坦荡荡，却直教方明珠不敢直视。美娜倒是很大方，每每看着方明珠的窘态大笑："方明珠，你是不是眼睛都不知道该往哪儿放了？"

虽然感觉挺尴尬，但方明珠倒并不曾生出恼意，或者在心里愤愤骂美娜一句"不知检点、有伤风化"来平衡自己。她打心里喜欢一切美的、有魅力的人与事物，把美娜看成了自己人生中关于女性美一课的身教老师。在这之前她的这个课程几乎是完全缺失的：虽然自小读了不少小说，但在一个心思极其澄明单纯的孩童看来，便是《红楼》《西厢》《牡丹亭》中也只有诗与景，美人与真情，而美人们是没有性别之分的；家里固然有个见者称美的母亲，但纪秀兰是传统大家长教育出的再端庄不过的一个人，不单走在路上目不斜视，即便在家中也毫无小女儿态，连对丈夫也不会假以辞色；及至到了少女时期，不止高中对早恋严防死守，大学也是明文"禁止谈恋爱"的，所在宿舍也都是好好读书的乖孩子们，何曾见过美娜这样的活色生香。

以后方明珠能够稍稍脱离袭自母亲、简直是"眼观鼻鼻观心"的端庄行为范式限制，在恋爱中自自然然放软了身段和声音，是有美娜的示范助力的。

无论经济发达程度如何，上学、找个稳定工作、恋爱结婚、成家生子，这似乎是中国绝大多数家长对女儿人生顺序最正常的期望和安排。

这边美娜甜甜蜜蜜谈着恋爱，那边她父母也在千里之外密切关心着她的终身大事。美娜是从小家里刻意娇养的漂亮女儿，父母寄了希望要她通过婚姻改变自己乃至家里的命运。他们似乎不知道范师兄的存在一般，托了S市所有认识的人给美娜介绍男朋友。

一个周末，美娜又拉着方明珠出去吃饭，说是同乡一家人，首次见面怕尴尬。

未成年就失了家的方明珠完全缺乏相关经验与提点，懵然不知这是一个相亲局，到饭桌上才觉察两位长辈看她的眼神如看障碍物，只得低头吃饭。到了饭后对面那长相颇为帅气的年轻男士提出要送美娜回去时，她才本能地醒了醒神，抢着说道："我们住在一起，我保证她安全，不用送。"

"这是我家里介绍的，我爸妈希望我能跟这个人在一起。"回程路上，美娜看方明珠仍不问起，只能主动交待。

"他家条件比范师兄家好？"方明珠很直接。

"他父亲是中学校长，母亲在教育局，他自己是公务员，不算特别好，只是不错吧。在S市很多年了，比范师兄根底深厚很多。"

"范师兄父亲不也是个师级干部？"这信息也是美娜告诉方明珠的，范师兄为人十分低调，只说自己在农村里长大，笑起来憨憨的模样也完全是个农村子弟。

"是。但他说了不会依靠父亲，而且毕业跑这么远就真是一点也靠不了。"

"你应该很喜欢范师兄吧？"方明珠看出了美娜眼里的一丝犹豫。

"我？"美娜低眉想想，"我从来都是抵抗不过别人的追求在一起，不知道很喜欢一个人是什么感觉。"

方明珠有点惊骇，想起范师兄日常对待美娜的点滴，只得说："美娜，我相信你要找一个比范师兄有钱的太容易，但要找一个比他对你更好的，肯定找不到。"

第二天的晚饭由范师兄主理，方明珠看着他带着笑哼着歌在厨房里忙来忙去，终于忍不住提醒他："范师兄，男人事业很重要，你可当心不要英雄气短，儿女情长。"

范师兄脸上浮现讶异的神情，看了看方明珠严肃的表情，不过短短两秒后就恢复了笑容："情长气更长！"

　　有些在方明珠意料之中的是：几年后美娜和范师兄还是分开了；完全在方明珠意料之外的是：许多年以后，被绝大多数人看作只能依赖婚姻、依赖男人的美娜，成了一个独立的职业女性和单亲妈妈。这个时代，给予了参与其中的人们太多的诱惑与考验，也确实给了太多的机会和选择。

市场

过完春节，工作已满半年，方明珠再向处长问起调外勤组的事。

"花城公司倒是需要一个女生，我问问看。"处长这次的回答很干脆。

然而直到半个月过去，并没有进一步答复。方明珠倒是听到消息：同年来公司的另一个女生已经去花城公司报到了。

"为什么不是我？"方明珠找了处长，确定传闻是真的后问。

"这是人事处决定的。"

方明珠又去了人事处，人事处长依然笑眯眯地，说了好些个在她听来完全是借口的理由。

美娜悄悄告诉方明珠："我听人事部的老乡说，调去花城公司的那个女生，是给人事处长送了礼的。"

方明珠不知消息是否确切，但下一次机会不知道何时才有。她自知向来没有理解潜规则的能力，如果需要此等操作，以后大概也争取不到机会。不由心下失望，于是告了病假，悄悄去了花城参加人才交流会。

从Z市到花城来回路程要两天，中间的一天方明珠上午在人头涌动的招聘会上投递简历，下午匆匆地参加了两个面试，当场拿到了一份offer：试用期工资1200元港币包吃住，当时的港币对人民币汇率是1.07~1.08，这个薪资比方明珠第一份工作的薪资几乎翻倍，方明珠高兴地跟面试人员确认一个月后去上班。然后在1995年的三月底，离开了工作不足一年的S公司。

工作的第二站是一家位于珠三角的港资企业，其时珠三角经济刚刚进入快速发展，主要依赖"三来一补"企业，其中多数是港台投资商带来的低端制造业如服装、箱包等。方明珠进入的正是一家服装公司。

依照公司给的交通指南，方明珠下了火车后上了一辆站外等着载客的摩托，皮肤被晒得出油的摩托仔将她拉到公司大门口，她向大门口的保安说明了是来报到上班的，交上身份证登记，等了一会儿，招聘会上见过的黄总助出来带她进去。

这是典型的九十年代中期的珠三角工厂，厂房、食堂、员工宿舍都在一个院内，是新建的五、六层高的砖房，四周有高高的围墙，院内几乎没有绿化，建筑之外就是光秃秃的水泥地面。大铁门由保安看守，进入院墙的人从此 7×24 小时呆在里面，外出需要被检查随身行李，工作时间外出还必须有管理人员批准的条子。

黄总助带着方明珠走进办公楼的玻璃大门后左拐，进入一间挂着"副总经理"牌子的办公室。

"殷生，方小姐来报到。"

殷生从大班台后抬起头，原来就是面试时的主试官之一。面试时只听着他们互叫"×生"，没想到真是一群高管亲自去面试，也难怪可以当场确定。方明珠暗暗想："还是外企讲效率。"

殷生站起来跟方明珠握手，高而胖大的身体立刻让办公室显得局促。他简单地表示欢迎，叮嘱黄总助拿公司制度手册给方明珠阅读，然后大步流星地带着方明珠走到他办公室外的一片开放式办公区，介绍道："这就是我们公司营业部。"之后快步走到后排一个卡位，叫道："Rosa！"

"殷生，什么事？"一张白净微胖的小方脸从文件夹里抬起来，略显细长的眼睛在深黑的眉毛下异常亮，薄唇细鼻，眉精眼企。

"方小姐是新来的，以后就跟你这一组。"

"好。"Rosa 简单答道，转头问方明珠，"你有英文名吗？"

方明珠从此成了这家港资企业格子间里的 Ada。

中文大名叫晓璐的 Rosa 拿出一个厚厚的文件夹，告诉方明珠营业部的工作主要是制单与跟单：将海外的服装订单要求从英文翻译成中文，交给板房做出样板，寄到香港办公室由香港的业务人员转寄给客户并沟通；几次样板来回确认后，按确定的图样和制作方法跟进生产，确保质量和货期。

简单介绍完了，Rosa 说正好要跟一批货，让方明珠一起。方明珠便跟着她从生产车间、板房、裁床走了一圈。

"车线负责人过来一下,这里注意,膊头的双线不够平整,这几件返工。"

"钉珠部林小姐,这两批绣花的颜色是不一样的,深一点的那种是下批货的,千万不要搞错了。"

"海燕,记得明天要出的这批大板最容易出问题是袖口,要重点检查,每件必检。还有 ××× 号批大货的抽检率必须达到10%,少检一件我找你麻烦。"

"张师傅,我的下一个订单什么时候出纸样?什么?要做的太多?!我才不管其他人的怎么样,我这个是急单,帮我快点出。"

"吕师傅,赶紧帮我安排裁大货,别找理由,我明天上来看,你要还没做好我跟你没完。"

"……"

方明珠亦步亦趋跟在 Rosa 后面,听她一边给自己介绍所到各处的分工,一边跟各处的负责人员要求自己的货期和质量。看着她薄薄的双唇一路放鞭炮似噼噼叭叭,全没半句客套话,活脱脱似见到了当年主理荣国府的王熙凤。所到之处多数人看起来都比 Rosa 年长,但都对她一副略带敬畏、不敢敷衍的表情。方明珠有些诧异这个看起来不过比自己大一两岁的姑娘,怎的有这样的威势?

"Rosa,不是说板房的师傅都是公司重金请来的?你跟他们说话这么不客气,不怕他们生气?"

"怕什么,我这是为了工作。他们要不满意可以去殷生那儿告状啊,看殷生听不听他们的喽。"Rosa 说这话时挑了挑眉,小巧的鼻子皱了皱,刻意板着的脸上露出有些得意有些狡黠的笑容,展示出符合她年龄的天真一面。

一圈走完了厂房的各个楼层,回到办公室已经快到下午下班时分。殷生办公室门开着,里面没人,开放办公区里的同事们看来手里工作也忙得差不多,都松了口气。

"大家都认识了吧?这是我们组新来的同事方明珠,Ada。"Rosa 的声音中气十足,仿佛在厂房里奔走的小半天功夫完全没花费力气。

新同事们一个个从各个隔断里陆续站起来,全是 20 出头的女孩子,一边伸展一下头颈胳膊一边笑着跟方明珠说欢迎，之后都会接上一个问题。

"会打拖拉机吗？"

"会下跳棋吗？"

"会下象棋吗？"

"会跳交谊舞吗？"

……

方明珠还没完全从 Rosa 刚刚的工作节奏里缓过来，有些诧异收到的都是这样的问题。答了好几个"会"之后，她干脆昂了昂头："反正有什么好玩儿的事情都可以找我。"

一片女孩子细碎的笑声中，墙边资料架下一个正拿着厚厚文件夹阅读的同事转过头来问了一句："会下围棋吗？"

转头的女孩一裘及踝的深蓝缀细花长裙，眼光清亮，个子不高却气质飘逸，方明珠一眼喜欢上她。接下来知道她叫小艾，比自己早一个月进入公司。

这一份工作让方明珠对市场经济开始有了切身、感性的理解。她很快发现比起之前也算位列开放港口城市的 Z 市，珠三角的发展显然更有活力，但这活力可以说是建立在对年轻人的压榨基础上的。切身体会的有几点：

第一，工作时间长：公司的正式上班时间早八晚六，除掉中午一小时吃饭，每天正式工作时间已经九个小时。由于工厂区几乎没有文化娱乐措施，吃过晚饭后，大部分年轻人无处可去，仍然在办公室加班，一月仅有两天休息；

第二，工作强度大：在办公室的时间里，虽然同事间偶尔也聊聊天，但绝大多数时间是认真工作。看起来不错的薪酬，摊到单位工作时间或工作量里，其实是远低于 S 公司的；

第三，没有学历崇拜，真正按劳付酬：进入公司后，方明珠发现同部门大专中专学历都有，很多来自自己完全没听说过的学校。但只要通过了面试，大家的收入都差不多，还有中专学历的同事倒比自己工资高的。自己多少是个 211 的本科毕业生，并没有一点优势。短时间的失落后，方明珠倒是很快接受了这种做法：既然大家做的是同样的工作，获得同样的报酬是合理的，这才是真正的市场经济。但她却没有意识到一个重要的问题：这代表着这份职业的进入门槛太低，更高的学历和更好的知识储备并不创造额外价值，她是选错了职业。当然，那还是一个可选择的职业很少的年代，更好的教育能够创造更多价值的地方并不太多。从这一点来说，读个中专然后就业，仅从经济上的投入产出比来看，在九十年代确实是最佳的一条路。

初出茅庐的方明珠尚不理解"存在即合理"的寓意，也还没有学会站在员工角度思考问题。到公司一个月后，她就写了一封信向殷生进言，直言公司过多加班现象不合理。大部分人加班时态度闲散，效率不高，如果工作时间再抓紧一些，并没有加班的必要性。殷生收到信，表扬了她爱动脑筋能为公司着想，接着叫来黄总助，把方明珠改进建议交给他，让他好好研究下如何执行，便没有了下文，方明珠去问过两次，都被"还没考虑成熟"的理由推脱了。

比起日常工作中常有的挫折感，这个小小的软钉子倒不算什么。

"Ada，你给我过来！"刚走进电脑房两分钟，Rosa再次高声叫唤方明珠。

营业部有三台黑白显示器的电脑，安装了制单的专用软件，供七八位同事共用。方明珠新来，每天完成的制单 Rosa 都要检查。

"什么事？"方明珠放下手中的文件夹，绕过前面几排格子间走到电脑房门口。

"你这里怎么回事？这张单英文说明里要求'膊头反骨'，你为什么没写？"

"写了啊，方明珠走到电脑前，指着下面一排文字。

"为什么放到后面？不按原文顺序来？"

"前面后面有区别吗？这又不是工序，只是要求。"方明珠觉得 Rosa 简直是鸡蛋里挑骨头。

"当然有区别，按原文改！"Rosa 最受不了别人反驳她，马上立了眉板了脸。

……

这种情况一天里都能重演好几次，有时是因为一个错别字，有时是因为行文顺序，有时确实是方明珠遗漏了内容，也有时是 Rosa 没等看清楚就叫唤起来……方明珠表面看起来波澜不惊，其实脑子里天马行空，既不喜欢墨守陈规、更时不时犯马大哈，这份工作要求的细致耐心、按图索骥常令她感觉枯燥无味，而 Rosa 板正严格的要求更让她不由生出焦虑。而且 Rosa 每次的高声叫喊听在她耳里总有呼来喝去、不受尊重的感觉。

除了工作枯燥，这里十分闭塞的环境对绝大多数年轻人而言，也意味着只有消耗而无成长：工厂处于一个远离市中心的小镇，除了满足生活必须的大排档和小杂货店外，镇上全是类似的厂房，一个个像灰色方盒子排列在地面上，每个盒子里装着成百上千二十出头的年轻人。这些正值青春年华的年轻人，每个月二十八到三十天，每天二十四小时地呆在厂里，除了自己的工作和同事，几乎接触不到任何其他信息来源。每天下午五六点，拉着集装箱的拖车开到各个方盒子门口，无数青春时光凝成的廉价商品被拉到港口，运送到世界各地；傍晚七八点，方盒子们打开一个小口，多数仍然穿着统一工装的年轻男孩子们，和终于换上了自己衣服的女孩子们从那个小口鱼贯而出，去到镇上的大排档改改口味，然后到有五彩射灯的歌舞厅蹦蹦迪跳跳舞，释放年轻身体里旺盛的精力，到午夜时分再回到方盒子中二人到八人一间的小格子里入睡，为明天的十小时以上工作储备精力。工作和生活都不需要思想，也绝不滋养思想。方明珠和小艾私下评价，自己和同事们就是略为高级一点的包身工。

当然生活也不全是不满意，每月中到了"出粮"（发工资）的时间，大概是这些被围于几百平方米天地里的年轻人们最高兴的时候。去财务部签了名，拿到薄薄的信封，饭后立刻结队去厂外兼营港元汇兑的小卖部换成人民币。第二天中午，方明珠会放弃午饭后的短暂休息，搭乘摩托车去到一公里外的镇邮政所，给父母各汇上两百元。

"如果一份工作，只有发工资那天是让人高兴的，这选择就太可悲了。"半年后方明珠总结，之后她在择业中多了条标准：必须能从工作本身中得到奖励，这奖励可以是成就感、成长感，但决不能仅仅是那叠钞票。

为了这份不错的薪水，同时也因为不确定市场上是否存在着自己喜欢的工作，方明珠还是在这个从半空看去全是一栋栋灰色的建筑，几乎不见绿色的小镇上呆满了一年。这一年里，除了每月可以稳定地给父母寄钱，她也不能说没有别的收获：封闭的环境，相似的年龄，每天同吃同住同劳动的相处，办公室同事们不可能保持安全距离淡如水的交情，要么成为好友，要么对立或成为陌路，她就此交了几个长期的朋友，特别是小艾，成了她携手共同成长的朋友。

投契

　　排斥比自己漂亮的同性大概是天性，在女性扎堆的地方这种天性很容易被互相鼓励和激发。作为一个外表突出的女孩子，小艾在这间公司的生活开始得没那么容易。

　　"哎，你知道吗，那个小艾昨天又跟同宿舍的吵架了。"进公司第三天，个子小小绰号"小女人"的同事悄悄凑到方明珠耳边说道。一起说他人闲话是部分女性建立或者展示友爱的方式之一。

　　"？"方明珠不答话，心里本能地警惕起来。她一向相信"来说是非者，必是是非人"。

　　"她刚来多久啊，这都第三次了，个性也太强了吧？"小女人似是把方明珠当作了"知己"，继续说下去。

　　"等等。你听见她们吵架了？"

　　"有人听见了啊，今天大家都在说，你不知道吗？"

　　"那你知道她们吵架的原因吗？一定是小艾不对？"

　　"她一个新来的人，不能跟老同事处理好关系，肯定她不对啊。再说了别人都没吵架，你跟你同宿舍的不相处得挺好？"

　　方明珠想起前一天下班后她被部门同事拉出去跳舞晚归，同宿舍的姑娘居然在门后面放了满满一桶水，她开门踩一脚水也罢了，舍友起身尖声埋怨吵了她睡觉，直念叨了超过半小时。小小的两人宿舍也像个小江湖，老人总想要新人服软。方明珠向来懒得理会这些鸡毛蒜皮的小把戏，所以只当听不见，捂耳睡觉。但她们怎么就把恶人罪名定在了小艾头上？

　　"吵架不太可能是一方的错，不知道原因别乱下结论。再说一个宿舍里磕磕碰碰这些小事，值得大家在这儿传来传去吗？"

"小女人"碰了个软钉子，还不肯罢休："她来第一天就带着路上刚认识的男生回宿舍，她同屋说了她，所以两人关系不好。本来是她错嘛。"

闲话到了这种份儿上，方明珠再也控制不住不耐烦的神情：

"都成年人了，就算带男生回宿舍也是人自己的事，她同屋管太多了吧？"

小女人不甘不愿住了嘴。方明珠心下却想："今天用这样的方式来表现跟我亲近，日后不知又会如何去跟别人嚼我舌根子？可惜我生活无趣，想来没什么好嚼的。"

小艾和方明珠倒是很快成了围棋盘上的朋友，关于小艾的闲话从此也绝少传到方明珠耳边来。但方明珠和小艾都知道，它们总像打不死的苍蝇，在这四方围墙内的哪一处飞舞着。

半个月后一天，同部门的姑娘们下班后又相邀出去跳舞，晚间回宿舍时小艾被反锁在了门外。正好方明珠的室友辞职了，她就邀请小艾做了室友。

两人平时下棋打牌老玩在一起，但都是不聊什么闲话的性子，相互了解并不算深。同住之后方明珠逐渐明了：小艾之所以受周围很多人排斥，不全是因为外貌突出，更多是因为她跟她们不同，而且她甚至不屑于稍稍掩饰这些不同。这种不屑使得她自然带了些清高倨傲、目下无尘的气质，这气质成了方明珠眼里大为欣赏的清丽脱俗，也成了很多人看不顺眼的目高于顶、眼中无人。

周围的同龄女生似乎没什么人像方明珠一样细致打量过这个环境，也鲜少有人像小艾一样认真思考过自己要什么样的未来。她们只是随遇而安地做着一份工作，因循地谈着恋爱或者期待着谈个恋爱，之后顺理成章地结婚生子，这样顺利地过完跟所有人一样的一生便足矣。但小艾对于自己的人生有着太清晰的计划。

"我要考研，我来这里只是为了挣到让我可以一年不工作专心准备考试的费用。"她对方明珠交底。

小艾中专毕业。虽然当时中专生是可以"同等学力"报考研究生的，但没有经过本科的系统学习，考研对她的难度显而易见。她在坚定地在执行她的计划：除了业余时间，她利用手头工作完成的所有空隙时间学习，并不理会她的组长为此产生的不满。

更可喜的是——小艾不是书呆子。象棋围棋，同事偶尔结队出去吃吃饭唱唱K跳跳舞，她并不会以"要学习"的名头推辞。学起来专心有效率，玩起来专注尽兴。方明珠喜欢这样上进又有趣的女孩子。

而办公室里另一个也在"准备考研"的同事显然走上了一条不那么正确的路。

"敏，出去吃饭跳舞。"

"不去了，我得复习。"苦笑着的脸回答。

而等到一队人玩儿尽兴了回来，必然见到笑得更苦的脸："我一晚上都想着你们在哪儿玩呢，看不进书。"

"那下次跟我们一起去好了。"

"……还是算了吧，看书重要。"然后一再重复。

"我们一起考BEC吧？"

"为了学好粤语和英语，我们在宿舍里不许说普通话，怎么样？"小艾的提议都有趣又有用，深得方明珠之心。

于是两个人一起在公司里开口讲鸟语一般的南粤语言，从一开始同事们在会议上笑得打跌直说"听不懂"，香港同事在另一头笑到扔掉电话，到获得"讲得唔错，听得明"的肯定，也就两三个月时间。

半年之后两人一起考过了BEC2。

第二年春节假期里，方明珠去了趟小镇邻近的特区海市，拿到了一家日本企业的offer。

"Ada，你的英语真的是很好。"终面见总经理，被唤做Naka San的瘦小日本老头带着浓重的日本口音称赞方明珠，"之前我见了好几个号称托福700多分的，都听不明白我在讲什么。"

"谢谢您！"方明珠在心里暗笑：不是他们英语不好，不过是我胆子比较大敢猜。您那"t、tr"不分，唇齿音统统发成"d"的口音，平时都用正宗英伦口音训练听力的学生能懂才怪。

是啊，要不是放胆去猜，谁能明白"domadow"是指"明天"，而"Dorading"居然是"贸易"？

　　当然，能准确猜中，跟她刚刚通过了 BEC 考试不无关系。

　　如果不是和小艾一起相互鼓励，方明珠自认不见得能够坚持终归有些枯燥的学习。她相对随性得多，中了"游于艺"这类语句太深的毒，恨不得把天下所有事情都变成玩儿。除了非常重要的事，多数时间但凭兴趣，只看经过。"兴之所至，兴尽而归"，缺乏明确的目标和一定要达到目标的坚韧劲儿。

　　数年后，小艾读完了博士，成为国内一座高校的教授，也常以访问学者身份去国外高校交流，成了这个大时代里通过自身不断努力圆梦的范例。方明珠自是替好友高兴。

被占便宜

刚进入新公司几个月，一同入职的部门同事小李就因为压力太大辞职了，方明珠不得不接手了她原来负责的工作部分。

方明珠和小李原本各自负责一部分元部件的计划与进口安排，但小李显然被两个上司不同的要求弄乱了阵脚，一些基本的工作没有做到位：既没有仔细核对库存余量，也没有跟生产部门很好地沟通，不少部件的库存数和需求预计是不准确的。之所以几个月还没出现什么问题，是因为她预订一直大于需求，所以没有生产出货的矛盾，但却带来了不必要的库存。电子元器件价格变化极快，库存超需就可能造成损失，由于日本企业供应链的封闭性，供应商全都是固定的，对账结算工作在台湾公司，短期还不确定那边是否也发现这个问题。

方明珠带着新来的同事小张先去找仓库要求盘点，修改物料存量表，再去跟生产线确认设计用量和近期实际消耗，然后跟报关部门确认在途数量，重新制定订货需求。

几百种部件多数都是非常小的电子元器件，光电容就分七八种。小张直呼看不明白，问方明珠："方姐你怎么能记住这么多？"

"记不住啊，能记住我就去生产线管机器插件了。"在那个大多数电子厂还是人工插件的年代，公司最核心的生产线已经实现了机器自动插件，方明珠记得初见那个灵巧的庞然大物时感觉到的震撼，很喜欢拿它说事。

"记不住怎么能确保这些数据是正确的？"

看着小张认真的脸，方明珠不由笑了："你是不是还要每天亲自去对每种物料点数啊？点得过来吗？记着：生产线、仓库包括报关的同事，对这些部件都比我们熟悉，比我们专业，我们只要确保从他们这里拿到的数是及时准确的就好了。但是他们给出的数都是某一个点上的，我们需要综合各处的数据，计算出准确的需求量，各处拿到的数据多数是手制表，生产线是打印的，输入电脑时要确保无误。另外要定期联系供应商，注意有没有供货期变化，做好提前量。"

"那要是拿到的数据不准确怎么办？"

"只要你自己够认真够清楚，没人会也没人敢故意糊弄你。如果万一碰到出错，一定要追查到底，不是为了追究责任，而是为了确保以后不再出现。"说这些话时，方明珠眼前闪过 Rosa 那张认真到刻板的脸，发现自己还是从她那里学习到不少。

新同事小张长相清秀，心思也灵敏，跟着方明珠半个月后已经能够自己独自承担日常工作，只是速度还不够快，只能负责不到 1/3 的元器件。

另一个同事林溪上手稍慢一些，方明珠先将制单、跟生产部门和报关部门的资料交接核对等相对简单的工作分给她，自己倒也能腾得出些手来，开始琢磨怎么用 Excel 做一个可以自动计算的表来管理计划，节省掉每天大量的手动输入，也能避免输入错误。

知道生产课的严课长 T 大毕业，是电脑高手，方明珠弄不明白一个函数公式，带上软盘去找人请教。进门就见自己部门的林溪也在生产课，正在跟严课长讨论，问的人神态娇羞，讲的人一脸包容，满室化学反应扑面而来。

林溪杏眼桃腮，葫芦型身材，爽朗爱笑，是"Hot Girl"一词的生动诠释，但工作表现平平。没想到才来一个多月，工作还没熟悉，就能把公司最年轻也最骄傲的课长斩于马下，方明珠不由心里大呼佩服。如果不是觉得在父母出狱前这些都没用，她倒很想讨教一下技巧。

八卦大概是人的本能，方明珠暗暗开始推算这是什么时候的事：应该不是一见钟情，新同事是她带到各部门介绍的，当时严课长并没有多看林溪一眼，而且她刚让林溪去生产课对接的前几天，严课长还跟她投诉过林溪太笨听不明白。她有点隐隐的失望，之前还以为严课长这种学历优异能力超群的人，喜欢的应该是智力眼界可以匹敌的女子，不曾想到底还是敌不过一张俏脸。

林溪一眼瞥见方明珠进来，赶紧说："方姐，我对完数就走。"

这让反倒方明珠觉得自己破坏了美好氛围，有些尴尬："不急，你核对清楚，我就请教一个函数问题。"

当天方明珠照常加班，等她从屏幕上移开眼光，却发现办公室还有另一个人。

"林溪？我刚才不是说过让你和小张先走？"

林溪坐到她桌前看着她，欲语还休的样子我见犹怜。

"是要跟我说和严课长的事？"方明珠学不会揣着明白装糊涂。

林溪点点头，还是不说话。

"放心，公司没有禁止员工谈恋爱的规定，只要不影响工作，你不用担心我有意见。再说这大好的年纪不谈恋爱不是浪费吗？"

"那，能不能请方姐帮我保密？"林溪提了请求。

"我一向不传小话。但你自己的神情完全保不了密啊，可别冤枉是我说的。"方明珠调笑。

"谢谢方姐。"林溪红着脸，跳起来往外走，恢复一向的活泼劲儿。

"等等。"

林溪回头，有些狐疑有些惊吓。

"你的简历我看过，你年龄比我大，以后不用叫方姐，我们互相叫名字吧。"

方明珠花了一个来月的加班时间，才做出基本符合自己想法的计算表。试算几遍后，她把表拷贝给小张和林溪，讲完用法，两个姑娘"哇！"的一声，都十分惊喜。

"你们俩先试试，以后就轻松些了，只要你们俩对每天实际发货、入库和使用数字不出输入错误，就不用加太多班啦！"方明珠伸展一下双手，靠到椅背上，有些得意，也有些放松下来的倦意。

恰在这时总经理走进来，他的办公室在方明珠座位后方。

"你们还在加班呢？辛苦了！"

"这是我刚从日本带回来的点心，请你们吃。"他又从办公室冰箱里取出一盒明治点心。

经历了多种企业后，方明珠总结日企在管理方面的"感情牌"是打得最为出色的。五十多岁的总经理也经常加班，每次碰到都会跟她说："辛苦啦！"走的时候还会刻意再次走到她桌前打招呼，说："我先走了，Ada辛苦啦！"从日本带小点心小礼物，请表现出色的员工单独吃饭等小恩小惠也是常有。

方明珠突然想起一件事，跟着总经理进了他办公室："Naka San，可以给我两分钟吗？"

"你有事，两个小时也可以。"

"我带团队已经两个月了，我们团队的工作做得还不错吧？"

"Ada，你做得很好，你的表现我很赞赏。"

"您知道带团队比自己做事，要辛苦很多，而且之前让我带团队时，也说了要加薪，但直到前几天收到上月工资，我的薪水并没有增加。"

"啊？真的吗？"总经理一脸吃惊，"那我问问财务。"

"好。"

又过了一个月，方明珠的工资数字依然没变。她按捺不住，再次找了总经理。

"我跟财务说过了啊，难道是他们没记住？"总经理还是一脸的惊讶。

方明珠突然觉得眼前这个日本人的神情透着一丝狡诈："那我自己去问问财务。"

"你加薪？我们并没有收到通知啊。"财务课长看着方明珠，也是一脸惊讶。

"Naka San 告诉我他两个月前已经知会你们了。"方明珠看着财务课长的眼睛，想看出到底谁对她说了谎话。

"他说过了吗？"财务课长眨了眨眼，这让方明珠觉得他记忆里可能没这事，"就算他说过了，员工升职加薪也应该有正式通知，我们并没有收到。"

方明珠感觉自己上当了，可是回到自己位置时，总经理办公室已经空了，当天她也没再碰到。

是日方明珠没有加班，约了前同事晓璐吃饭。晓璐在方明珠来后也到了海市。

"我觉得公司在占我便宜。"方明珠有些愤愤不平地把故事告诉晓璐。

"肯定的，日本人多奸诈！"晓璐毫不犹豫地断言。她祖籍东北，曾听家里长辈讲过当年战争中的遭遇，对日本人在情感上天然抵触，一直对方明珠去日企工作不以为然。

"是挺狡猾的，我多做了多少工作，还无偿地教董事长的朋友女儿学中文，总经理成天嘴上夸奖，总给些小恩小惠，但一到动真格加薪就没结果。"说着方明珠不免觉得有些憋屈。

"你要不然换一份工作算了，给日本人打工多没劲儿。"

晓璐的提议让方明珠动了心。她去参加了周日的人才交流会。

怂包

海市早早定位发展高科技，偏生当时还未完成原始积累，不免两头不靠岸，机会并不算很多。

方明珠当天下午去参加了一个贸易公司的面试，去了之后发现跟之前的面试经历完全不同，在简单的两居室改成的办公室里，公司王总没让她自我介绍，也没问什么问题，先在黑板上画出了一套金字塔型的销售奖金计算公式。

"这个设计很巧妙啊，如果真的执行，会把销售人员变成永动机。"方明珠委实觉得眼前一亮，印象深刻。

王总鼓掌称是。然后向方明珠介绍，这是一家美国公司的设计，这家公司叫安美。

方明珠听了两小时关于安美公司和产品的介绍，走之前王总给了她一小瓶清洁剂让她试用。回到公司宿舍，方明珠尝试用来清洁房间地面和厨房的瓷砖台，发现确实擦拭得非常干净。

"你怎么想起进厨房来了？"厨房里忙着做饭的是廖薇，宿舍是公司租的，四房一厅住了四个女孩子。方明珠除了偶尔煮煮面条，很少在厨房出现。

"给你们做做雷锋。男朋友来了？"方明珠看见廖薇买了好些菜，她男友在鹏城，常常周末搭船来看她。

"是啊。"廖薇一脸的幸福笑容。她在生产部门，方明珠跟她只是点头之交，没有什么深刻印象，倒是她那个偶尔来一次的男友有一句话让她印象深刻。

"鹏城多数人都这样：家里有个老婆，身边有个女友。"这是某一天两人貌似争吵时方明珠听到的。这话直接导致鹏城在她心目中的初始形象被妖魔化：这城市的三观也未免太过扭曲了吧？

后来到了鹏城生活，方明珠很快知道了这城市跟其他所有城市一样，有着各种性格观念不同的人，要讨论三观，必须落到具体的一个人才清晰。代表一个群体的人表达观点，或者给一个群体的人贴上标签，实在都是太容易也太幼稚的行为。

后续的两个周日，方明珠去参加了王总组织的两次"家族聚会"。聚会的气氛在她看来非常友好：参会的据介绍有老师、医生、公务员，也有企业管理人员和普通员工，每个人都带着善意的微笑，互称"老师"，互相鼓励。这么些职业背景完全不同的人相处如此和睦，是方明珠心下很喜欢的氛围。

两次聚会后，方明珠掏了 780 元，拎回一套产品，带着对"一个公平的成功事业机会"的憧憬，成为了安美的一名会员。王总建议她还是先从兼职做起，等到安美业务有了稳定收入再辞职，方明珠也觉得这样更好。

正式开始做安美，方明珠发现自己之前为那套奖金制度迷了眼，没有估计到实际的困难。

首先，安美产品的价格相对昂贵。方明珠作为外企职员收入高于平均，当时每月也不过一千多元，30 多元一支的牙膏，40 多元一瓶的清洁剂，显然超过了大多数人的消费能力。这一条"安美人"显然都发现了，于是从用量上着手，发明了各种"只需要很少用量，就可以达到同类产品效果"的使用和单次计价方法，但对于普通消费者，这种说法显然很难获得同意。

其次，她能接触到的目标用户非常少。当时安美刚刚进入中国不久，主打家居清洁产品，而方明珠在海市认识的人除同事之外寥寥无几，住集体宿舍的同事显然没有太多的家居清洁需求。

最重要的是，她发现自己并不具备一个好销售人员的基本素质。大学四年级，方明珠刻意买了一本《推销之神原一平》来研读，自以为已经学会了其中的推销技巧。但真正开始尝试，她发现任何技巧于自己都是无用的，因为她根本说不出请别人买东西的话。

其时安美有一款清洁剂是大家公认的王牌产品，清洗重油污十分有效。

于是上门清洗油烟机成了安美团队最常用的一招销售技巧。方明珠在某一个周日约了她认识的唯一一个在海市有家的人——前同事小李，带上清洁剂、旧报纸、抹布去了小李家。

当方明珠捋起袖子说要帮她清洁油烟机时小李显然十分诧异，不过没拦住。四十多分钟后方明珠倒是把油烟机的不锈钢外表擦得锃亮了，还清理了集油盒。

"没看出来你还能做家务。"小李招呼方明珠坐下吃水果。

"主要是这个清洁产品不错。"方明珠示意小李看看。

"油烟机清洁剂我家也有，你还那么远拎过来干嘛。"

方明珠能感觉"你要不要试试这个产品"这句话已经到了嘴边，然而舌尖似乎横了千斤重的闸门，生生拦住此语，同时心跳加快手心冒汗。到告辞离开前，她已经在意念中跟自己的唇齿大战了一千回合，终于还是败下阵来。

"你不是能演讲能辩论被那么多人说伶牙俐齿吗？怎么连这么一句话都说不出来？"回宿舍路上，方明珠带着怒气跟自己对话。

"……"被诘责那个方明珠完全无法辩解。

一定要突破自己，方明珠想着。第二周她去了一个公园，想找陌生人练练。

每一次的搭讪尝试是一头冷汗，整整三头冷汗后，方明珠铩羽而归。

大半天没做事也几乎没跟人沟通，却比平时工作十二小时还累。方明珠躺在宿舍床上，开始琢磨原因。

自己从小性格内向，但也不是没有跟陌生人打交道和卖东西的经验啊，当时都怎么克服的呢？

小学时家里养鸡，交完种蛋后余下的鸡蛋，是方明珠周日去卖的，在街头摆上一高一低两只小板凳，高的上面放一个盆，里面是鸡蛋，低的上面是埋头看课外书的方明珠。有人经过问到，说价格，称重量，收钱。完全没有任何不适感的原因是：不必主动推销，别人需要才买。

大三时班主任曾经做过勤工俭学试验，批发了雪糕让班里同学去学校阶梯教室放电影时叫卖销售。几乎所有同学都站在门口迈不开腿，方明珠

154

倒是能带头冲进去挨排挨座询问"同学，要雪糕吗？"，在开映前十分钟卖完了手里简易保温盒里的货。记得开口前也是同样的紧张，是什么因素帮助克服的呢？是因为心里觉得自己是班长要带头，后面有好些同学看着呢。

人群里的假勇敢，一人时的真怂包。方明珠给自己下了个评语。

改变自己委实太难，方明珠一直也没能克服自己"一人时的真怂包"心理，安美销售毫无进展。她索性给自己找了工作太忙的借口，聚会也不太去了。

看完海市第一次国际航展后两个月，天气已经开始转冷。方明珠工资条上的数字，仍然没有变化。

辞职的念头一旦产生，就像在心里点燃了一簇小小火苗，只待有风相助，火苗便会熊熊蹿起，轻易燃尽耐心。

方明珠心中这簇火是被三阵风吹旺的。一阵是几月未变的工资条，一阵是收到母亲来信说她已经转到了省城附近的女子监狱，第三阵风来自一个电话。

接到高中班主任的电话时，方明珠是惊异的。高中毕业之后她就离开省城，没太见过郑老师，每年只在教师节时寄张明信片，郑老师也偶有回信。

电话讲了十几分钟，方明珠明白了：原来郑老师也加入了安美队伍，并且已经做到了"银章"级别，正在向"翡翠"级别努力，他的团队里还有好几个高中同学，其中一个也快到银章了。

"银章"是安美会员上升的第一级，需要团队月销售额达到十万，而"翡翠"级别则需要达到三十万。方明珠十分意外，没想到安美发展得这么快，已经到了西部省市，更没想到自己的老师和同学都已经做到了这么好的业绩，这个"事业机会"看来并不是遥不可及。

有了这三阵风的助力，方明珠在总经理处再次没有获得加薪的明确答复之后，心里的火苗再也无法控制，直接甩出了一句话："我现在辞职。"

她给母亲写信："妈，我准备回省城，再把哥哥找回来，我们在省城等着接你们出来。"

相依为命

一九九七年初，方明珠回到了阔别七载的省城。

到达省城第二天，就跟着郑老师去参加了安美的一场会议。跟她在海市参加的家庭式聚会不同，这次聚会规模比较大，在一个礼堂内，到会的有一两百人，方明珠见到了两位高中同学。会上来了两位来自台湾的"翡翠"分享成功经验、讲解公司政策，西装革履，妆容精致。

"翡翠"分享完后是刚加入的"新朋友"自我介绍，然后是"老朋友"分享心得。两位"翡翠"鼓励大家要把目标说出来，于是有人在台上高喊："我要在三个月内上'银章'，半年内上'翡翠'！"台下也有人高喊附和，到后来不少人热泪盈眶甚至痛哭流涕。

这气氛热烈得出乎方明珠意料，她有点不习惯，但也明显受到感染，嘴里虽然没说，心里却暗暗立下目标："我也要三个月上'银章'。"

台上分享完毕，郑老师把方明珠带到两个"翡翠"前介绍："这是我的学生，高考状元，特地从南粤回来全职做安美的。"

方明珠收获了一堆赞扬，第二天就去安美站点办了再次加入的手续。

在省城，方明珠借住在二姨家的房子里，房子是二姨父单位分配的，三房两厅十分宽敞，二姨一家还在风城，房子日常空置着，除了三个房间有床也没有其他家具。方明珠住在次卧，置办了十几张简易的小板凳，将客厅偶尔用于家族聚会。

两个月过去，虽然已经尽力在跟接触到的每一个人讲安美产品了，方明珠仍然没什么业绩。倒是获得了一个惊喜：方伟回来了。

自大三暑假之后，方明珠已经三四年没见到方伟。兄妹俩通信也不多，她仅知道方伟被所在的医药公司派去了西北，在那边似乎很不如意。

收到传呼机信息，说方伟已经在楼下时，方明珠几乎是跌跌撞撞地从六楼飞跑下来，待走出门洞看见小区入口站着的人时，她却停了下来，不敢相认。

面前的人身着一件泥土色的旧夹克，长裤皱皱巴巴，说不清是黑色还是深蓝色；头发蓬乱，发际线已经出现轻微退后迹象；面色黑黄暗沉，蹙着的眉头带出一脸的风霜和不如意；手里拎一个灰色的人造革包。

这绝不是方明珠所记得的方伟。

方明珠记忆中的哥哥继承了母亲大部分的外貌优点和父亲爱收拾打扮的习惯。她记得高中假期回家时，见他穿着一整套白色西服偷骑了父亲的摩托车载女同学兜风时笑得意气飞扬的样子；记得他在家里镜子前用摩丝把头发整理得油光水滑的样子；记得他在医学院进修时西装革履在喷泉边照的照片；还记得大学假期见面时自己时时因为他吊儿郎当的笑容而质疑他是否忘了父母的危厄……

到方伟开口叫了妹妹，方明珠仍然不能相信眼前这个脸型五官似乎熟悉，但却了无生气的人真的是自己哥哥，与他这种泥雕似的状态相比，她宁愿看见的是她曾经为之生气的不懂事的笑脸。

没有想像中的兄妹相见抱头痛哭，方明珠带着方伟上楼。待他略洗漱后，兄妹俩坐下来说话。

"你现在怎么这么黑？"

"西北太阳大，晒的。"

"工作怎么样？"

"不干了，上司整我。"

"……"

陷入沉默，方明珠发现与方伟的沟通比过去更难了。

"哥，我们去看看妈妈吧。"

"好。"

两人商量着去看母亲的时候顺便找找华姐。华姐是远房表亲，以前在凤城县法院工作，后来调到了苗山的法院工作，正是目前纪秀兰服刑的女子监狱的管辖部门。

要去看母亲加拜访华姐肯定是要花钱的，方明珠查了下钱包，发现钱不够了。

在S公司的时候每月工资只有几百元存不下钱，到珠三角工作后她的收入还算不错。平均每月收入在1200左右，除了日常开销和固定将1/3左右寄给父母，近两年下来倒是存了几千块。但上一年因为好奇和虚荣心，花了两千元买了一台最新款的摩托罗拉中文传呼机，回到省城这两个月没有收入，参加会议、买产品等还需要花钱，已经是所剩不多。她知道方伟肯定没钱，只好厚着脸皮开口向同学借钱。

收到同学寄来的三千元后，方明珠和方伟，加上在省城读大学的大表弟坐上去苗山的客车。在方明珠过往收到的纪秀兰来信中，几乎每封都透露出对方伟的担心。方明珠怕如今这样的方伟出现在母亲面前会令母亲更担心，悄悄把钱包递给方伟："哥，你拿着，请华姐他们吃饭和给妈妈钱。"

找到华姐家，华姐说纪秀兰刚转过来不久她已经去看过：

"我去看你妈妈的时候，她在车间里被开水烫伤了脚，加上高血压发作，路都走不了，是被人背出来的，看着真是揪心。"华姐叹气，方明珠只觉得心里被一根钢针狠狠扎入。

"现在好些了，她调去了看大门，如果在车间做事她身体肯定吃不消。"

兄妹俩知道肯定是华姐托了关系，赶紧道谢。

当天下午，华姐约了主管女子监狱事宜的一些同事，方家兄妹做东请了一餐饭。

华姐一边介绍兄妹二人，一边谢谢同事们之前对自己表姨的照顾，招呼周到。方伟也表现出一向跟人打交道的机灵劲儿，方明珠和大表弟跟在后面倒茶敬酒，暗暗惭愧自己缺乏交际能力。

"为这么点钱把人弄进来这些年，也真是的。"桌上有人摇头叹气。方明珠抬头看看说话的人，心里暗生感激。

第二天华姐带着兄妹俩去了监狱探望。

传达室办好手续进去，大门打开就见到纪秀兰，正当值守大门的班。她又消瘦了，脸颊下陷。方明珠叫一声妈，就觉眼内酸楚，忙仰头吞回将流下的泪。

　　纪秀兰见到兄妹俩一起进来，眼中闪过惊喜。

　　华姐打完招呼就去了干部值班室，留时间给兄妹几个站在院里单独跟母亲好好说话。纪秀兰脸上看起来还是一如既往的平静，问了两人情况，叮嘱方明珠不要再寄钱了，寄来了也是被要求存起来用不上，又叮嘱方伟要好好工作。方伟没告诉纪秀兰他已经不在原来公司，从钱包里掏出几张百元面额的票子悄悄递给纪秀兰。方明珠确定，母亲在接过钱的时候露出了一丝欣慰的笑容，知道自己没做错。

　　到华姐从值班室出来示意该走了，纪秀兰一手拉着一个送到大门边，跟另一个值守大门的老妪打招呼请她开门。那老妪弯腰驼背，满头白发，面上一片呆滞。纪秀兰握着方明珠的手突然僵直，转头低声对女儿说："这个孙婆婆已经六十几岁，在牢里呆了二十多年了。我会不会也要坐牢到这么老？"内心的恐惧再也无法掩盖地从声音里透出。如果刑期坐满，她出去时真的要六十出头了。方明珠连忙安慰母亲："一定不会的，我们会想办法尽快让您出去。"走出大门回望，不禁泪眼婆娑。

　　华姐看兄妹几人表情戚然，安慰他们："你们妈妈在里面表现挺好的，已经获得了一年减刑。她年龄大了身体也不好，属于对社会不会造成危害的人群，刑期过半后可以争取保释或保外就医。我在这里，总不会让她太受罪的。"

　　兄妹几个道完谢，跟华姐分开，坐公交车去客车站。方明珠一路想着母亲声音里的恐惧，只觉自己对父母全无用处，自责得无法抬头。

　　到了客车站，方伟突然说："我要回一趟州府。给你们两人留两百元够不够？"

　　方明珠从纷乱的思绪中被拉回来，有些不可置信地看着方伟。她大概算了这一路的开销，钱包里应该还有一千大几，她以为方伟应该知道这是她目前所有的钱了，两百元除掉她和表弟回省城的路费，就所剩无几，而且方伟之前并没有说过要回州府啊。

　　"你回州府干什么？需要花那么多钱吗？"

　　"你别问了，反正我有事。如果两百不够你要多少？"

　　方明珠心算一下：回省城就得找工作了，找到工作也得一个月才有工资拿。"你至少给我留五百吧?"

　　方伟在钱包里留了五百元,把钱包递回给方明珠。

　　"姐,你不应该给大哥那么多钱。"回程客车上大表弟悄悄跟方明珠说了,"他肯定拿去打牌。"

　　"什么?!"方明珠有点不信。

　　"这几天你外出的时候他都去打牌,拿着你给他的生活费,十块钱起不封顶的场子都敢打,我跟他说姐姐都借钱了你还打牌,他骂我多管闲事。"大表弟从小跟方明珠亲近,替她不平。

　　方明珠头脑里乱纷纷。她知道大表弟说的是真的,但方伟是她唯一的胞兄,在她心里,家中罹此惨祸,兄妹俩就得相依为命。为了一点钱发生不快,她是断然不愿意的。

陷阱

回到省城，方明珠跟郑老师做了个大概说明，开始找工作。

工作倒是找得很快，一家主要从事电子元器件经营的公司看中她在前一家公司的工作经验，她得到了办公室主任的位置，居然在公司办公室最后排有了自己的大班台椅，但地处西部的省城究竟不比珠三角，薪水不到之前的三分之二。

工作每天早九晚五点半，基本不用加班。一到下午五点，方明珠就听到前面几排的小姑娘们开始打电话，内容泰半是："今天去哪儿吃火锅？""今晚去哪儿跳舞？"对比起珠三角的工作节奏，方明珠直叹这也太轻松了点。

业余时间里，方明珠仍在努力做安美。上一次聚会时有一个"明珠"级人物，据介绍是拿到了某大型国有企业的福利采购单，每年稳定有上百万的业绩。方明珠得了启发，找来城市黄页，开始给上面的企业写信邮寄资料。她知道这是笨办法，但自己既然是丛货，总得另辟蹊径。

寄出几十封信后，传呼机真的收到一条信息，有一家公司约她面谈。方明珠特地请了半天假，带上分装的几支产品和资料，去了约好的地址。

那是一栋两层楼的房子，有些年头了，上下各一个走廊三间办公室，靠楼梯的墙上挂着公司招牌，木制刷漆，白底黑字。

方明珠从水泥楼梯走上楼到中间办公室，门上挂着"办公室"的小牌子，里面一张办公桌一张旧沙发。坐在办公桌后面的人抬起头问"谁？"方明珠报上姓名和来意。

问的人起身，招呼方明珠坐在沙发上，递过一张名片，写着"P公司办公室主任，龙××"。

"你寄那个产品资料我看了，不错。正好我们公司要采购类似的产品发员工福利，所以找你来谈谈。"

在对方有需求的情况下，方明珠就完全没有沟通障碍了。打开产品资料彩页，她开始逐一介绍。

还没等她介绍完，对方打断了她："可以了。我做了好些年办公和福利用品采购了，知道什么产品是好的。我们直接谈采购合同吧。"

方明珠万没想到会如此顺利："我还带了些样品，你们不要试试吗？"

"样品你留下来，我们先说数量和价格。"

对方指着几种产品说了需求量，方明珠一算总价，高达十来万。

"价格我就不跟你谈了，该赚的钱给你赚。但我们的要求是一个月内交货，货到付款。做得到吗？"对方接着说。

"一个月内交货没问题，但是你们可不可以先付一部分订金？"

"我们公司采购从来不付订金，你不用担心，我们公司在这里办公都五六年了，不会赖你账的。"

"倒不是担心你们，只是我们订货都要先付钱的，您一次要这么多，我自己也没这么多钱啊。"

"这个你得自己想办法，就看你想不想做这单生意了。"

方明珠想想："可以分三批供货吗？一个月内供完，每次交货付款，这样我可以想到办法周转。"

"分三批太多了，最多两批。你要是可以，我现在就给你采购合同。"

拿着盖了红彤彤公章的采购合同，方明珠向龙主任告辞。下楼后她回头看这灰扑扑的两层小楼，还是觉得不可置信。

第二天晚上有安美聚会，方明珠把合同拿给郑老师看。郑老师接过扫一眼，爽朗地大笑，招呼团队的其他人："你们来看我学生签的巨单，沿海回来的果然不同，一出手就不同凡响。"

方明珠还没想这么快地公之于众，连忙补充："还没完全确定呢。"把合同收回来。

不想公布，是因为她心里始终觉得不太踏实。这么大额的订单确定得如此快速，不符合她理解的公司采购流程。而且除了办公室不够档次，她还注意到了龙主任身上的毛衣有两三处明显破洞。这不像是能够用安美这么贵的产品发福利的公司和其管理人员。

方明珠没跟郑老师说这一层担心，郑老师在学校教书二十几年，对商场上可能存在的欺诈风险并没有认识。她只提起货到付款的难处。

"没关系，到时大家凑一凑，分一点业绩，奖金还是算你的。你看要不这周就送第一批货？"郑老师觉得这很简单。

方明珠心里不踏实，说等周六去看看再确认。她问过了，那家客户周六上班，而她现在的公司是五天半工作制。

周六下午到了地方，方明珠不急着上楼，先在楼下各办公室门口瞅一眼。这一瞅，倒真给她瞅出破绽来。

三间办公室都开着门，其中两间没人，最靠里的办公室沙发上坐着一个瘦瘦的小伙子，西装齐整，愁眉苦脸。

方明珠一眼断定他不是这公司的人，走进去轻轻问："你这是怎么了？"

小伙子抬头看看方明珠："你不是这家公司的人吧？是不是也被他们骗了？"

"骗了是怎么说？"

"我一个月前给他们供了一批货，说好是货到付款，到现在一直要不到钱，再下去老板就要让我赔偿了，我怎么赔得起？"

"你供的是什么货？"

"建筑材料。"

"货还在吗？实在不行拉回去吧，也就损失运费。"这办公楼怎么看也用不上建筑材料，这公司怎么什么都要？

"找不到了，应该是被他们运走了。"小伙子说着，眼泪在眶里直打转，"我都在这里坐了好几天了，他们也不理我，今天还是我生日……"说着说着终于捂着眼睛哭出来。

方明珠最看不得人哭，何况是一个大小伙子，一时不由手足无措："别哭了，今天不是你生日吗？我给你唱首生日歌好吧？祝你生日快乐！祝你生日快乐……"她自己击着掌，合着节奏唱起来。

小伙子慢慢止住了哭声，红着眼圈问方明珠："你也是给他们供货的吗？"

"还没供，刚拿到合同。"

"你可一定要小心，千万不要货款两空。"

两人正说着，有人踏进门来，正是"龙主任"，他愣一下，问："小方，你怎么在这里？"又看看小伙子："小黄你一个大男人哭什么哭啊，我们又是不付你钱。走走走，你们俩跟我们一起吃饭去。"

方明珠想继续观察，小黄是无法推辞，就都跟了去。

吃饭是在附近一家很上档次的餐馆，还是包间，P公司五六个人招呼着方明珠和小黄，嘻嘻哈哈一起进去。方明珠很奇怪，难道这些人竟要在这里请他们吃饭？她摸了摸钱包，想着如果到时P公司要她或者小黄买单怎么办？钱包里钞票是不够的，看来只能装糊涂了。

进了包房，迎面看见一个西装革履气质儒雅的中年人，方明珠大概明白了：今天被斩的是这一位。她留着心眼，在龙主任介绍"这位是张总"时，刻意交换了名片。

"龙主任"一上来就要了两瓶五粮液，P公司几个人很快喝得面酣耳热。

方明珠不喝酒，看桌上P公司几个人一副没见过世面的混混做派，不由皱了眉头，很快告辞。小黄借酒浇愁，已经趴下了。

"妹妹，我送你。"听到方明珠说要走，P公司一个男员工抬起已经半醉的头。他今天从一开始就对方明珠殷勤备至，非要坐她旁边，劝酒不成就劝菜，方明珠看着他拿用过的筷子往自己碗里夹菜，恶心得什么也不想吃。好在那人的魂很快被好酒勾走了，没再纠缠。

"不用了，你们慢慢吃。"方明珠连谢谢都不想说，起身就走，她赌那人追不上。

走出包房，她觉得有个人跟了上来，回头一看，是那个张总。

"他们都喝多了点，我送送你。"张总很沉稳也很绅士。

"谢谢张总，能跟您说几句话吗？"方明珠正在想怎么找机会提醒张总，这倒是凑巧了。

"当然可以……"张总的眼睛里写着个问号。

"请问您也是要跟P公司签供货合同吗？"

"不是，我是有个项目可能要跟他们合作。"

方明珠再回头看看，确认那几个酒鬼都没跟出来，就在餐厅大门口简单跟张总说了一下小黄的故事和自己的怀疑。

"你不是 P 公司的？难怪我看你气质跟他们完全不同。"张总显然还没来得及记住方明珠名片的信息。

"我也不能确定他们是不是骗子，问了旁边几家商铺，这公司在这里确实好些年了。张总您比我经验丰富，判断力也强，我只是提醒您一下要小心。"

"非常谢谢你小方。"张总跟方明珠握手，"我看他们的样子也不大像正规公司，但他们不是号称有背景吗？我还以为是这个原因显得比较野。我会当心的。"

方明珠跟张总道别，决心放弃这个巨大的馅饼。她一直想不出 P 公司这些人究竟是什么人，但风险概率太高，她知道自己承担不起这后果。

至于小黄的货款有没有要回来，张总是否继续了跟 P 公司的合作，方明珠没有得到进一步消息，也没去主动打听。萍水相逢，相互提点一下已算是缘分，每个人自己的事情，还得自己承担。

相看生厌

P 公司这一折腾，加上寄到其他公司的信件都石沉大海，方明珠对公司采购这条路能不能走得通也生了疑惑，不由变得懈怠了些。几个月里她只发展了一个下线会员，偏也是个腼腆内向的，安美的业绩毫无进展。她不想也没钱自己囤货，成了团队里最没进步的那一个，去参加聚会也觉得有压力。

工作方面倒是顺顺利利。方明珠上班后没多久，写字楼物管要求公司将设在电梯口的招牌取掉，否则要加收高额租金。方明珠跟物管争执无用，不服气下打了各种电话咨询这种行为是否合理，却无意中查到了该写字楼还没正式申报就投入使用。她拿着这一消息告诉物业公司："你们收我们租金就是违法的，还想加租。"气得物业公司负责人找她公司总经理投诉，但后面对招牌的事再也不提，方明珠目的达到。总经理见她这么维护公司利益，也就更加信任，一个月后就结束了试用期，签了正式聘用合同。

工作不必加班，安美聚会也去得少了，方明珠准时回家。

"这么早回来了？"进了小区大门，楼下烟酒小摊的大叔笑着跟她打招呼。

"是啊，您今天生意还好？"

"还不错，今天你弟弟来了。"大叔说的弟弟是二姨家儿子，方明珠二表弟。

"哦，知道了。"方明珠有点意外：二表弟在州府上高中，这会儿正该是上学的时间，怎么跑省城来了？

"那个，你把账结一下吧，你哥今天在我这儿拿了一瓶酒一包烟，说是等你回来给钱。"大叔有点不好意思地说。

"又拿酒？"方明珠觉得头大无比，方伟自打州府回来，又变得身无分文，而且从不出去找工作，她悄悄打听了一下，知道他白天在附近打麻将。晚上方明珠下班回来，方伟倒是都已经回家做好了饭，但隔三岔五地在楼下赊烟酒。

楼道里碰到邻居李阿姨，也是个麻将桌上的常客。

"哎呀，方明珠回来啦？"李阿姨是个热情的大嗓门。方明珠打个招呼，继续往上走。

"我说方明珠啊，你知不知道你哥哥对你有多好？"

这话倒令方明珠愕然，她停一停脚步。

"每天下午一到五点，不管输赢，他一定放下牌，说：'我得回去给我妹做饭了。'你说这样的哥哥哪里去找啊？"

"知道了。"方明珠应付地笑了一下，加紧脚步上楼，为李阿姨这种论断惊诧不已。

"吃穿用度，一概靠我，他还打牌。做了一餐饭，倒成了绝世好哥哥了？"她心里冷笑，但这话却不能在外人前说出口。

等到上楼进屋，迎面是两张喝到赤红的脸，地上已经扔着两个酒瓶子，都是楼下小摊的便宜高度白酒。屋里酒气熏人。

"姐。"二表弟招呼。

"妹妹回来啦？洗手吃饭。"方伟已经喝到有点大舌头，还是站起来，打算去给方明珠盛饭。

"我自己来。"方明珠阻止他，又转头问二表弟，"怎么来了？不用上课吗？"

"不想上。"方明珠知道这个二表弟目前厌学。

"不想上也得上啊，你要参加高考的。"

"为什么要高考？考大学有什么用？还不如早点出来挣钱。"二表弟跟方伟一样，自小以聪明和口齿伶俐著称。上高中前成绩一直很好，不知道为什么上了高中后，不但打架斗殴，还生出了一整套学习无用的歪理。

方明珠摇摇头，不打算跟喝高的人继续讲道理，坐下来吃饭。

"哥，"吃着饭她说，"你能不能不要去打牌了？"

"我就白天没事打点小麻将，再说我从来没耽误给你做饭吧？"

"你就不能去找个工作吗？"

"我一个高中生，哪有公司要我？"方伟颓然。

"那也要去试试啊。再说你打牌输掉的还不够多吗？如果不打牌，你现在应该过得很好了，何至于这样？"方明珠忍不住提了旧事。

方明珠也是从方伟和之前中学同学的片断描述中，逐渐拼凑出方伟过去的经历。

方伟进入医药公司工作后，原本前景光明。他擅长跟人打交道，做销售工作如鱼得水，当年公司生产的药品利润也不错，两年之后，他已经拿到好几万提成，在当年算得是一笔巨款。

那年春节放假，方伟带着这笔巨款现金回到风城，准备去女同学英子家提亲。英子是他在家里出事后这两年能够努力撑下来的重要原因，他也相信自己的成绩，能够打动英子父母。

英子母亲知道了方伟的来意，倒没说别的，就问了一个问题：

"方伟，你们做销售的，是不是经常要喝酒？"

"接待客户应酬是免不了的，但是我身体没问题。"方伟没有理解话中的深意。

他被拒绝了，英子母亲说：

"我不指望我们家英子找个挣大钱，或者特别有本事的，但是绝对不能找个爱喝酒的。"

"我只是工作需要，不是自己爱喝。"

"既然工作需要，那就戒不了，喝着喝着，就爱喝了。"英子母亲很决绝。

方伟后来才知道：英子父亲嗜酒，在家中常年处于醉酒状态，偶尔还因醉酒家暴。英子母亲因此过得痛苦不堪，在那个年代却不能以此为理由离婚，心里对男人喝酒有着巨大的阴影，决不允许唯一的女儿重蹈自己的覆辙。

失魂落魄的方伟从英子家出来，在街上遇到了绰号"耗子"的中学同学赖勇。赖家开着一个麻将馆，风城的人都知道那其实是个地下赌场。

方伟跟着"赖耗子"进了他家麻将馆，中间发生了什么没人知道，只是几天后方伟再出来时，之前身上的一堆现金已经变成了一张欠条。也就从那以后，方伟一蹶不振，工作也没心思，打牌成了唯一上心的事。因为打牌，因为对工作不上心，让之前对他寄予厚望的上司彻底放弃了他，不但取消了他在医学院继续进修的资格，还把他发去了条件艰苦也不出业绩的西北公司。

而方明珠大学四年级经历的那次"断粮"，是三姨把方家的钱全数借给了她自己的一个朋友，后来那个朋友只说钱还给方伟了。方明珠没问过方伟这钱拿去干嘛了，想来泰半也是牌桌上输掉了。

被揭了旧伤疤，方伟涨红了脸，声音也粗了："过去的事能不能不要再提？"摔下碗回屋。

方明珠觉得方伟这样下去不是办法，周末下午，她打听到了方伟打牌的地方，就在另一个门洞的邻居家。

"你怎么来了？"方伟从麻将间抬头看她一眼。

"哥，你别打了，跟我回家。"

"还没到做饭时间呢。你自己回去吧。"方伟继续摸牌。

方明珠不肯走，在旁边坐着等。半小时后看方伟还没事人一样坐在牌桌上，她失去了耐性。

"不要再打了，家里都这样了你还打牌？"

方伟显然觉得方明珠让他失了面子，也暴躁起来："家里这样是我造成的吗？你给我滚回去，少在这里捣乱。"

"方明珠你就回去吧，别在外面跟你哥吵架，他玩儿一会儿就回家了，啊？"是李阿姨在劝她。桌上其他人也称是。

方明珠看着一桌人的脸，不敢置信这些人的言下之意竟然是她错了。愣了一愣她转头摔门而出，下了半层楼梯，再也撑不住，腿一软坐在楼梯上，眼泪倾泻而出。

生活周而复始：被楼下小摊大叔要酒钱，开门见到方伟已经半醉的脸，生活费又提前花完，为了"不要再去打牌"争吵……种种情形成为方明珠下班后要面对的常态，她开始深深地怀疑：自己那个兄妹俩相依为命的想法只是一厢情愿的做梦。

　　下班后方明珠不再准时回住处，她不想回去面对那永远一成不变、无望窒息的颓废，宁愿坐着环线公交，一圈一圈地在城市里打转，直到天全黑了才没精打彩地回去。

　　大半年后终于有一天，跟喝醉的方伟再次因打牌一事大吵一架后，方明珠情绪崩溃，她奔出去找了一部电话，打给在鹏城的大学同学彭帅，痛哭着讲出了家里的种种。

　　彭帅安静地听完，说："要不，你别在家里呆着了，还是来鹏城吧？"

患难兄弟

"与其我们兄妹俩这样下去共同腐烂，不如分开各自求生吧。"方明珠在告诉方伟她决定离开省城的决定时如是说。

方伟倒没有表现得太诧异，只说："这样也好，鹏城机会多。"

方明珠告诉了郑老师自己的决定，然后去安美站点退掉了之前购买还没使用的产品。退款要半月后才能到账，方明珠把银行卡留给了方伟。

"票买了吗？"探视完纪秀兰的回程路上，方伟问方明珠。

"买了，硬座。"

"硬座二十几个小时挺辛苦的，还是买卧铺吧？"

"不买了，身上钱不多，到鹏城还要个把月才有工资领。"方明珠平时大半的钱都交给方伟做两人的生活费，只有辞职到离开这一个月工资全留给了自己。这样说着，她心里其实期盼方伟会主动拿出钱给她补张卧铺。

然而方伟转了话题，开始叮嘱她路上注意安全什么的。方明珠胸腔里如揣着一团冰，再次离开省城。

出发时彭帅已经帮方明珠在鹏城找了一份工作，他所在公司正在招一个策划人员，他把方明珠推荐给了总经理，总经理基本认可，就等方明珠人到了做最终面试。

一九九七年底，在离开珠三角快一年以后，方明珠重新回到了这片开放的热土，热土的核心。

彭帅毕业分配到了老家省城的一家大型央属国有企业C集团，九十年代中大国企都在搞多元经营，这家公司也不例外，因为总部地处中部内陆，为了与改革开放接轨，更多引入经营发展的先进经验，在几个特区都投资建立了"三产"公司。彭帅是鹏城公司成立后被派来的第一批人员之一。

方明珠到的时候，C 集团鹏城公司的基地还在建设中，公司在一栋六层的住宅楼里购买了一个单元，三层以上住人，二楼和一楼作为办公区和食堂。首批核心团队十来人每天起床下楼吃早餐工作，下班上楼休息，中间在食堂吃饭，自成一个完整的小系统。

面试很顺利，祝总问了几个问题后，就让彭帅带方明珠办入职手续，当晚方明珠就在上面几套宿舍中分到一小间。

食堂的师傅也是从总部派来的，是为了保证外派人员吃到习惯的口味。除了吃饭住宿外，从洗衣粉到个人清洁护理用品，也都由公司办公室采购后分派给大家。方明珠不由感叹一句还是国有企业福利好。

她分别给父亲、母亲写了信报平安，也给方伟打了电话。

一个月后她接到方伟电话，说他没有生活费了，问方明珠是否可以给他寄点？

方明珠心中气苦。之前她已经跟方伟确认过，退产品的钱在她走后一周就到了账，以省城的物价水平，又不用租房，加上之前留给他的钱，一个人生活两三个月应该没问题。如今她一个女孩子远在异乡，方伟不问她有什么困难，开口就是要钱。但她怕方伟真的沦落到没有饭吃，还是把刚到手的半个月工资分了一半寄给他，另外说道："这是最后一次，以后你自己想办法，不要再找我要钱。"

方明珠到职第二个月，C 集团鹏城公司的物流园区竣工，大家搬入了全新的办公室。彼时鹏城上海宾馆以西基本还是空地，坐车从宽阔的深南大道经过时，依稀可见往北三公里的园区。

赢海威的广告语"中国人离信息高速公司有多远？向北 1500 米"在1996 年底石破天惊地出世，而 1997 年底，方明珠离互联网的距离变成了零——新的办公楼开通了上网线，方明珠的策划职位由于经常要写市场分析、项目可行性之类报告，总经理让人把这条上网线接到了她的工作电脑。方明珠就此驶上了原来只在广告牌上见到的"信息高速公路"。

随着56K"猫""嘟——"的一声长鸣，全新的虚拟世界在方明珠眼前展开，她很快熟悉了"伊妹儿"，学会在BBS里发贴灌水，制作简单的"红培鸡"，注册了雅虎通、MSN、ICQ，也知道了网上有"泥巴"游戏，但没有尝试。

她知道诚如高中班主任所评，自己的自制力并不足，所以对于可能沉迷的东西，她只有一个笨方法，就是从开始就不碰。

那是互联网刚刚开始在中国普及的年代，有条件上网的人并不多，网络世界的氛围简单祥和。方明珠认识了一些有趣的网友，发现人与人交往原来真的可以只看灵魂，简单轻松。

互联网让整个世界的距离变小，又让每个人的世界变大。这种变化让方明珠着迷。

国企的工作和生活安定轻松，轻松得让方明珠觉得这都不是该属于她过的日子。她怀疑命运之神打了瞌睡，或者是他编的程序出了 bug，否则无法解释这个以折磨她为乐的家伙怎么会让她有喘息之机。

在这段轻松的时间里，方明珠迎来了一个喜讯：方天明保释出狱了。

前期通信中，方明珠便获知叔叔方天清在为父亲的保释事宜奔忙，故而那一段时间里，她每天都在盼着消息。

方明珠会永远记得那是一九九七年的十二月二十八日，她在办公室收到岗亭门卫呼叫"有电报"时，心里知道应该是父亲的事有了结果。她飞跑着下了楼，拿到电报却又忐忑不知道是好结果还是坏结果，一时不敢马上拆开，把电报抱在胸口慢吞吞地走回办公室。

公司新办公楼地方宽大，方明珠因为要思考写东西，独自坐在一间大办公室里。走进办公室关上门，她深深吸了口气，颤抖着手拆开电报，看到"父已解脱"几个字，突然感觉全身脱力，扑通一下跪倒在地，眼泪在一瞬间爬满脸。

默默地流了半晌泪后，方明珠扶着办公桌脚站起来，坐回到自己卡位上，拿起电话打内线给彭帅："我爸出来了。"

"真的？"彭帅的声音比方明珠自己更惊喜。他放下电话，就从自己办公室出来走到方明珠办公室。他到的时候，方明珠还在座位上扶着额默默流泪。彭帅安静地在她身后站了好一会儿，直到方明珠拿纸巾拭干眼泪。

"好久没有这么高兴了吧？"彭帅问方明珠。

"是，好多年了。"方明珠忍着再次流泪的冲动，说，"今晚我请客，出去吃饭。"

　　直到彭帅走出去好久，方明珠依然分辨不清胸腔内冲来撞去的那股情绪究竟是悲还是喜。悲么？似乎不应该；喜么？想到父母所受的那么多年煎熬，似乎也没什么好喜的。

　　晚上跟彭帅和他未婚妻丫丫吃饭时，方明珠头脑仍旧有点恍惚。她破天荒地喝了酒，丫丫担心她喝多，一直在叮嘱慢点，方明珠酡红着脸对着她呆笑。

　　彭帅和丫丫，是方明珠一生最感激的两个人。彭帅在她最难过最无助的时候默默伸出援手，让她知道在这样暴戾无常的命运面前，她不再是完全孤独无援的一个人，这种支持于她是如此珍贵，使她在后面无论处于何种境地，都没有让自己滑向深渊。而单纯美丽的丫丫，毫无芥蒂和男友一起支持一个女同学，这份胸襟和善良，可以说更加难得。

相聚苦短

一九九八年春节，方天明和方伟到了鹏城，他们在九年后一起过了一个团聚的春节。

公司大部分同事都回家过年了，方明珠借了两间宿舍给父兄暂住。

那一年春节晚会上，王菲和那英合唱的《相约九八》，是爷儿仨记忆中最甜美的歌曲之一。

方明珠带着父兄二人去批发市场买衣服，又去商业街买音响：二叔方天清的奔忙是父亲可以及时出来的最大助力，为了聊表谢意，方明珠跟父亲商量决定买一套音响贺二叔家搬新居。

商业街的音响店里琳琅满目，方明珠看着不同品牌造型的 CD、VCD 机和各种喇叭机箱，一时拿不定主意，回头问坐在椅子上的父亲该怎么选择。

方天明没有立时答话，方明珠以为他没听见，转过身再问一次，四目相对时，突然看到了父亲眼中的一丝犹豫和怯意。

方明珠心中一阵酸楚：这是她小时候记忆中英明神武无所不能的父亲，这是她那即使遭遇牢狱之灾，也能很快在监狱中打开局面的父亲。在她的印象里，父亲倔强而骄傲，无论面对什么，从未露怯示弱。

但如今，经过高墙内的九年生活后，时代发展的滚滚洪流已经抛弃了他，他站在自己完全不了解的世界里，弱小而不安。

方明珠匆匆选了一个自己较为熟悉的品牌，拉父亲离开那个繁华的街道。

团聚的快乐时光总是短暂，初七公司要上班，方明珠只能在初六送父兄离开。

公司规定公车可以付费使用。方明珠刻意申请了当时公司最好的雅阁车送父兄去花城搭乘火车返乡。她想用这样有点笨拙的方法，让父亲眼中尽快恢复自信的神采。

临到送行前一天，方明珠去查自己卡上余额，已经只有小几千元了。她给自己留了个零头，很惭愧地告诉父亲："我没法给您更多了。"方天明倒反过来安慰她：见着女儿就够高兴了，不用给钱。方明珠还是悄悄塞到了他口袋里。

公司福利覆盖了食住行，基本没什么花销。而父亲回去之后不知何以为生，加上还有方伟这个负担，方明珠想起只觉揪心。

命运之神的短瞌睡打完了。春节之前，方明珠就知道了公司总经理要换人。作为公司目前团队里极少有的社会招聘人员，又是上任总经理招入的，她大概知道自己要面临什么，这也是她不敢再留父亲多待一阵的原因。

新来的总经理带来一个年轻的副总，上班第一天，副总找方明珠谈话。

不像方明珠想象的那么肃杀，谈话的气氛可以说得上轻松。副总先问方明珠，对公司前途怎么看？

"坚定看好。"方明珠说的是心里话，拥有大量资源的央企，又在一个看起来是劳动密集实际是资源密集的行业，就算目前在市场上没体现出太大竞争力，持久战的能力却不是一般竞争对手能比的。

副总显得有些意外，又跟方明珠讨论了公司业绩不理想的原因等问题，整场谈话，没有直接说到方明珠的去留问题，只说工作岗位可能要调整。

方明珠答道没问题，谈完后便找彭帅商量。她能感觉到和睦气氛后的暗示，并不想赖在这里变成别人眼中的钉子。但没找到工作前，也不敢冒然行动。

"你要离开可以，不想走就待着也不会有问题。"彭帅说话永远让人感觉舒服熨帖，但方明珠知道自己如果待太久，少不得会令彭帅为难。她暂时留下，调去了销售部门做内务，一面开始找下一份工作。自从被互联网打开了眼界，她就想要进入信息科技行业。

新工作倒是很快找到了。之前方明珠曾经在网上做过一次短暂兼职，帮一个技术公司编写软件产品推广文，公司对她输出的成果很满意，正好春节后他们也在招人，方明珠通过简单的面试就拿到了 offer。

这家 A 信息科技公司在华强北。方明珠辞了职，从公司宿舍搬出来，迈出了来鹏城的多数人都要经历的一步——租住城中村。

"你一个女孩子,要自己去城中村找房子?太辛苦了。"跟网上认识的朋友们说到工作的变化,说到终于要体验租房子住了,多数人都用这样的语言表达怜惜。

"来鹏城的人有几个没有住城中村的经历?我为什么就住不得?"方明珠只觉得他们有点大惊小怪,她什么时候变得这么娇气了?唯有一个朋友的话深得她心:

"你工作这么些年居然还没租过房?这怎么行呢?祝贺你啊,终于可以弥补一项经历的缺憾了。"然后告知她白水洲交通便利房子便宜,她可以找合租房。方明珠觉得这才是面对和解决问题正确的态度。口头上的怜惜安慰,除了煽起当事人的自怜情绪之外,可以说毫无作用。

白水洲各式各样的村民自建房屋高矮参差不齐,像是小孩子随手乱码的积木。楼房间距离几乎都不超过一米,两栋楼里的人伸手可以相握,故称"握手楼"。楼间的小通道在无数人来来往往的踩踏下自然形成了路,弯弯曲曲通向各个虽然丑得各异,但因都没什么特色又很容易混淆的建筑。所有房屋墙上和电线杆子上都贴着招租的小广告。方明珠只花半天时间,就找到了合适的房子,一套两房一厅中的一间,合租的是个三十来岁的女人,自我介绍:"你叫我朱姐就好。"

房子不大,但户型方正,下午窗口可以照进阳光,算是遍地握手楼中一流的采光了。

九八年六月,方明珠成为华强北熙熙攘攘上班族中的一员。

之前她已经知道公司主力产品是面向医院的信息管理系统,公司不大,架构简单,团队主要分布在销售和开发两个部门,人员都很年轻,工作氛围也轻松。方明珠任职市场部门,主要职责是为销售团队的售前工程师们从客户视角制定产品宣传、投标相关文件。

"公司软件销售如何?"第一天上班,方明珠早早起来,费了不小力气才挤上中巴车,到下车点跳下来,奔到路边早餐档买了两个包子和一杯豆浆,打完卡,坐到自己卡座里一边吃着,一边跟旁边卡座里销售部的同事聊天。

同事摇摇头："不太好。"

"为什么？"以方明珠之前帮助做的产品推广文件来看，这个软件系统应该是比较先进的。

"因为有个强悍的竞争对手。"

"哦？他们产品很厉害吗？"方明珠好奇。

同事露出略有些鄙夷的笑容："C/S架构，你说厉害吗？而且据说开发人员只有一个。"方明珠不是技术出身，但也知道当时先进的架构已经是B/S，C/S是在淘汰的边缘了。

"那是为什么？"方明珠不解。

同事突然笑得意味深长："人家有一队漂亮的女公关。"

"切！不可能。"方明珠不信，但对这个叫W的竞争对手公司产生了强烈的好奇。

没想到很快便有机会正面接触。

这天方明珠刚刚和售前工程师小易做完一家医院的招标文件后进行核对，公司主管业务的万总匆匆迈进办公室，对小易说："后天投标会你和吴欣去，我就不去了。"

"啊？！为什么？"小易一脸懵。这个项目是公司目前重点跟进项目，之前分析过医院需求和竞争情况，赢面比较大，所以才由万总亲自挂帅。怎么临到事前，突然发生这么大变化？

万总一脸的火气："别问那么多为什么，你们去现场看看，交完标书就回来吧。"说着直接回了自己办公室。

负责这个项目销售的同事吴欣跟在后面进来，给二人打个"嘘"的手势，等万总走开了，悄悄说："W公司突然决定要参加投标了。"

"报名时间不是已经过了吗？"小易问。之前也是确认了W公司没有报名参加这个项目投标，公司才觉得有较大的赢单概率。

"据说是在截止前一分钟报的名，谁知道呢。反正他们既然报名，就是内定了，咱们去也是陪标。"

"万总不去，业务标部分谁讲啊？"小易又问，原来的分工是万总讲业务部分，他讲技术部分，商务部分不用讲，由招标方唱标。

"还讲什么讲啊，都说是陪标了，糊弄一下就算了。"

方明珠在旁边按捺不住："有这么邪乎吗？咱们都准备了这么长时间，最后总要争取一下吧？"

吴欣看看她，带着些讥诮地笑了笑："可不就有这么邪乎，这两年 W 公司只要出手，没有拿不下的项目。如果不是交了保证金，今天这消息出来其他公司都不打算去投标会了。"

方明珠心下有些不甘，转身去找万总。

"万总，我们为这个项目做了这么多准备，就差最后现场讲标一个环节，现在放弃太可惜了，还是争取一下吧？"

万总一脸倦意地从办公桌后抬头看看她，想了想："好，你去讲吧。反正业务部分的内容也是你准备的。"

方明珠愣住，问："您说真的？"

"真的，你讲吧，讲成什么样都没关系。"

"那我就真讲了啊。"

无力回天

第三天，三个人带着投标资料去了现场。吴欣一路上补妆、吃东西，接打很多个电话，态度十分松弛，完全不是临战状态，显然已经放弃了。

到现场交完标书，几家公司在大会议室一起述标。第一家讲的就是W公司。方明珠仔细听下来，觉得并无什么出彩之处。而且她观察到，坐在评委主任席上的副院长，在W公司述标时一直在皱眉，不耐烦不满意几个字几乎刻在额头上。W公司讲完，评委团无人提问。

另外两家公司都只草草说了几句"我公司方案完全对应招标要求，已经在投标文件中详细说明，请评委们阅读"之类的话，就结束了述标。

"这真是放弃了啊！W公司这样的方案，凭什么啊？！"这情形倒激发了方明珠的斗志。

A公司最后讲。方明珠做了充分准备，也没打算走过场，些微的愤怒和强烈的不甘让她状态神勇。她充分发挥了自己久未用上的演讲才能，从需求理解、方案可以帮助医院实现的价值一条条展开阐述，条理清晰，论据充分。讲的中间她注意与评委们的眼神交流，看见副院长和好几个评委医生都在频频点头。

方明珠的状态也激发了小易，技术标部分也讲得精彩，等他们讲完，副院长带头鼓掌，评委席的掌声持续良久。

接下来的答疑两人也是见招拆招，全无破绽。

当天投标会现场出结论。讲完标的几个公司在场外等候了不长时间，会议室大门重新打开，请大家进去。

招标结果由评委会主任也就是副院长宣布，通常这个议程都是简单说出结果，感谢一下大家参与就好，但当天的情况完全不同，副院长显然早已如梗在喉，此时不吐不快。

他并没有上来就宣读结果，而是"先说说我个人对此次招标中各公司的表现看法"。然后狠狠地表扬了A公司，说："从技术先进性、团队能力、过程中的配合各个方面，他们都是最佳的，相信在座各位从今天的讲标也能体会出来。"

方明珠和小易吴欣互看一眼，意外地惊喜：难道真有机会翻盘？

"然而，非常遗憾的是，"副院长接着往下说，三人心里都是一沉，"由于一些特殊原因，此次我们医院招标的中标单位是W公司。我个人和我们评委团的多数医生对此结果持保留意见。后续请W公司直接与医院设备科联系后续事宜，今天的招标会到此结束。"他走下台来，并不理会W公司人员，倒刻意走到A公司几个人面前，与他们一一握手，称赞："今天讲得很好，以后有机会我会向其他医院推荐你们。"

方明珠实在没想到自己第一次参加正式投标会，就经历如此戏剧化的过程。回程路上三人热烈讨论，都觉得这个副院长实在太耿直了。

"医生们毕竟都是知识分子，内心有杆秤。"方明珠感叹。

"评委会都对结果不满意，那这个内定的层次也太高了。吴欣，你知道他们怎么搞定的吗？"小易问。

吴欣再次拿出镜子补口红："不知道具体的，只知道人家是上面有人。至于是什么人，怎么可能让同行知道呢？反正能量很大就是了。"

"这路子也太野了吧？"小易咋舌。方明珠心里对W公司愈发好奇。

回到公司，几人向万总汇报了过程情况，万总听到副院长的话，不由也大笑，冲淡了脸上的郁闷神情。

"你们几个，干得不错。"他表扬了团队。

第二天下午方明珠准备下班时，吴欣突然叫住了她。

"有事吗？"

"有人要请你吃饭。"吴欣笑得神神秘秘。

"你吗？同事之间帮忙应该的，再说项目也没拿下来，不用客气了。"方明珠以为是为了投标的事。

"不是，其他人。"

"什么人？不说清楚不去。"方明珠不喜欢故弄玄虚。

"W公司的季总。"吴欣只好露了底牌。

"他？他干嘛要请我吃饭？"

"我也不知道，只是托我请你。去吗？"

思考了十秒钟，方明珠实在是摁捺不住好奇心，回复："去！"

晚饭时见到的季总是个四十左右的中年人，一张鲶鱼般的阔口占去面部四分之一的位置。投标现场他也在，但整个过程并没有发言。方明珠暗暗观察，觉得此人面目模糊，说话也不算特别利落。既不似大奸大恶，也不像精明过人，姿态倒是放得很低。

菜上来，季总一边拿公筷帮吴欣和方明珠布菜，一边开始称赞方明珠前一天的表现："方小姐真是气质优雅，才华横溢。"

方明珠道声谢，心里却不以为然：讲个标关才华什么事，过誉！觉得此人不免油滑。暗忖：生意场上混得成功的人都这样吗？

菜过三味，季总说明来意，原来是想邀请方明珠去W公司。条件是工资比A公司加50%，职位是总经理助理。

方明珠心里暗暗好笑："季总，谢谢高看。我刚入行，恐怕担不起这个重任。"

"方小姐不用谦虚，从昨天的表现我就能看出来，你一定行的。A公司在市场上根本不是我们的对手，你在那边待着没有前途。"

"谢谢季总，可是我目前还不打算换地方。"方明珠拒绝。

"方小姐你不用忙着做决定，好好考虑一下。我等你一个月。"

第二天吃中饭时，方明珠把这件事当成笑话讲给万总听。

万总笑罢，下午就打了电话给季总："你还敢挖我的人，碰钉子了吧？活该！"

周末方明珠约了晓璐一起吃饭。晓璐也在半年前从海市来到了鹏城。因为老是前后脚，方明珠不免拿她取笑："当年威风八面的师父，现在可成了我的跟屁虫，我到哪儿你到哪儿。"晓璐那事事逞强的脾气近几年倒是收敛了不少，只笑笑不回嘴。

方明珠仍然把这事当作笑话讲给晓璐听。不料晓璐却有不同意见。

"你为什么不去呢？如果 W 公司真的这么厉害，你在 A 公司确实没什么前途啊。"

"道不同不相与谋。"方明珠自以为三观正确、姿态潇洒。

"你只是做一份工作，拿一份工资，要跟老板讲什么志同道合？再说了，多挣点钱不好吗？你难道不想给你父母更好的生活？"方明珠不想要廉价的同情，更不希望别人对父母的误读，鲜少跟人提到家里的事。但活在人群中，完全不暴露秘密也是不可能，有少数好友知道她家里生意失败家道中落，晓璐是其中之一。

这话无情地揭露残酷的现实，刚刚还在为自己的姿态暗暗得意的方明珠立时变成被戳了个小洞的气球。

回到住处，方明珠整个晚上脑海里翻来覆去只是两个问题：去？还是不去？

不去确实是漂亮的姿态，可难道不是为了自己的狷介，而置父母于不顾吗？父亲现在还在奔忙着找以前合作过的人谋一份生计，如果她现在的工资上涨 50%，至少可以保证她和父亲的基本生活没问题。

想到这里，方明珠彻底动摇了。

季总并没有因为被万总耻笑而放弃。一周后，他再次打电话给方明珠。方明珠选择了向现实妥协，接受了 W 公司的 offer。

向万总辞职的时候，她不敢说明去处，只说觉得这份工作不太适合自己。万总挽留两次未果，也就罢了。

狼穴虎口

方明珠在职场最深刻的教训之一：向现实低头的时候，一定要慎重思考清楚，看起来容易的路，要付出的代价很可能更大。

到 W 公司第一天，方明珠就受到小小惊吓。

W 公司的位置也在华强北片区，离 A 公司并不远，在一栋全新的写字楼里，比 A 公司所在的原工业园区改造的办公室高档许多。

医院信息系统都是百万级的大工程，W 公司最近几年拿下不少单子，盈利自是不错。

前台请她在总经理办公室门外一个卡座上稍等，季总正在办公室里打电话。

门并没关严实，季总讲电话的声音又大，一句句清晰地传到方明珠耳朵里，听起来电话线另一边应该是个异性。

然后不小心，方明珠就听到了极其露骨、涉及人身器官的调笑话语。

方明珠又惊又窘，耳朵和半边脸都火辣辣地烧起来，不由心里"呸！"一声：这个季总恁地无耻，在办公室说这样的话。

她强作镇定，假装没有听到。心里却有两个声音开始讨论："要不要现在就出去？就当没来过？""已经从 A 公司辞了职，现在放弃这个工作成本是不是太高了？"

没等讨论出结论，季总打完电话，开门请她进去。

在方明珠面前，他倒是立刻恢复了正常的总经理模样，并没有不端言行。方明珠吁口气，心想："先且呆着吧，如果他在自己面前放肆，立即就走。"

季总亲自带着方明珠去向各部门介绍，方明珠留意到并没有介绍开发部门，倒是确实比 A 公司多一个公关部，但也并没有传说中的"一队漂亮姑娘"，只有两个很年轻的女孩，外貌在方明珠看来也就中等偏上。

是不是行业的传闻有误？方明珠想着，问季总："开发部门不在这里办公吗？"

"杨总在家办公，开发部的事情你不用管。"季总安排起工作来，倒颇有一些威严之气。

当天下午季总请客，欢迎方明珠入职。出席人员中见着一位外貌气质俱是上佳的年轻美女，衣着矜贵得体，一看便知不是凡品。

"这是我太太。"季总介绍。美女矜持地向大家点点头。

"听说季总太太是 W 大校花，刚刚研究生毕业，季总追了三年才追到。"公关部小罗在方明珠耳边悄悄说。小罗一双黑白分明的大眼睛时时转动，人甚是机灵。方明珠注意到她看向季太太的包时眼睛发亮，心下暗暗觉得这女孩有点虚荣外露的小家子气。

开发部的杨总也到了，却也是投标会上见过的人。这次行业传闻被证实：W 公司开发部真的只有一个人。杨总方脸略带紫红，外表极其朴实，说话也略显木讷，是典型的程序员。

"杨总真厉害，一个人能做出整个系统。"方明珠是发自真心地称赞。

"哪里，"杨总低头看自己脚尖，"我们的系统现在技术有点落后了。"

方明珠讶异于他的老实，后来她发现，不止杨总，W 公司绝大多数人都很老实。

"一个奸诈的老板为什么要请一群最老实的员工？"方明珠在了解 W 公司后思考这个问题。

"因为只有最老实的人才可能得到他的信任。"她自己做答。

"那这些老实的人为什么要给这个奸诈的老板打工？"

"有些是傻，看不到他的奸诈，还有一些跟你一样，为现实所迫。"

她这个总经理助理的岗位是 W 公司新设，没有明确的岗位职责说明，每天处理季总交待的事情就好。

季总在公司待的时间并不很多，有时早上电话安排，有时来公司后交待，工作不算繁重，把季总的要求向各部门传达和跟进是比较重要的一项。

方明珠很奇怪地发现：大家好像都还挺喜欢她的，带着笑"方姐方姐"地叫着，说话也客气。开始她只以为是对她职位的尊重，后来还是前台的小李告诉她："方姐，你来了真好。"

"为什么？"

"以前老季跟我们交待工作经常骂人，你不知道，他骂起人来可难听了。现在你跟我们说话都和和气气的。"

W公司员工比A公司的更年轻，用人的方向和A公司也不同，A公司除了销售部，其他部门基本都是本科生；而W公司对学历要求比较低，实施和技术维护部门除了几个带队的，不少是中专甚至技校的毕业生。

一个并没有什么高端人才的科技公司是如何在市场上取胜的？方明珠的好奇心简直要熊熊燃烧。

几个月之后，她知道了答案。

这天一上班，老季就告诉方明珠：公司顾问来了，住在上海宾馆。要她送一份文件去顾问房间。至于顾问的名字，他没有说，方明珠也神经大条地没有问。

方明珠接了文件准备出门，小罗神神秘秘地问她："方姐，你这是要去哪里？"

"去给公司顾问送份文件。"

"听说咱们公司的顾问特别厉害，我们都没见过，方姐你今天可算是能见着了。"小罗比较八卦，也因此常能给方明珠补充信息空白。方明珠入职几天后才知道公关部两个姑娘都是新来不到两个月的，之前传说中的美女们为什么都走了？谁也不知道。

"嗯，我去看看是何方神圣。"方明珠笑着走出了门。

老季给了房间号，她直接走到门口按门铃。

门开处露出一张黑黑瘦瘦皱纹密布的脸，是个年龄在六十开外的老男人。

"您好，季总让我给您送份资料。"方明珠这才发现不知道对方姓名。

"进来吧。"老男人没有表情地开门，又问，"你叫什么名字？"

方明珠回答完，问："给您放桌上好吗？"那是一个大床间，有一张办公桌。

"放下吧。"声音平淡，没有情绪。

方明珠放下文件袋，转身说："季总说请您先休息，他下午过来。没什么事我先走了。"

话音未落，感到左边脸颊被人摸了一把。

方明珠惊愕中抬头，看到面前老男人手还未放下，确认刚才感觉没错，赶紧向右跳开一步。

"小方，你是新来的？"老男人脸上浮出了一点笑容。

"是。"方明珠边说边往门口退，再说一句，"我先走了。"开门仓皇而逃。

在回公司的路上，方明珠脑子里还乱乱的，她拍拍左脸，确定自己刚刚被一个六十来岁的糟老头子轻薄了，不由一阵恶心。

突然有点庆幸自己没有继承母亲的容貌，否则，方才的场景下是不是会危险得多？

"老季是故意的吗？但公司里明明有比自己年轻貌美的女孩。"她还是有点不明白。

下午老季没在公司，打了电话让方明珠交待公关部的小徐晚上留下跟顾问一起吃饭。小罗带着点不甘和嫉妒看看小徐，这神情都落在方明珠眼里。

"你们两个，以后出去时注意保护好自己。"方明珠一边走去饮水机边倒水，一边简单叮嘱。

晚上，方明珠担心小徐，按约定每一小时给她打一次电话。老季给她和公关部的女孩都配了手机，这倒是一个意外的福利。

进了 W 公司不久，方明珠就搬出了原来住的民房，在也位于白水洲的一个正规小区里与小徐和 A 公司的前同事小纪合租了一套三房两厅，分摊下来每月房租也就比住民房高百分之二十左右，但安全系数高了很多。

第一次打电话，小徐说还在吃饭，没什么事。

第二次电话，小徐说他们去了鹏城大学的舞厅，边喝酒边看学生们跳舞。

方明珠听得见对面的士高音乐轰轰作响，奇怪以老头的年龄怎么会喜欢这样吵闹的环境。

第三次电话，小徐说还在喝酒，应该快结束了。

到晚上十一点半，小徐终于回来了，身后还跟着一个女孩子，装束神情一看就是在校大学生。

"不好意思打扰姐姐们了，我们宿舍关门了。"女孩子很有礼貌。

看着方明珠诧异的眼神，小徐大笑着说："我把她给救了。"

不相与谋（一）

小徐显然是喝了点儿酒，加上今晚做了些不一般的事，心里得意，状态十分兴奋，连珠炮似地很快向方明珠和小纪说明了这晚发生的事。

原来老季请顾问老头吃完晚饭，直接就开车去了鹏大。小徐判断这应该是两人常去的地方。

在鹏大舞厅的雅座里，他们很快看到了独自一人的女学生，然后便由老季出面，请她喝酒。老季和老头轮流劝酒，女学生比较警觉，喝得不多。老季又让小徐劝，小徐觉得不对劲，悄悄用饮料掉换了一部分。两个男人故意拖到过了十一点，这才起身说送两个女孩回家。女学生说宿舍关门了，老季就说那你跟我们走吧，我帮你在酒店多开一间房。

回程路上两个女孩坐在后排，女学生还算机灵，悄悄问小徐："姐姐，你住哪里啊？"得知是在去酒店的途中后，央求小徐收留她一晚。

于是在小徐开车门下车的当口，女学生也跟着跳下了车。两个男人没意料到，也不便停车纠缠，女学生算是虎口逃生。

小徐说完，转头跟那女学生说："要记得我的救命之恩。"女学生连连称是。

方明珠称赞完小徐的义举，又觉得恶心不已，忍不住爆了粗口："人渣！"

"你相信吗？他们肯定不是第一次了……"小徐继续说，"大概那老头喜欢小姑娘，估计每次来鹏城就是为了让老季带他干这种事的。"

想着那张黑瘦的老脸，方明珠几欲呕吐："老东西那么大年龄了，真不积德。为什么要去祸害学生？"

"大概喜欢清纯的吧。"

两个人又回头一起对女学生说："记住教训，别一个人没事跑去喝酒，更不要让不知来历的男人请你喝酒。"女学生低头不语。

"说到来历，你们知道老头是谁吗？"小徐突然放低了声音，有些神秘地问。

"是谁？"方明珠也很好奇。

"是×××（时任省委高官）的亲舅舅，他亲口跟她说的。"小徐又问女学生："对吧？"

女学生点头。

"据说 W 公司能拿下那么多医院项目，都是靠老头给医院所在区领导打招呼。也不知道老季是通过什么门道认识这号人物的。"

"今天还好老季叫的是你，要是叫小罗，结果难说。"方明珠心有余悸，"不过你明天要当心，老季肯定为难你。"

"谁怕谁啊，大不了老娘不干了，我爸说了我不用工作，他养我一辈子。"小徐父亲早几年去了香港，在和黄的码头上做一份技术工作，虽然也是辛苦钱，但一个月两万港币的收入，在鹏城中心区房价不过四五千一平米的年代，养女儿确实还是没问题的。他已经在市中心区的位置给小徐买了套小房子，过完春节就可以交楼入住了。小徐接这份工作，也算是糊里糊涂，只是自觉长得漂亮，与"公关小姐"一词甚是匹配。

饶是觉得不在乎，小徐第二天还是被老季给骂哭了。一大早到公司，她就被叫进了老季的办公室，直到公司有重要客人来，红着眼圈的小徐才被放出来。

"怎么样，没事儿吧？"方明珠拉她走到角落，悄悄问。

"老娘不干了。"小徐哽咽着，"什么老总，连老娘祖宗三代都骂。"

方明珠还想说什么，就听见老季叫她接待客人。

来的客人姓付，寸头方脸，笑得挺和善，但不知为何就是让人感觉有点黑社会气质。

"这是公司合伙人付总。这是我助理方明珠。"老季为两人介绍。

"可以啊，什么时候都用上助理了？"

"人家名牌大学生，很优秀的。"老季说着，又叫小罗，"小方，小罗，你们俩好好招呼付总，付总有什么要求要尽力做到，不准有丝毫怠慢。"叮嘱完，又向付总说："我还有事，不能陪你，抱歉啊。"

"你不用躲着我。"付总脸上有显然的不耐烦，"×老呢？"

×老想来是那个顾问了。

"今天一早就回去了。"

"他来鹏城你为什么不告诉我？"付总脸一板，神色立刻变得很凶。

"他就待了一个晚上，这不是忙公司的事情，没时间吗？再说了，我们忙也是帮公司挣钱，也就是帮你挣钱嘛。"

付总还待说什么，老季已经一溜烟闪了。

"老季这么奸诈又无耻的人，倒显得很怕这个付总，有意思。"方明珠在旁边看着，叮嘱小罗泡杯茶，招呼付总到总经理办公室坐。

"不坐了，我要看账。"付总说。

"这个……"方明珠很为难，公司财务由季太太管理，在这个办公室是看不到账的。

付总看了看她的为难样，突然笑了："算了算了，知道你也没这个权力。这样吧，今天老季既然溜了，你们俩在公司也没事，跟我走吧，去帮我做点事。"

既然老季说了付总的要求不能怠慢，两人只能跟着走。

电梯下到负二楼停车场，付总带二人走到一辆新款宝马前。老季的座驾也是年度新款的奔驰，看来公司确实赚钱。

小罗双眼放光地绕着车看了一圈，坐进后座后兴奋地跟方明珠说："方姐你知道吗？我来鹏城第一个目标就是要在两年内拥有自己的宝马。"然后看见车后座上扔着一条名烟，又问："付总，我可以抽一根吗？"

付总从后视镜里看她一眼："你装上带走吧。"小罗喜滋滋地把烟装进自己的大包。

方明珠看看她那年轻亮丽的脸，心里叹口气：这孩子怕是要走歪。

付总开车向西边方向，突然问："你们俩进公司多久了？"

得知都不过几个月后，他说："老季那个人坏得很，你们俩当心点儿。"

方明珠不由得对这人生出几分好感。

"×老是我介绍给他的，现在连见都不让我见。"付总恨恨地说。

想起老头的行径，方明珠又觉得这付总只怕也不是什么善茬。不过比起老季的阴沉来，他这种直来直去的风格倒是让人舒服很多。

"付总，我们去做什么？"方明珠问。

"不用问，反正不会卖了你们。"

不料付总只是带着她们去看了一个三栋楼的新楼盘，介绍道："这是我公司开发的。以后会有更大的。"然后就去了他办公室闲聊。

付总办公室人来人往，到中午还有好几个人没走，付总叫上方明珠和小罗跟这些人一起吃饭。

席间那几个人讨论到某区领导，该领导刚被双规，是鹏城当下热点新闻。

"知道吗？他那几个情人不光漂亮，最低学历也是名校本科生。"桃色消息永远最多人关心。

"这些女孩子，真不值得，好好地上了大学干嘛要这样？"方明珠忍不住插话。

"有什么不值得的，跟领导两年，至少一套房上百万现金。"那几人中唯一的女性抢过话，捎带着用看乡巴佬的眼神白了方明珠一眼。

方明珠忍不住要争辩："为了这点利益，就可以把一生葬送了？"

"什么叫一生葬送了？"付总大笑，"小方你这是什么过时观念。她们这么年轻，就财务自由了，然后想找个什么样的人嫁了都可以，谁不喜欢又漂亮又有钱的啊？这才是人生赢家。"

方明珠缄言，知道跟这些三观迥异的人说不通。但她无论如何也不相信，这些女孩子在以后的岁月里不会对这段经历后悔，不相信她们真的可以当作没有事发生一样面对所有人的眼光，更不相信她们午夜梦回，能够坦然地面对自己。

吃了饭付总开车送她俩回去，路上突然问："小方你住哪儿？"

"跟几个朋友合租，在××花园。"

"你都这么大人了怎么还跟别人合租呢？连自己的空间都没有。刚才我公司开发那个小区看见了吗？顶楼有个单间，最适合你们这样的女孩子了，要不我帮你问问有没出租的？"

"谢谢付总，不过我们朋友住一起可以相互照顾，挺好的，不打算搬家呢。"

"那好吧，如果你有搬家的打算记得告诉我。"付总倒也不勉强。

不相与谋（二）

这两天 W 公司贵客多，忙到老季都顾不上修理小徐了。

付总来的第二天，邻市一个下辖县的副县长带队来 W 公司考察。中午吃饭，老季叫上了方明珠和小罗。

副县长是个风趣健谈的人，桌上聊着发现与方明珠来自同一个省，就跟方明珠多说了几句话。

考察团还要去其他公司看看，两天后回 D 县。

吃完午饭回到公司，老季就吩咐方明珠："你后天去 D 县出差，带上小罗。"

方明珠没拒绝，问老季出差的主要目的。心里有些明白了这人是怎么在生意场上"成功"的：眼神贼，心思更贼。

"这次没有特别具体的目的，主要任务是跟县长达成未来长期的合作意愿。"

没有具体目的？出了老季办公室，方明珠开心地跟小罗说："也好，当咱们放个小假去玩儿几天。"D 县有不少出名的旅游景点。

老季要她们出发前先到公司，到了后把方明珠叫到办公室，递给她一个牛皮纸袋："这个送给副县长。"

方明珠看纸袋形状，估计里面是现金。

"季总，第一次去拜会，送礼是不是急了点？"方明珠心里话是：老子连为父母和自己都没送过礼行过贿，凭什么要为你个没底限的流氓去干这事？

"急不急我有把握，你的任务就是请他收下就行了。"

方明珠接了纸袋，收到自己旅行袋最深处。她不想让小罗看见这个。

去 D 县的一趟出差轻松愉快。副县长见到两个女生来访，有点惊讶，但也非常礼貌热情地接待了。

从上一次在鹏城见面到这一次 D 县同桌吃饭，方明珠能感觉到副县长是个一心做事的好干部。她绝口不提老季想要的目的，旅行袋里那个纸袋也成了此行未展露的秘密。

第二天和第三天，她谢绝了副县长要安排人带她们去景点逛逛的好意，自己带着小罗放假去了。

回到公司，方明珠把纸袋完璧归赵，老季勃然大怒，当场斥责方明珠"没用的东西！"方明珠淡然听着，已经做好耳朵要被下流脏话折磨的准备。

不料老季看她毫无反应，居然忍住了。只是走出去，在大办公室里大声宣告："方明珠办事不力，从本月开始，职位和工资连降三级，考察三个月。"

所谓职位降三级根本就是个笑话，W 公司压根儿没有职级体系。但工资降三级的结果倒可以直接计算出来，就是回到方明珠来之前的薪水水平。在整个办公室同事惊诧的眼光里，方明珠一言不发，平静地接受了，心里笑话自己：看看，这就叫"偷鸡不着蚀把米"。如果继续呆在 A 公司，工作愉快之外，几个月了应该收入上也有进益吧？

小徐的遭遇与她类似，不过她薪水级别本就比方明珠低不少，只是降了一级。小徐受不住，当场就辞职了。

打从被老头轻薄那天起，方明珠也已决定不在 W 公司干了。但当时已近年底，除了房租生活一应开支，她还计划着春节父兄要再来团聚，没有小徐的底气当场辞职，得等找到下家。

其时拨号上网的费用已经大大降低，方明珠通过网上跳蚤市场买了部二手电脑，跟同租的室友们商量好接入了网络线，开始骑驴找马。

工作方面她一如既往，老季不再让她做她认为"触犯底线"的事情，所得到的工作结果也都能让他满意。

老季感觉很奇怪，刻意找方明珠谈了一次：

"给你降薪降职，我看你也是一样的干，那之前薪水高的时候为什么会做不好呢？"

"您交待的工作超过我能力范围了吧。"方明珠淡淡地答，如果不是顾着基本的职业素养和礼貌，她已经不愿跟老季多说话了。

老季疑虑地看着她。作为人精里的人精，他觉得自己看不透方明珠，一定是她城府太深。而方明珠却比他明白：价值观南辕北辙的人，就不要强求互相理解了。

1999 年春节前，方天明带着方伟再次来到鹏城。

小徐回了福建，很仗义地把她的一间房借给了方明珠，并申明过完春节她就搬新家了，方明珠可以一直用，只是春节后要自己付租金。

方明珠可以留父亲多住段时间，很是开心。春节后她也找到了下一份工作，从 W 公司辞职了。

新公司叫 F 电子商务公司，算是方明珠所向往的互联网公司，依托原有的冷链客群，准备打造食品行业的门户网站。

当时正是互联网创业高潮，新浪、网易、搜狐三大门户都成立不久，在线广告还是最新也几乎是唯一成立的盈利模式；携程、e 龙也刚刚展开 OTA 领域的角力，线下团队正在一家家店铺谈合作；垂直领域的行业平台用今天的话说还是一片"蓝海"。

与多数海归创业或者有国外风投资金支持的互联网企业不同，F 公司算是传统企业在互联网行业的投资再创业，并没有融来很多钱可用，所以薪酬并不如当时其他互联网企业一样让人眩目，但也还算不错，转正后能与方明珠做总经理助理时持平。方明珠终于感觉职业生涯有了些向上的趋势。

我不是商品

从 W 公司辞职后，方明珠认为自己的人生不会再与老季那条线的人打交道了。所以当接到付总的电话时，她是蛮吃惊的。

付总在电话里说，他自己又新成立了一家公司，因为之前看到方明珠做的公司规章制度文档做得很好，想请她帮自己的新公司制定章程。

方明珠为此去网上查了一下，发现公司法对公司章程有标准模板。告之付总可以引用，付总却说，因为公司股东情况比较特殊，不能用标准模板，要请方明珠吃饭讨论。

方明珠素来拒绝不了别人的软语相求，想着帮个忙也花不了太多功夫，于是去了。

付总要的章程做起来其实很简单，方明珠答应两天内就可以发邮件给他。付总道了谢，又随口说起："这个新公司我和其他股东都没时间打理，需要一个人来全面管理，小方你有兴趣吗？"

看着方明珠明显惊愕的样子，付总解释："因为公司进出口业务可能涉及一些关税的擦边球，需要找个信得过的人，连老季都说你是一个靠得住的人，我自然相信你。我跟股东们商量过了，可以给 5%~10% 的股份。"

原来是要承担风险。方明珠想着。跟无常的命运对峙了这么些年，她从来不相信天上会有馅饼掉在自己头上，对风险因素考虑很重，生怕自己一步踏错，可能导致全家人失去基本生活来源。

"付总，非常感谢您的信任，您这一行我不太熟悉，不确定自己能不能胜任，能不能让我考虑下再回复您？"她需要回去查阅相关资料，评估完风险才能做决定。

"当然，你考虑好再回复我，反正公司目前只是筹备，正式营业还要等好几个月呢。"

饭毕付总开车送方明珠到住处楼下，听说她父兄也在，一定要上楼去"打个招呼"。

方明珠推却不过，想着家里有父兄在，也没太担心。

付总上了楼，跟方天明和方伟热情打过招呼，直夸方天明培养的女儿很优秀。

方天明和方伟一时不知道这个付总是什么来路，只能一应一和地说些客气话。

付总在客厅里溜达了一圈，说："这套房子还不错，面积挺大的。老方你们也在鹏城买套房吧，租房住多不方便。"

"买不起啊，这房得要好几十万呢。"这个问题让方天明有点措手不及。

"几十万算什么，你女儿两年挣个两百万一点问题都没有。"

方明珠连忙打岔："付总说笑呢，我可没那本事。"

付总倒也没多逗留，说完这话就下楼了，方明珠迟钝到了现在，心里也有点大概轮廓，便送他下去，她不是喜欢猜猜猜的人，愿意把事情说得清楚明白。

下了楼，付总邀请方明珠到车里坐坐聊聊，方明珠没有推辞，坐在了副驾位置。

付总坐上驾驶位，直截了当："小方，如果有已婚男人看上你了怎么办？"

"看上了"一词让方明珠心里不太舒服，她又不是物品。她干脆地回答："那就请他先离完婚再来追求我。"

"非得要这样吗？"付总转头看她，显然很惊讶于她的回答。

"当然。已婚男人，没有资格跟我谈看上看不上的问题。"方明珠知道自己神色凛然的时候，是很让对方难堪的。

"小方，婚我是不可能离的，但我在上面跟你爸爸说的话都是真的。你只要跟我两年，我保证你能挣到不止两百万。"

"付总，我知道两百万是很大一笔钱，凭我自己，可能十年也挣不到。我也知道钱是好东西，而且我现在确实也需要钱。但是，我从来没打算把自己当作一件商品出卖，我不想让自己看不起自己。"方明珠说完下了车，

"付总再见，您公司章程我按说好的时间发给您。"

对于付总，方明珠倒没有对老季那样的恶感，虽然他的价值观她不敢苟同，但他至少懂得遵循"两厢情愿""等价交换"的原则，他想办法利诱她，但从不曾勉强她。而老季，就是个逼良为娼的人渣。

方明珠上楼回家，看到父亲的眼神中有点疑问有点担忧。

"这个付总，怎么莫名其妙跑来说什么两百万？"

方明珠走过去捶捶父亲的后背："说笑的，您别当真。您女儿哪有那本事两年挣两百万。不过您放心，迟早一定能挣到的。"

"女儿，你可不要委屈自己。"

"不会的，您放心。"方明珠握握父亲的手，父女俩对了对眼神，就把这话题放下了。这是她觉得跟父亲相处很舒服的一点：很多事情不用多说，彼此都明白。

当天晚上，方明珠在半睡半醒之中，似乎又听见那个叫"命运"的家伙跟她对话，这家伙大概以审讯她为乐，时不时地冒出来问她些问题。

"方明珠，为了父母，你可以牺牲什么？"

"幸福。"方明珠给出一贯的答案。

"为了爱人，你可以牺牲什么？"

"生命。"

"那有什么是你不可以牺牲的？"

"尊严，这个一定要保留给我自己。"

那个叫"命运"的家伙，还是跟以前一样，摇着头叹着气走了。

付总没有再打扰她。做完那个公司章程后，方明珠和付总再未有联系。

以后的岁月里，方明珠不止一次回想起当时的决定：如果那时不是还那么年轻，如果知道自己挣到当时的两百万的时间远远不止十年，如果知道还有那么多时间要面对现实的困厄，自己，还会不会那么毫不犹豫地做出决定？

她不能很简单地给出答案，毕竟那些"如果"都太残酷。可是她庆幸当时的她做出了这样的决定，这决定让她可以在努力地面对了生活以后，坦然地面对自己。

团聚

　　方天明的保释让纪秀兰看到了希望，也有了更明确的期待。方天明获释一年半后她自己刑期也就过半了，故而每次教导干部开会宣布下一批的保释名单，她都十分留意着。

　　然而千禧年过得极其漫长，纪秀兰一直没有收到想要的信息，到年底她的刑期就要到一半，五月公布的半年后的保释名单里仍然没有她的名字，而且管教干部也没有单独找她谈过话。

　　纪秀兰不由一天比一天焦灼。她频繁写信催问方天明、方伟和方明珠是否在办理相应的手续，该找的人是否都找过了，却迟迟收不到他们的回复。纪秀兰素知方天明的性格特别怕求人，只怕还是不能突破这种心理。急切之下她在后面一封信里质问丈夫和儿女："你们在外面过好日子，还记不记得有我这个妈？是不是存心要留我在这里面受罪？"

　　方明珠收到信，一时间汗泪俱下。方天明和方伟在鹏城过完春节不久就回了省城，因为已经是时候去跑一下保释的手续。方明珠一直断续地跟父亲有电话沟通，知道他找过了需要找的人，但得到的答复是手续在办着，让等一等，暂时没有明确的时间。方明珠也知道父亲的性格弱点跟自己一样，想来是得到"等一等"的答复后就不好意思再三催促。她自己如今是一家人的生活保障，不能抛下工作亲自去催办这些事，也自知没有办好这些事的能力，又不是很清楚具体进展，故而一直不知怎么回复，也就拖延着不敢给母亲写信。但无论怎么说，如今他们爷儿仨在外面自由逍遥，母亲独在狱中受罪是事实，她只能再打电话给父亲，催促他再去跑一跑。

　　一整个千禧年里并没有等到确定的好消息，纪秀兰来信中的语气越来越焦灼，方明珠只觉千般惭愧，不知该如何面对母亲。

六月下旬，方伟却又到了鹏城，说是想来找工作。

方明珠当时换了住处，和前同事小纪一起租了套小两房。方伟便借住在客厅沙发上。

方伟到达当晚，方明珠跟他发了怒。

"你为什么要在去看妈妈时跟她说爸爸闲着打麻将，并没有每天去跑她的事情？"方明珠看到母亲信中对父亲的抱怨，在方伟去探望后越发强烈，不由恨方伟不但不想办法平复、反而激化父母的矛盾。

"我说的是实话嘛……"方伟也知道自己做得不对，声如蚊呐地辩解。

"你倒会责备爸爸？那你自己为什么不去找人想办法，反而去妈妈面前胡说？你明知妈妈有多着急，你这样说，让她怎么过？"方明珠越说声音越高。

"……"方伟看方明珠是真的急了，不敢作声。半晌后讷讷地说："我知道了，我不该这样说，对不起我也不是故意要让妈妈担心，只是考虑得不周到。"

方明珠是吃软不吃硬的脾气，见到方伟认错，更多指责的话到了嘴边却停住了。

"妹妹，我知道是我不好。这些年来因为家里的事，辛苦你了。"方伟放软了声音。

方明珠没想到突然听到这么一句话，一时愣住，只觉心头辛酸苦辣一起涌上来，喉头也哽住了，便再说不出话来。多年来她只是凭着一股要强劲儿坚持着，从未期望听到这样理解的话，一时竟无法体会自己是什么心情。

这晚兄妹俩促膝长谈，说了许多互相安慰和鼓励的话。方明珠体会到久违的家人间的温暖，一直到半夜仍不舍得去休息。

第二天方明珠起床洗漱完准备去上班，看见方伟还在沙发上睡着，茶几上扔着他的钱包，却是空空如洗。方明珠此时心里柔软，觉得兄长一个男人出门，身边还是要带点钱的，便从自己钱包里抽出几张百元票子。待装进去的时刻头脑里又出现一个声音："他会不会拿了去打牌？"想着叹口气，只放了两张进去。

方伟仍然每天做好晚饭等着方明珠下班，但似乎很少去参加招聘会，方明珠每天下班后问到他白天找工作如何，都被支吾着应付过去。每隔四五天，空钱包便会再出现在茶几上，方明珠只得叹口气，再装进去两张老人头。

直到有一天，同住的小纪告诉方明珠：方伟几乎每天都和小纪的男友小向在家里"炸金花"。小向在一家韩国企业做销售，时间非常自由。方明珠发了一回急，逼方伟迅速去找工作。

这样过了好几个月，方伟总算找到一份医药公司销售的工作，要派驻内陆C市。临走前他向方明珠借些钱做路费。

从那时起方明珠发现了方伟有个特异功能：他每次跟她"借钱"的数字，恰恰是她当时她能拿得出的数字。不给，她会因自己有能力却不帮胞兄而自责；而下不了狠心拒绝的结果就是她的储蓄又要从零开始。她简直怀疑方伟在她的钱包里装了一双眼睛。

去了C市没几个月，方伟又失业了，而且据说弄丢了公司的产品要赔偿。方明珠这次狠下心，让他自己想办法。

到2001年初，方明珠终于收到方天明电话，说他和方伟要去接纪秀兰。

方明珠开心得落下泪来，连忙又去查自己的存折。一看之下她只惭愧自己实在太无能，存折里只得区区五千元。她寄了四千给方天明，叮嘱他接到母亲就一起来鹏城。

但纪秀兰认为自己多年没有侍奉过父母，坚持要先回风城。方天明和方伟方明珠都拗不过她，也就一起回去了。方明珠知道以纪秀兰的要强性格，回到风城必然面对极其艰难的境地，但劝说无用，只能经常打打电话。

出狱后的处境正如方天明的描述——"上无片瓦，下无立锥之地"。回到风城后，夫妇二人只能分别借住在方天清和纪老汉家。方明珠每在夜里想到父母的处境仍是凄凉，又想起街头闲人的目光和议论，不知母亲如何忍受。

果然不过几个月，电话里听到纪秀兰压不住酸楚的声音，说道："他们（路遇的熟人）看我像看到什么奇怪的人一样。"方明珠一阵心酸，赶紧再次提出请父母到鹏城，纪秀兰总算答应了。

经历了十一个春和秋，二零零一年的四月，方明珠终于盼来和母亲重新团聚的日子。

在鹏城火车站接到父母的时候，方明珠没有再落泪。她伸手去接纪秀兰手里的箱子，感觉到母亲伸手握住了自己的右手，如溺水的人抓住了一根浮木般用力。"女儿，我们以后就靠你了。"纪秀兰说。方明珠回手挽住母亲，暗暗在心里发誓：爸爸妈妈，我绝不会让你们再担惊受怕，再受一点委屈！

回到和朋友合租的房子，请父母洗漱完先在自己房间休息，方明珠在客厅打开电脑，登录万用网的 BBS 找出租房源。正在找着，却听到房间里传来母亲朗朗的笑声，忍不住开门看看，原来父母在玩儿最简单的扑克游戏，而母亲赢了。她不由也笑了，出去接着看电脑。

母亲那开朗的笑声，于方明珠是多年未曾听过的最美妙的音符，那一刻犹如台风过去天空还晴，如同冰雪化去群山返青。

从那一刻起，方明珠重又能看得见世间的景色，能够欣赏万物的美丽。

她很快找到比较合心意的房子，跟帖子上留的业主电话联系：

"请问您的房子租出去了吗？"

"你说哪一套房子？"

方明珠吃惊："难道您有好多套房子？"

"是有不少套。你说哪个小区吧。"

联系好了去看房，是在鹏城某小关出口，离公司不远的一个小区。楼层刚刚好，4 楼，两房两厅 80 平米左右，户型方正，客厅和主卧各一个阳台。室内家俱家电都齐全，且有八成新。一家三人都觉得合适，当即签下合同。

房东不过三十来岁，开朗和善。方明珠有些好奇地问："您是做什么的，怎么有这么多房子？"

"我啊，就走来走去丈量丈量鹏城啊。"

方明珠还是不明白。后来跟公司副总讨论她才知道，原来在鹏城有一群人叫做"房产投资客"，他们买下好些套房子出租，等升值后再出手。

其时鹏城房价还完全没有开始上涨，中心区最贵五六千，远一点的关外更只需一两千一平米，首付低甚至有不少可以零首付，房租完全抵得了贷款月供。当时还不流行"财富自由"之类说法，但这最早一批投资客，早已不用工作靠房租就能过得很好了。所谓"丈量深圳",当然就是在不断寻找更多的投资机会。

方明珠心里滑过一个念头:也许可以考虑也按揭一套房子?

其时方明珠名片上已经印上了"F公司市场总监"的字样,前一任市场总监是港中文的 MBA 毕业,在互联网火热的时间里,很快拿到更好的条件跳槽走了。总经理和副总商议下,认为方明珠能够胜任,她就成了新任市场总监。知道公司还没赚钱,工作量增加得也不是特别多,方明珠也没要求加薪,越发显得物美价廉。

然而好景不长,就在鹏城关外片区的新房普遍推出零首付广告的时候,第一轮的互联网泡沫破灭也来了,网上每天都是某某公司倒闭、某某公司大裁员、某某公司砍掉某条业务线的消息,一年前拿着远超行业平均收入志得意满的年轻人们开始体会到市场的残酷与冰冷。F公司前期没有融资支持,业务发展缓慢,但好处是成本相对低,没有什么债务,也没有急于退出的投资人,按理倒是可以再支撑些时间。公司也裁了员,只留下包括方明珠和销售负责人、网站内容负责人几个人在内的核心团队,网站已有广告收入,收支平衡看起来不是太远的事。

公司在最困难的时候没有抛弃自己,方明珠也就没做任何其他打算,团队人员减少,个人工作量大增,她对公司发工资的时间开始一直在向后拖也没有太敏感。直到这天晚上回到家,看见方天明有些为难有些窘迫地告诉她:"女儿,生活费花完了哦。"

方明珠这才想起:公司似乎已经有好几个月没发工资了,自己是一家人的生活来源,并没有本钱自带干粮陪公司过冬。第二天一早上班,她便去找总经理谈工资的事。她上一次从公司拿到钱,还是几个月前外婆过世,父亲要回去送葬,总经理让财务支了一个月工资给自己。

总经理是香港人,家里四个姐姐,他是最小的独子。此刻他白净的脸上满是愁容。

"不是我不想给大家发工资,公司账上实在是没钱了。"

"可是公司冷库的收入是稳定的,除掉成本,养两个公司这点人应该没有问题。"虽然名片上写的是 F 电子商务公司,但方明珠也兼着冷库公司的一些工作，对情况很了解。

总经理揉着眉心，再三为难，终于说了实话："我家姐炒期货赔了，冷库的全部收入都得抵债，冷库是否会易主我也不清楚。"

方明珠愣住，一时也不知说什么好。总经理的大姐一直是个传说：他们一家本也是很普通的家庭，是大姐在澳大利亚炒期货炒出了好大一份家业，让姐弟五个都有了自己的公司和资产，给最小的弟弟的，是收入最稳定的冷库。没想到成也萧何败也萧何，如今竟要连冷库都保不住了。

"我先支你半个月薪水顶一顶好吗？"总经理问。方明珠只得答应，同时也提出了辞职，这种情况她实在陪不起，总经理叹了口气，同意了。

第三部分

幸福的能力

莫听穿林打叶声，何妨吟啸且徐行。

竹杖芒鞋轻胜马，谁怕？一蓑烟雨任平生。

料峭春风吹酒醒，微冷，山头斜照却相迎。

回首向来萧瑟处，归去，也无风雨也无晴。

——苏轼《定风波·莫听穿林打叶声》

手停口停

　　并不是经过了最深的苦难，就必然能过得好平顺的生活。就如同捱得住刮骨疼痛的人，还是会被鞋里一颗小小的砂砾困扰。

　　史铁生曾说：苦难结束就是幸福了。方明珠也曾以为，父母蒙冤、骨肉离散是自己家里面临的唯一问题，待接了父母出来，所有的问题都已解决，家中自然恢复记忆中的幸福快乐。

　　后来她才发现，幸福并不是苦难过尽的必然，她只是比别人多用了十多年的时间，才获取了资格，去面对这个时代里年轻人都要面对的烦恼。

　　十九世纪九十年代到两千年初，香港对南粤的影响非常深。不仅仅是因为在改革开放后，这里的首批投资多半来自香港，更因为勤奋实干、永不言败的"香江精神"。

　　自到了南粤，方明珠看的电视多半是 TVB 的港剧和各种综艺节目。不同于台湾电视剧喜欢讲"霸道总裁""富二代"的故事，TVB 的剧里，更多描绘的是普通人的生活。这些普通人的故事里可以看到香港发达的内在原因：一是无论做什么工作，都要尽力做好，这叫职业精神；二是相信只要努力就能出头，这是狮子山下"香江精神"最基本的内核。

　　香港不是高福利社会，实干的香港人爱说一句话"手停口停"，意为一旦不工作，就没饭吃。

　　这会儿方明珠正深刻地体会到这句话最极端的意思：她只要"手停"一天，"口停"的可不止是她自己，还有她曾发誓不让他们再担忧受惊的父母。

　　一整天，方明珠盯在电脑前，看见能胜任的工作机会就发简历申请，几乎杀红了眼。很快便收到了不少面试通知，她答应了最快让她去上班的公司。

　　所谓欲速则不达，最快找到的工作肯定不是理想的，但方明珠已经顾不得这许多。基础的物质缺乏带来的最大困厄是教人失去了选择的机会，不得不把时间都用于满足生存所需，从而陷入恶性循环。新工作的最大坏处是：薪水回到方明珠两年多前的水平，所得几乎只够一家人基本生活，而且工作离住处很远。好处是没有脱离开她的职业规划，仍然是在市场部工作——自打在安美的实践中发现了自己最短的短板，方明珠就彻底放弃了自己可以做销售赚快钱的妄念；而前两份工作让她找到了营销的乐趣。

　　低薪酬并不能跟低工作量划等号。其时鹏城的多数民营企业都在起步阶段，而人口高峰期出生的一代正在陆续进入职场，能争得一份工作已属不易，并没有条件太计较收入。多数公司都是以中等偏下的薪酬水平实行着九九六的工作时间表，这家老公做总经理，老婆管理财务部的科技企业当然也绝不例外。"披星戴月"成了方明珠每天上下班时间的真实写照，却仍然避免不了偶然迟到。鹏城地铁当时仅开通了一号线，方明珠上班路线不在地铁线路上，高峰期的公交挤不上、不按时、或者堵在路上是常事。

　　"方明珠，你怎么又迟到了？"这天方明珠晚了三分钟走进办公室，劈头遇见公司财务副总，也即是老板娘，因为经常下拉显得格外长而精明的脸上阴云密布。方明珠心里有点委屈：她每天几乎都是最后一批走，进公司两个来月市场部之前没开展的工作已经逐渐落地，前段时间策划主办的市场活动也反响良好，但只因这三分钟，便被老板娘这样甩脸子。要按方明珠原本的性子，当场就会丢出辞职信。这会儿想到后面还有一家子，她生生忍住，只说："不好意思，我今天多加一小时班。"

　　是夜，因为下班太晚，直达住处的公交已经收车，方明珠转了三趟车，在晚上十一点多方回到住处，不由感觉十分疲倦。

　　"怎么这么晚才回来？"纪秀兰一边忙着把厨房锅里热着的饭菜端出来，一边忍不住问。

　　"工作有点多。"方明珠答完，洗了手坐上饭桌，却不由对着桌子发呆。

　　"怎么了？很累吗？"方天明也从沙发上看过来。

　　"爸，妈。"方明珠犹豫一下，还是开了口，"我们能不能搬个地方，住到公司附近去？上下班公交时间实在太长，关键是还不准时。"她自知这是极自私的要求，对父母而言目前的住处是很不错的，离农批市场也近，买菜方便。

方天明和纪秀兰看着方明珠略显灰败的脸，忙不叠地答应："工作为重，本来就应该住到你公司附近，你每天这么跑太辛苦了。"

以方明珠眼下的收入，搬到市中心位置只能租住农民房。不到五十平米的狭小两房一厅，租金已经要花掉近一半的工资，加上一家人吃穿用度基本生活，一个月下来捉襟见肘。所谓"穷忙"，是方明珠那大半年最真实的感受。

因为放纵自己的任性，从不勉强自己做完全不喜欢的工作，方明珠在工作里自能找到乐趣，如果不遇到极端情况，多数时候并不为经济窘迫感觉特别难堪。上一次的生活费差点无以为继算是一个极端情况，这一次又遇到一个不同的：在那逼仄的小屋子里，方天明一天早上起床，突然觉得右眼不太看得见了。

方明珠请了假，带父亲去医院检查，结果是高血压发作造成的眼底出血。医生开了药，叮嘱要安心静养，避免恶化，已经在眼底的血块只能等它慢慢消解，并无特别办法。

回到家，方明珠放下病历和药，叮嘱方天明按时吃药，就匆忙赶去上班。公司请事假都是要扣工资的，每一小时都不敢耽误。

这天晚上，挂念着父亲的病情，方明珠刻意早些下班回家，在门口却听到纪秀兰正在埋怨方天明："平时让你注意一点生活习惯你不注意，现在弄到要去医院，在这里看病这么贵，女儿已经够辛苦了……"

方明珠开门进去，看到方天明忿然的脸，赶紧把纪秀兰拉到里屋，悄悄说："爸也不想生病啊，生病已经很辛苦了，您还这样说他，他得多难过啊？"

然而规劝似乎并没有用，人们在无力改变现实时，往往通过责任外归因来自我减压，在周围的人里找到一个需要为此事负责的人，将其当作合理的情绪宣泄出口，故而生活的不如意格外容易导致家人间的相互不满，而使他们忘了家人应该一起面对和解决问题。那些纪秀兰多年以来听到的"都是方天明害了你们家"之类言论在她心里种下的恨的种子，在生活的困苦中更容易发芽生长。

争端一旦开始，根本矛盾得不到解决便很难停下。接下来的日子里，方明珠不时听到母亲抱怨父亲生病浪费钱，也不时听到父亲跟自己说："她竟然嫌弃我生病，在我生病时欺负我……"

曾经有人跟方明珠说："家庭矛盾90%都是钱的矛盾，或者是说用钱可以解决的矛盾。"方明珠当时很不以为然，现在悲凉地觉得真有道理。

方明珠是"问题内归因"的性格，面对困难只自责能力和努力不够：工作也有些年头了，连一家人的生活安定都保证不了。每当听到父母争吵，她就把自己关进小房间，沮丧到恨不得以头撞墙。这与她想象中的家庭团聚、天伦之乐相去甚远。

在公司里，方明珠的工作开展日渐顺利，但与老板娘的关系却始终未能缓和。这天下午，方明珠忙着跟外地销售团队协调季度招商会的安排，等放下电话抬起头来找部门同事对接宣传物料时，却发现部门办公区里除了自己一个人也没有。

她走到门口去问前台，公司人员外出必须要在前台登记的。前台小姑娘支支吾吾半天不说话，方明珠再三追问，才得知原来除了自己和前台，公司的女同事都在财务副总办公室里，要选招商会的主持人。

方明珠有点吃惊。她是招商会的总筹划，早跟总经理确定了就由她主持，现在都没两天要开会了，选的哪门子主持人？须知招商会主持最重要的不是长得漂亮说话讨喜，而是要对经销商政策变化及原因了然于胸，知道如何跟经销伙伴特别是刺头儿伙伴说明利弊，能对发难性的问题适宜应对。市场这条线向来不是老板娘管理范围，她为什么要瞒着自己来插一杆子？

前台极力阻拦，方明珠还是走去了老板娘办公室，果然公司女同事济济一堂，正由老板娘指挥着走台步秀台风。方明珠推门进去，老板娘略抬了一下眼，然后便自顾自提高了声音叮嘱"再走一遍"，仿佛没看见方明珠一般，方明珠看了两眼，便转身出去。

还有不少潜在经销商的到场需要逐一确定，她没时间斗这个气。

下班时间到了，市场部其他三个同事总算回来，其中最机灵的一个小袁悄悄约方明珠一起吃晚饭。

"我回家吃，父母在家。"方明珠把市场部同事分工的会议事务进度再核对了一遍，小袁听完，又刻意等着其他两人下了班，拉方明珠说话。

"老板娘今天选主持人是故意不告诉你的，你应该知道吧？"

"她是老板娘，招商会开不好要由她和老板承担后果，她有权安排。"做完一堆工作后，方明珠情绪已经平静了。

"你没想想她为什么针对你？"

"她是针对我吗？我还没时间想。"

小袁悄悄凑到方明珠耳边："同事们都说，是老板太欣赏你，跟你走得太近，所以老板娘不高兴了。"

方明珠一脑门问号：这是从何说起？老板是她顶头上司，她最近做的市场活动多，老板管得又细，每一个方案和每一笔预算都是要单独汇报申请的，自然跟老板沟通得多，但每次都是只谈工作，连闲天都不曾聊半句，怎么就惹出这等嫌疑？

"老板欣赏我吗？那怎么没见他给我加薪升职？"她决定用笑话对抗笑话。

"财务归老板娘管，他当然不能轻易加。反正你小心些，公司里有不少人议论。"小袁显得推心置腹，方明珠只虚应着，心下想自己又并不真图谋什么，有什么好小心的。

在浑然不觉间惹上类似绯闻已不止一次，在上一家公司，也是直到临走时，才有"热心"同事告知方明珠：很多同事都以为她与主管市场的副总关系不正常。方明珠自我分析，应该是平时跟同事交流太少惹的祸。她是个工作时眼睛里便只有工作的痴性子，从来都只把同事当作中性。工作之外又因不善应酬，几乎不参与同事们的麻将牌局、业余玩乐。自父母到来，连饭局也鲜少参加了，大家难免觉得她过于神秘，便有好事者制造一些传言来使聚会里有她的影子。而且她素来耳内听不到闲话，编造关于她的传闻大概最为安全不过的。

不过方明珠以为这次同事们误解了老板娘：如果她真对自己丈夫如此不放心，那么在公司里需要防范和针对的，方明珠绝不该是唯一一个，甚至也不该是排在最前面的一个。她独独无法抑制地特别不喜欢方明珠，更大可能是因为方明珠的不肯臣服：对于部分创业还比较成功的人而言，公司就是自己的一亩三分地，跨入了公司大门，自己简直应该有着九五之尊的地位，公司里这些"由自己养着"的员工，当然应该对自己表现出足够的敬意。如果以此为标准要求，方明珠显然是不合格的：她总认为雇佣关系是建立在价值交换基础上的，只要做好了工作，给公司创造了岗位所要求的价值，就问心无愧，不必对任何人格外讨好。甚至以为老板是员工工作的最后利得者，更应该理解和支持员工。她那种自认为宠辱不惊、对谁都一样的淡淡表情，让有"王后"潜意识的老板娘不满甚至讨厌，实在也算太正常不过。

方明珠本已对收入不满，更加不可能改变自己去维护老板娘的"后威"，便萌生去意。

共济

看着方明珠每天早出晚归家里还为生活犯愁，纪秀兰坐不住了，开始跟方天明商量：做点什么事情帮补一下家里。

这天方明珠下班，纪秀兰给她端来饭菜后，和方天明一人一边也坐在小方桌旁。

"你们这是有什么重要事情要说吗？"方明珠看着父母一脸凝重，略被惊吓。

"女儿，我们打算去找点儿事做。"方天明先开了口。

"为什么？家里现在生活费不缺了吧？"方明珠本能地不同意，她记得跟自己说过不会再让父母担忧。

"你看，一家人指着你一个人工作，压力太大了。我和你爸又没有保险，现在一生病花销太大。再说我们年龄也不算大，还能做事。"纪秀兰补充。

"你们没保险有什么打紧？我就是你们的保险。现在家里是紧张些，但你们不要担心，我准备换工作了，上一次是太仓促，这次我不着急，好好找个适合的，再过几年，怎么也能把日子过顺了。"

"我们知道你孝顺，但我们年龄都不大，老闲在家里也不自在，不如找点事做，还能帮你分担一点。"方天明又说。

"你们的年龄正常也差不多该退休了。"方明珠还是不肯。

方天明和纪秀兰没放弃，来回说了几次，方明珠看父母这是下了决心，最后松了口。

"那你们打算做点什么呢？"一家人复商量。

"我可以去建筑工地，鹏城这么多地方在修房子，我以前的技术还能用上，你妈就留在家里做饭。"方天明说。

方明珠坚决反对。父母在狱中多年，饮食差、劳役重，虽然表面看不出，但身体着实吃了暗亏。让年近六十的父亲去干这么重的体力活儿，打死她也不会同意。

"最好可以做点不需要太多本钱的小生意。"纪秀兰说，方明珠想起街头常见的报刊亭，印象中倒见过网上有转让。

这些报刊亭由邮政统一布点，除了售卖报刊杂志外还兼卖饮料、电话充值卡和一些日常用品，实际是街头小型杂货店。这是一个没有门槛的小生意：只需要少量现金周转，没有什么技术和体能要求，比较适合方天明和纪秀兰。

方明珠留意起来，没多久就见到一个报刊亭转让。她向朋友晓璐借了五千元，接手下来。

这个报刊亭位置不错，距离鹏城人才大市场不远。那会儿网上招聘平台尚不够发达，来鹏城的年轻人找工作，都是先看《鹏城日报》刊登的招聘信息，再去人才市场参加现场招聘。报刊亭后面五十米，就是鹏城最大的刊物批发市场。报纸有报社的人每周来统计数量每天派送，售卖的矿泉水和饮料有各厂家地推人员每天来送，只需要每周去一次电信批发市场购买各种电话卡。

接下了报刊亭，方天明便也开始了每天早出晚归：早起坐车去报刊亭，天黑了锁门后方回来。公交车绕行较远，他路上花费的时间比方明珠之前上下班还长，而纪秀兰坐一次汽车要躺两天，无法和方天明交替。方明珠觉得父亲每天这么长时间奔波身体吃不消，于是一家人再次搬家，这次搬去的地方离报刊亭不远，纪秀兰每天可以步行去给方天明送午饭，并帮着照看报亭两三个小时，方天明不至太过劳累。

接手报刊亭的小生意后一个月，纪秀兰算了一下账，账面应该有近两千元的利润，但因为收了几次假钞，实际收益大概有一千五六。想到第一个月开局不错，以后可以切实减少方明珠的负担，纪秀兰和方天明倒也欢喜。

弱者总是格外容易招致欺侮，老人看值的报刊亭是假钞使用者和小偷团体最青睐也最易得手的地方，几乎每两三天就有人拿假钞来使用，小偷也要时时防着。方天明紫红脸，身材壮实，看起来不太好惹，加上小心谨慎，小偷们倒没怎么占到便宜。但他眼底出了问题，很难分辨出假钞，吃了好

几次亏，收一张百元假钞，两天的辛苦就白费了。直到方明珠给报刊亭买了一台小验钞机，才算基本杜绝了这个损失。

第二个月的一天，纪秀兰送了饭来，方天明吃了去杂志批发部进点货，留纪秀兰独自看守着报刊亭。

"阿姨，帮我拿那本杂志，对，那本，上面那本。"一个瘦小的年轻人走到摊前。

报刊亭是一面开放的，前面有一个一米高的低矮柜台，常有人买的卡、纸巾、笔之类小商品放在柜台下面两格，两边是冰箱装着各种饮料，后面的杂志架上，杂志按畅销程度摆放在不同高度。这小伙子不停指着最高层上的一本。

纪秀兰转身伸手去够杂志，总有点够不着，搬了一捆旧报纸垫脚才拿了下来。拿完转过身来，却见另一个更瘦小的男子从柜台上俯进身子，正拿走柜台里的一个铁饼干盒子，盒里是这周刚进的电话卡。

"你们干什么？"纪秀兰顾不上自己还没站稳，扑过身去抓那小偷，却晚了半步。待她从报刊亭里迈出来，两个十几岁的小偷早已一溜烟跑了。纪秀兰顾着报刊亭没上锁，不敢追太远，而且哪里追得上？

方明珠这天下班早，没直接回家先到了报刊亭来看看，就见母亲眼睛也肿了，头发也乱了，低着头还在饮泣，父亲也在后面暗暗叹气，不禁吓了一大跳。

"怎么啦？"

"天杀的小偷偷走了整整一盒卡，五千多块钱啊，两三个月的辛苦全白费了。"纪秀兰一边抽泣一边说着事情经过。

方明珠来不及心痛损失，赶紧安慰气到快要晕厥的母亲，忙说："丢了就丢了吧，总能再赚回来，妈妈您别着急，身体要紧。"然后抬头问父亲："报警了吗？"——报亭斜对面就是派出所。

"报了，警察们态度都很好，但是说这种情况太多，金额又不大，不太可能抓到，只让我们以后小心些。"

"什么金额不大，五千多啊，要挣两三个月呢。"纪秀兰又伤心起来。

方明珠环抱住母亲肩膀："妈，钱怎么都不如身体重要，您别急了。"

自此以后，方天明和纪秀兰更加小心翼翼，单独看守的时候对需要转身拿的商品宁可不卖，好在倒也没有遭遇第二次。虽然辛苦，但在一家人的共同努力下，温饱问题是解决了。

这次所住的地方有一个很好听的名字，叫做"玉龙山庄"，其实也就是一片民房，位于一个小土丘之上，每天回家下车后需要先行百余级台阶方可到达村里。在这个住处，一家人接待了来自家乡的第一位来访亲戚，纪秀兰的二妹夫，方明珠的二姨父。

二姨父是来出差的，他时任风城云母矿的负责人。风城云母矿大的矿脉在十年前基本开采完毕，原来属于央企的团队撤走，交回给了县里，仍在惨淡经营。二姨父此行是来跟一个多年的客户清算应收账款。

他带来一个消息：纪秀兰母亲袁氏过世后，父亲纪老汉的身体日况愈下，最近腿脚尤其不灵了，上下楼都需要人背着。家里兄弟姐妹商量着请个人照料，正好方明珠三姨父赋闲在家，可以照顾老人。有人出力，其余兄弟姐妹当然需要出钱，每家每月支付一定金额给三姨父作为人工费用，考虑到大姐家里困难，只要求纪秀兰出其他人的 2/3。

一年前袁氏过世，纪秀兰因为严重晕车没能亲往送葬，还是方天明代表一家人前往的，纪秀兰为此一直深为内疚。如今听到父亲需要照料，当然没什么好说的。

二姨父走后，纪秀兰看着方明珠，又有些发愁：家里刚刚解决基本生活问题，报亭尚有借款未还，又要增加一笔固定开支。

"这笔钱我自己出吧。"纪秀兰对着方明珠说。

方明珠知道母亲有一笔很小的积蓄，她在狱中历年收到方明珠和其他人寄的钱，除了最基础必要的开支外悉数都存了起来，到出狱时总数有近万元。她有个狱友的孩子也在南粤，听说是炒股发了家，所以一到鹏城她就告诉了方明珠想试试股票，方明珠也就给她开了股东代码卡，将这笔钱投进了股市里。方明珠心里发过誓：无论如何困难都不能动用这点钱，这关系到母亲的基本安全感。

"现在报亭有了收入，怎么都能支付了，妈妈您别担心。"

说完话，方明珠又陷入自责：为这点钱让母亲为难，实在是自己的无能。好在两个月后她终于找到了一份不错的新工作，算是解决了家中的温饱问题。

216

助人自助

"时间就像海绵里的水，只要愿意挤，总是有的。"此言诚不我欺。

虽然工作忙得"脚后跟打后脑勺"，方明珠还是没有放弃在 BBS 上"灌水"的业余爱好。

都说鹏城是座不夜城，说的远远不只是晚间人满为患的各处酒吧歌厅这种惯常定义的夜生活。在这个平均年龄才二十几岁的城市里，披星戴月的工作仍然消耗不完精力和活力。年轻人们在 996 的工作完毕以后，还用各种方式熬最深的夜，呼朋唤友的玩乐只是偶尔为之，更常见的夜生活是加班和上网。

方明珠是上网的夜猫子之一，她的正常入睡时间在午夜零时左右，严格说来在鹏城的年轻人里还不算熬夜一族。

在互联网尚未"移动"，智能手机还没成为人们上肢不可分割的组成部分之前，大家也还没有被漫天贴身的过载信息淹没，需要主动寻找自己感兴趣的信息。浏览本地 BBS 中有趣有见地的帖子，发布一些自己的想法，是方明珠业余的主要减压方式。她一直认为，互联网给世界带来的最大价值，是打破了从前的"中心群体"掌握麦克风的格局，把发言权交给了每一个参与者。

年轻就意味着锐气，与南粤大部分地方不问政治，讲究闷声发大财的风气不同，鹏城居民大概是整个中国除了高校在校生外，最关心时事、最喜欢针砭时弊的人群。鹏城的执政者和施政方针，大概也是中国的城市中被批评最多的。当然，由于互联网的广开言路，能够保持开放心态，听取群众声音的政府，应该也是受益最多的。

2003 年，一个网名"我为伊狂"的网友发了一篇《深圳，你被谁抛弃》

的帖子，引起了市政府的高度重视，也引发了鹏城人的广泛讨论。这种刻在骨子里的危机感和紧迫感，是鹏城能够取得良好发展成果的深层动因。

除了重要企业纷纷考虑迁出总部的"被抛弃"，那两年鹏城还有太多事值得被广泛讨论："会飞的绵羊"事件、二线关边检站取消，以及紧随其后的治安情况恶化，"博头党""砍脚党"事件等等。年轻人除了对现状的不足处发声，也在一些力所能及的事情上发力改善现状。方明珠对关心的事情，从来不甘于只当一个无谓的旁观者，不觉花了多数的业余时间在这些事情的讨论上。世间除了感情之外的事，付出都总有回报，由于在BBS上算是比较活跃，方明珠成为了本地 BBS 一个小版块的"版主"。

2004 年一个冬夜里，方明珠坐床拥衾，依旧在网上闲逛，也尽一些版主的责任，对自己管理的版块里出色的帖子标上"精华"，有违规的进行不能回复或屏蔽等处理。就在这时，一篇字数不多但篇幅很长的帖子吸引了她的眼睛。

帖子发自一个来自黔西南的网友，呼吁网友们为他家乡那些在寒冬里缺衣少鞋的孩子们捐助一双鞋子或一件冬衣，里面附上了好些张背着书包的孩子们衣衫褴褛、赤脚走在山间粗砺砂土上的照片。

孩子们满是尘土和皲裂的小手小脚让方明珠觉得眼里心里生痛，想要马上联系帖主，一看时间已是午夜，怕打扰了人休息，便先做了个置顶处理。第二天等她下班回家登上 BBS，就见帖子下的响应已经极其热烈，回帖一夜堆成高楼。帖主和共同发起此事的一个网友在线回答大家热情的问题，已经快忙不过来了。

"要不我们做个线下收取捐衣捐鞋的活动？"正看着帖子，方明珠收到 BBS 总版主的站内信息。

不谋而合的念头，在经过与原帖主、几个版主与最热心的网友讨论后，付诸了实施。

发帖组织—参与者报名—确定各片区收集地点—确定片区核心小组—周日现场收集整理打包—物流发运。数百名素未谋面的网友，通过一张小小的帖子井然有序地组织起来。一个月的忙碌、两个周日的收集后，收到的衣物鞋帽、文具玩具已经足够装满一辆两吨的物流小车。

方明珠爱极了那热火朝天的场面，和那一张张年轻善良的脸。在这样的活动里她收获了许多可以相交一辈子的朋友。

有部分网友捐了少量费用，不足的部分由组织团队分摊，物品在春节前去到了黔东南某乡，发放是在小学操场里，原帖主联系了学校校长，通知学生们集中来领取，解决了以前捐助物资由于住户分散、最后一公里送达成本过高而不得不堆放仓库的难题。

两个发起的网友自费去了现场，带回来的不仅有发放时的照片，还有不少因家贫面临退学窘境的孩子资料。

此次活动后，大家聚集的 BBS 里开辟了一个新的爱心版块。

几个月后，爱心版块再组织了一次捐助衣物，还加上了为濒临失学的孩子们寻找上学的捐助人。为了捐助学费要不要经过平台一事，网友们倒是争论了好几天。主张要经过的，认为平台需要跟进保证孩子们收到学费；主张不经过的，认为平台不具备正式资质，一旦收钱会引来不必要的麻烦。最后达成的共识是平台建档记录，捐助人直接与孩子一对一结对捐助。

方明珠和其他组织者都没想到，此次活动的参与范围远远超过了鹏城。作为活动的主要联系人之一，方明珠在活动期间甚至活动结束以后很长时间里，不断接到陌生的电话，来自福建、江浙、香港、澳门、台湾等等地方，都是要参与捐钱捐物的。活动结束时，两个经营小公司并热心提供场地的网友公司储物间里，满满地堆上了大大小小的箱子和编织袋，里面装着收集到的衣物、鞋帽、文具、玩具等等，多数是全新的。

现场的氛围更是热火朝天。

立着"一对一助学"牌子的简易登记台边，没有空隙地围满了人，负责登记的义工们半天就讲劈了嗓子，却怎么也不肯被替换下来，脸上的笑容如一朵朵春花盛开。

"姐姐（哥哥），帮我找一个跟我一样大的小朋友好吗？"每一个现场捐助点，都出现了七八岁孩子的身影，奶声奶气地要求用自己的压岁钱来帮助这些不如他们幸运的同龄小伙伴们。孩子的家长跟在后面，微笑着用自豪的眼光看着自家孩子。在物质丰裕的鹏城，他们很庆幸孩子能够得到这样的教育。

助学资料一天之内被全部认捐，还有网友没抢着，再三叮嘱下次要给自己留一个。

两天的收集工作做完，捐赠物品都打好包收进了临地存放地，现场义工们才发现自己已经筋疲力尽。大家按照约定去了某火锅店，一边吃饭一边商量下一步怎么办。

热气喧腾的火锅店里，几乎全数沙哑的嗓子们仍旧舍不得休息，讨论着两天的场景，兴奋异常。说完战绩，却又为下一步发了愁：这些物资足够装满两个大集装箱，运送到贵州是一笔高昂的费用。

"还是我们大家分摊吧？"有网友提议。

"先看看有没有企业愿意赞助吧，找不到再分摊。"总版主建议。

最后，一家创始团队来自受助地区的物流公司免费承担了运输工作，物流企业利润微薄，这家公司又不大，此举可能赔掉半个月的净利润。网友们都感叹他们深明大义。

当然过程也不仅仅是美好，在所有人都有发声权的网络上，任何事情都会遇到质疑。

发出活动倡导时，就有人提出异议：

"解决贫穷和教育问题，应该是政府的职能，不应该由民间承担。"

"中国有那么多穷人，帮得过来吗？"

方明珠引用一个故事回应：退潮了，海滩上留下很多鱼，一个孩子捡起鱼儿扔回海里。有人问："这么多鱼，你能扔得了几条？有谁在乎这几条鱼呢？"孩子一边扔一边回答："这条鱼在乎，这条也在乎。"

如果在讨论社会问题时，使用统计学方法，以极其宏观的视角，把每个个体都变成了一个无足轻重的数字，那真是一件非常可怕的事。人类社会是由具体的个体组成的，只有当每一个个体都受到了足够的重视和尊重，才能算是一个文明的社会。

何况她知道，不只那几条鱼在乎，那个扔鱼回去的孩子自己，其实更加在乎。

在参加这些活动的过程中，在这些汇自四面八方的善意和暖意中，方明珠能感受到自己心底深处不为人所见的寒冰在渐渐融化。

一个人藏着最深的秘密，不求助不袒露地走过这么些年，方明珠脸上日常挂着的微笑后面，藏着的是对他人、对人性深深的不信任。她对自己常说的一句话是："要想不对世界和别人失望，最好的办法是从头便不抱任何希望。"

而这些活动中那些因为送出温暖而绽放的笑脸，那些因为收到帮助发自内心的笑意，在她一点一点重新建立对他人信心的过程中，起到了莫大的推进作用。

帮助别人最大的收益，原来是治愈自己。

线下活动做完，现场义工聚餐的一些照片发到BBS上，也遇到有人教诲："你们这餐饭省下来，够一个孩子一年学费了吧？"

方明珠又好气又好笑，回问："大家自己掏钱吃饭有错吗？难道我们吃饭和贫困孩子上学是对立的吗？我们是不是得把生活水准降低到跟受捐人一样，才配为他们发声？"

"我们提倡在自己有余力的情况下去助人，不提倡为了助人把自己弄得苦哈哈甚至变成需要求助的人。爱心版块的宗旨应该是：助人为乐，快乐助人！"

"助人为乐，快乐助人"这句话成了爱心版块的Slogan，是方明珠自感得意的一件事。

但随着爱心版块上不断涌现的求助帖子，她发现践行此话真不是件容易的事。

白血病、烧伤、交通事故……一人生病或受伤，全家积蓄花光，马上面临着停医断药，甚至被医院强行要求出院的，远不是个例。以爱心版块的微弱力量，能帮上的只是个例，帮不了的数量多得多。看着这些自己无能为力，只能任由它们沉下去，甚至因为无能为力，私心里希望它们沉下去的求助声音，方明珠不由心情沉郁。

好在她算是天性乐观，更愿意把眼光落在美好和希望上，否则很快抑郁。

感谢技术进步，数年以后，出现了不少基于移动互联网技术的众筹捐助平台，让"每人捐一块钱救治一个人"成了现实可能。虽然关于这些平台也时时有争论，但方明珠十分确定它们真的救了许多人，而且并不让救助人过分为难，真正实现了轻松快乐助人。

相亲

活着就得一个接一个地解决问题。生存问题基本解决后，方明珠的个人问题被摆上了需要解决的优先级。

"女儿，你该好好考虑自己的个人问题了。"这话在方天明和纪秀兰心里已经盘桓了几年。一家人在鹏城团圆时，方明珠已年近三十，在多数世人眼光里被归入"大龄剩女"行列。因为觉得是自己拖累了女儿，又丝毫不能助力，他们一直在歉然中犹豫着，不敢当面提出。现在看着方明珠已经有时间有精力参加业余活动了，才小心翼翼地提出来。

"啊？"方明珠初听有些愕然。她一向觉得个人问题这个词本身就很有问题：一个人的生活方式，只要不触犯法律，也不妨害他人就好，为什么所谓终身大事就成为了一个问题，须得被解决才行？

但既然如今家中基本安定，她也不能任由周围人把自己看作一个问题，得腾出点手来做一些打算。

"你最好的青春年华，已经因为家里的事情被耽误了，不能再拖了。"纪秀兰又补充。

"耽误"这个词在方明珠听来也很别扭：她从未主动意识或被一再提示后也绝不认同婚姻是个市场，女性的"市场价格"与年龄成反比这样的观点。

至于"最好的青春年华"，如果是指 18 岁到 30 岁，那绝不是她最好的年纪。那于她是太长一段被梦魇填满的时间，充斥着无尽的彷徨自责、无助无望。等到过上了正常普通人的生活，两相比较，方明珠方才明白：原来十数年间，她一直心处炼狱。

在对自己、对他人、对社会都全无信心、像只刺猬一样时刻戒备的时间里，方明珠关闭了自己的情感通道。但感觉关不住，她知道自己这些年来动过心，也被动过心。但这繁忙都市的好处恰在于注意力能很容易地被各类繁忙分散，那些暗暗跳动的小火花，只要始终不加以理会，很快便也就冷却了，所谓朱砂痣和白月光，都需要距离和闲暇来缅怀，在忙得打仗一般的日常生活里无暇回顾。

"在我父母出来之前，不谈感情。"方明珠对有限的几个密友说。这里面，固然有一丝因在父母的事情上没有"竭尽全力"而惩罚自己的意味，更多的，还是因为她想要一段纯粹而公平的感情，而沉重的现实绝没有滋养纯粹的养分。

"如果要对方帮自己扛起这沉重的现实负担，于对方不公；如果对方因了这沉重的现实折损了情感，于我不公。"方明珠在心里自问自答。

她知道有不少人为了抵挡寂寞而恋爱，为了分担房租而同居，为了一套房子的所有权而结婚离婚……年少时的方明珠会直接对这些做法报以嗤笑。如今阅世日深，她不认为自己有资格对他人生活置喙，谁都不容易。但是这些，绝不是她要的。

"对我而言，爱情和婚姻不是必需品，而是奢侈品。既然是奢侈品，当然得要好的。"这是方明珠对一些朋友"要求别太高"关心的回答。

虽然要的东西可能真的"Too good to be found"，但方明珠明白自己并不是独身主义者，她对自己的理想生活如此描绘：

"一间静室，满壁图书，明窗净几，对坐而读，奇文共欣赏，疑义相与析，流光渐逝于书页纸笔之间，内心充盈平静无有惶惑遗憾；时而漫步于坦道阡陌之间，山川草木，人物建筑，目遇之成色，耳得之为音；闲来偶尔呼朋唤友，红泥火炉，新醅旧酿，围座闲聊，对弈博饮，有感皆能发，无话不可谈；若再得三天假日，两贯闲钱，备谢公屐两双游名山大川，邀清风明月相伴。不须羡东邻进爵，无暇议西舍加俸。光阴匆匆，发渐白而心不老，以此终一生，了无憾也。"

这种理想生活里，是有另一个人相携相伴的。

方明珠明白宅在家中不会被缘分砸到的道理。鹏城是个移民城市，是最典型的陌生人社会。有着不被人过度关心讨论的自在，也有着关系网络缺乏的不便。特别是在找对象方面，绝不能指望同学圈亲友圈的七大姑八大姨通过各种社会关系帮助网罗。她需要做一些事情来认识更多人，以交往为目的。

恰好婚恋网站、八分钟交友等活动大行其道。方明珠在几个大的网站上一一注册，也开始参加线下的活动。她并不排斥各种方式认识人，也并没有网上认识的人不可靠之类刻板印象。

又一场"八分钟交友"活动在某宾馆一个宴会厅举行，方明珠到的时候入口处已经站满了人：女孩子们妆容精致，衣着讲究，男士们则大多随便穿件 T 恤牛仔裤。说明这还是一个男性权力主导的社会。

主持人请大家入场，女士们入座固定座位，面前放着名片，而男士们则每 8 分钟轮换一次座位，直到所有女士和男士都完成一次面对面交谈为止。

这种设计有一定科学性——速度快到大家来不及感觉尴尬：两个人面对面刚做完自我介绍不久，男士就已经被要求换桌。只是匆匆一瞥实在太考验短时记忆能力，一场十多个"你好，我是 ×××"后，到活动结束时头脑记忆模块中的内容几乎都在冲突下清空了。

每场活动都满员，看得出鹏城的年轻人们很多都存在自然交际圈内适婚对象不足的问题；市场需求大难免泥沙俱下，也出现很不专业的组织者：收费的线下活动刚结束，主持人和组织者便个人邀约现场最受欢迎的女士们去喝酒唱 K。

即使活动都不怎么靠谱，方明珠还是相信只要参与够多，概率就会起作用。"假设理想对象在人群里的分布概率是 1%，认识个两三百人，总会碰到的。"——想想 Susan 大妈的例子就知道。

没等认识两三百人，在参加完第三场活动后她遇到了 Frank。

Frank 来自方明珠同省，算是老乡。上好的大学，在大企业里工作，像所有从小到大成绩优秀的人一样，在不经不觉中透出一股自信劲儿。喜欢运动，性格阳光，积极主动，正是方明珠这种在感情方面慢热内敛、不擅表达类型人的克星。

认识第二天，Frank 便约了方明珠吃饭。两人公司相隔不远，接下来见面十分频繁。

这天约了下班看电影，方明珠紧赶慢赶做完工作，正点下班。

出了公司大楼，穿过宽阔的大道，站在路边树影下等人，太阳还在半空，阳光穿过枝叶，斑斑驳驳投在她身上。

恰好接到朋友来电，方明珠讲着电话，能听到自己的笑声像音符跳跃，轻快甜美。

"就是他了吧？"身边缓缓驶过一辆双层大巴，车身广告上的红色女郎身影耀眼，似在夕阳下跳舞。方明珠心里浮出这么一句话。

他能令她笑。

当晚方明珠想起来，去共同注册的网站上仔细看看 Frank 的资料。

在"婚姻状态"一栏里，她看到了"已婚"两个字。

方明珠揉揉眼睛，以为自己看错了。

再看一遍依然是这两个字，方明珠感觉有点混乱的大脑开始转动。

他们如情侣一般相处已近两个月了，见面的时间里，Frank 从来没有接听过工作外的电话，没有出现过埋头看或发信息的情况，没有任何眼神闪躲神情怔忡……如果真是已婚，他这掩盖真相的本领未免太过高明了些。

但是应该没有人会在交友网站的资料里，错误地写上"已婚"二字吧？

继续猜测无用，方明珠登录 MSN，打开了和 Frank 的对话窗口。

"你，已婚？"打出这几个字甚是艰难。

下一分钟她接到 Frank 电话。

"你怎么知道的？"明显慌乱的语气后面，是赤裸裸的真相。

"你网站资料。"

"对不起，我没有想骗你，真的，你看我资料并没有作假。"

"你老婆人呢？"方明珠实在不明白怎么会没有一点蛛丝马迹。

"她回老家了，生孩子。"

理智告诉方明珠：这是个渣男中的极品。老婆生产期间出轨这种事，在她一向的评判体系里，是男人最不可饶恕的一种恶。

可不知为何她骂不出来。"你有病啊？已婚的人参加什么单身交友活动？"这已经是她能说出最严厉的话语。

"主办方并没有明确要求单身啊。"

"……就这样吧。"方明珠挂了电话。删通讯软件联系人、删邮件、删短信、删通讯录。整个过程理智冷静，除了声音有一点点颤抖。

如果放在几年以后，方明珠会找相关网站，指责他们没有尽到资料筛查和提示的责任，要求他们严格检查以避免同样的事再发生。

但当时的方明珠只会责怪自己："到这个年纪了。连先弄清楚对方底细都不知道，这不是天真，而是愚蠢。"自己的愚蠢，当然应该自己承担后果。

很长时间后方明珠回想：当时明明没有过错的自己，为什么会在内心里自发地对自己进行"受害者羞辱"，狠狠地判自己犯了愚蠢的罪，却不能理直气壮地斥骂骗子，责怪让他们施行骗术的平台？这泰半跟一直受到的教育有关：即使是最平和的"女孩子要自爱"一类言语，后面隐藏的要求也是让女性在出现问题时首先怀疑和检讨自己；而"苍蝇不叮无缝的鸡蛋""一个巴掌拍不响"之类谚语，更是明确地否定了单纯的受害者真正存在。在这样的教育和舆论环境下成长起来的女性，越是在长辈眼里富有教养、三观端正、让人放心，越是在心底害怕自己清白的名誉会被人言喷绘成一张满是污渍，再也无法复原的画图，故而宁愿放弃声张自己权利的勇气，也不敢冒被周围人异样眼光审视的风险。这世界对女孩子的教养出了错，只想把她们教化成为温良恭俭让的淑女，让周围人赏心悦目，却并没有教会她们如何在有豺狼横行的环境里保护自己。

置业

单凭自己的力量解救不了自己的处境时，需要一些外来的助力。恰在这时候，方明珠接到了一个猎头的机会。这次是一家久负盛名的德国企业×公司，工作地点在一百多公里外的花城。

一半是逃离，一半是投奔，方明珠离开鹏城，去了花城。

这天上午十点半，处理完当天紧急的工作后略略放松一下。方明珠从位于二十余楼的办公室窗户往下看，这是花城的一个新区，道路纵横，车水马龙，然而放眼十里也不见一块大的绿地。稍远处，某地标性大厦高处入云，但未及入云，便有浓重灰霾遮挡了视线。

虽然只有两小时车程，但花城不比鹏城靠海，已经更接近大陆性气候，冬日更冷而夏天更酷热，绿化也远不及鹏城，因为少了海风净化，空气污染显得严重许多，并不是方明珠心目中的宜居城市。

一面因为不是太喜欢这个城市的环境，一面因为方伟之前也在鹏城，接方天明和纪秀兰到花城的计划一直被搁置。其时方明珠已到花城近半年，现在更加犹豫是否还要按照原来的打算行事。

如果自己并不会在花城长居，难道要让父母像之前在鹏城一样，经常性地因自己的工作变化而搬家？

周末下班，方明珠坐上长途客车，经过两个小时的路途，回到鹏城家中。

"爸妈我回来了。"听见方明珠的声音，纪秀兰从沙发上起来，将留好的饭菜拿去厨房加热，然后和方天明一边一个坐下来，看着方明珠吃。

"爸，妈，跟你们商量点事。"匆匆吃完，方明珠开口。

方天明和纪秀兰看着她，等待着。

"我觉得，花城可能不是太适合你们住，气候和空气都比较差，而且街市多数人讲粤语，外地老人融入比较难。加上我不确定会在那里待多久……"方明珠感觉再往下说有点困难，端起杯子喝一口水，"鹏城这边我又不在，哥哥上月也回省城了。我想，你们搬回省城是否好些？"

方明珠为自己这个提议感到惭愧，说话的声音不由越来越小，头也不自觉地低下去。

"好啊，我们也是这样想的。"纪秀兰立即赞成，方明珠有些诧异地抬头。

"你看，你每周这样来回跑，又花钱又累人；两边租着房子，鹏城的租金、水电、燃气各种费用都高，都靠你一个人，压力太大了。省城各项费用都比鹏城低得多，你也不用这么折腾。"纪秀兰一边说着，方天明一边称是。

"那还是过完春节以后再搬吧？"一家三人就这样做了决定。

次年四月，方天明和纪秀兰搬回了省城居住。

在省城租住的房子是二姨帮着找的，是二姨父单位分配给员工的老公屋，地理位置好，价格便宜，而且就在二姨家隔壁，可以有个照应。方明珠只能把父母送到火车站就匆匆赶回去上班。直到十一放假，她才回省城看望父母。

省城二姨家方明珠是熟悉的，她驾轻就熟地找到了位置，门卫老伯和楼下杂货铺大叔都还是以前的人，看见方明珠进来热情地招呼。方明珠一路上楼，不由想起近十年前居住在此的种种事情。

上到七楼，中间一户门开着，方明珠一眼看见母亲正在门口含笑迎她；而父亲正站在正对着大门的小小阳台上，显然是看着自己下车。

打完招呼放下行李，方明珠打量一下周围父母的居处，不由一阵心酸：

屋子一看就知是毛坯入住，更兼年久失修，墙上的浅蓝色漆参差斑驳，满布着大大小小的裂痕缝隙；薄木门框窗框陈旧不已，吱呀作响；地面是灰秃秃的老水泥，坑洼不平；抬头是灰秃秃的预制板，各处水印斑驳。狭小拥挤的厅里除了一只老旧脱皮的沙发外，只有一张矮桌兼做饭桌茶几，前一天下了雨，地上放了好几个大大小小的盆盂接渗漏的雨水。两间卧室里，除了两张旧木板床外一无所有。

"这房子也太旧了，换个地方吧？"方明珠忍不住说道。

"换什么换，这不挺好的吗？这里附近超市、菜市场什么都有，生活很方便，你二姨家就在隔壁，左邻右舍多数都是熟人，啥事都有个照应……"纪秀兰和方天明找出了这居处的很多好处，坚决不同意方明珠的提议。

方明珠心知父母不过是为了省钱，减轻自己的负担而已，低下头说不出话，但觉心下惨然。

从这时候起，方明珠真正动了置业买房的心思。

回到花城，方明珠检视手头资产，发现离买房还有不小的距离。十来万的年薪在当时虽然勉强算得上尚可，但她要负担自己和父母在两个城市的租房及生活费用，即使方天明和纪秀兰都极节俭，所余也不算太多。

好在，一轮摧枯拉朽的大牛市，就在那时拉开了序幕。

作为一个经济类专业的学生，方明珠很早就开始关心股市，并在到鹏城后不久就办理了自己的股东代码卡。但在几乎没有任何积蓄的前十年，她在股市上顶多也就是玩玩儿。庆幸的是最近两年她手里有了些余钱，又在那些为贵州山区孩子捐物助学的活动中，认识了一位以二级市场投资为职业的朋友。这位朋友给她推荐的几支股票经过了近半年磨人的盘整后，目前涨势喜人，方明珠每天工作有闲暇时打开股票软件，都看见红彤彤一片，不由觉得离让父母安居的目标又近了一步。

"方明珠，什么事笑得这么高兴？"这天中午时间，方明珠又打开软件，却听到门口鄢总的声音问道。他正要出去吃中饭，路过方明珠办公室门口。

"啊？我有笑吗？"方明珠抬起头，意识到自己嘴角确实抑制不住的上扬——她刚看到账户里的市值已经足够支付省城房子的首付有余了。

"爸，你去看看近郊有没合适的二手房？"方明珠打电话回家叮嘱方天明。二手房价格相对便宜，而且可以省去装修直接入住，她希望能够越快让父母搬家越好。

"你打算买房？"方天明吓了一跳，他从来没想过这事，但觉家里负担已经够沉重，觉得方明珠的打算不合实际，不自量力。

"先看看嘛，有合适的不妨考虑，总是租房住也不是长久之计啊。"

方天明拗不过女儿，虽然不太情愿，也拜托了一些在省城近郊居住的旧街坊，开始有一搭没一搭地看房。

方明珠一边隔几天跟父亲讨论看房的情况，一边看着自己账户市值几乎日日新高，似乎能看到想要给父母的好日子就在前方招手。就在股市6124顶峰的前几天，方明珠正开会时接到电话，对方只说一个字："跑！"方明珠愣了一下，回过神来，开完会后将手里股票全部下单卖出。借助资本市场的力量，方明珠在那一年成为了招商银行的"金葵花"卡持有人。后几天里，她见识了最后的疯狂，也见到了不少人在最后疯狂的两天倾囊入市，然后痛苦不已。

投资落袋为安，但直到十一前夕，方天明的看房活动仍然没有获得满意的产出。陆续看了几套符合预算的二手房，却都因只有两房而放弃了。考虑到要留方伟的住处，家里至少需要三间卧室。不同于小户型为主、两房普遍只有 60 平米 ~70 平米的鹏城，省城因为房价低，两房面积几乎都在100 平米左右，三房更是都到 120 平米以上。

十一假期，方明珠回到省城，决定要解决掉买房这件事，二手房没有合适的，那就买新房吧。2007 年十月是那三年房价一个小高潮，但省城近郊房价只需一线城市的 1/3，还是"一个钱包"就买得起的好时候。用大半个国庆假期看过了几乎所有在售楼盘，被多数捂盘待涨的置业顾问回复"房已卖完"后，方明珠在剩下不多的选择里，选定了有"宜居花园"之称的近郊区一处顶楼套三小复式。楼盘已经基本完工，第二年可以交楼，顶楼有露台可以供爱好园艺的方天明种植花草，是预算内比较好的选择。

"因为你，买房要多花十几万。"方明珠对方伟恨铁不成钢，有机会总想敲打敲打他。

方伟只是低头不语。

撞车

"唯一不变的是变化本身。"这句十年后流行于全社会的金句,在两千年初的 × 公司里已是人人熟稔于心。

BG/BU 分拆又合并;区域 CEO 换人又换人;组织架构变化再变化。方明珠有时觉得董事局的老头们可能真是闲得无聊了,在业务发展平顺、经营数据亮丽的时间里还经常大折腾。他们远离一线,看不到每一次组织变化都会带来一线人员两个月的不知所措,工作节奏被打乱甚至停顿。

"也就是家大业大,折腾得起。"同事们讨论起来,难免会这样嘀咕。

"大车总是要开动,咱们就自己小心点,别站在路中间被车撞了就是。"一次方明珠跟自己的专业线上司讨论,上司这样表达看法。

方明珠万没想到自己真会"被撞"了。

终极原因很简单:沃夫先生跟另一个 BU 的头,中文大号"肖恩博士"的,逐鹿本 BG 亚太区 CEO,不敌败北。

与沃夫先生肉眼可见的斗士外型不同,肖恩博士瘦削挺拔,长身玉立,风度翩翩,是方明珠心目中典型的"德式老帅哥"代表,可见战斗力指数绝对不可貌相。

高层争斗,本来不应该祸及还差着好几级的方明珠。但方明珠此次运气真不是一般的不好,好几个不巧碰到了一起。

第一个不巧是:她接了沃夫先生的橄榄枝,答应去上海担责本 BU 的销售运营。

第二个不巧是:她的顶头上司鄢总并不想去上海。

鄢总一开始大概以为,方明珠是会和他同进退的。方明珠一开始也觉得,自己是不会去上海的。她心里有对这座城市的市民文化比较深的成见,来自幼时所读的《人民文学》《上海文学》《收获》一类书中的小说情节。

她记得《美食家》里那个每天起个大早去吃所谓"头汤面"的落魄资本家后代；记得小说里菜市场上为了一棵葱一分钱跟小贩讨价半天的上海男人；记得这座城市被本市居民区分为"上只角，下只角"，按出生区域的不同确定对待人的不同方式……这些精致、精明、精细中透着虚荣的市民气质，与方明珠私心偏好的"豁达、大度、大气"大相径庭，令她对这个城市敬而远之。

那两年方明珠常去上海出差，遇到的部分上海人的行为也在强化她头脑中的刻板形象。

例如坚持要跟乘客说上海话，听到普通话回应就绕路的的士司机；

还有公司总部大楼下那位本地保安大爷。方明珠的工作卡是异地的，刷不了电梯楼层，需要请保安帮忙。

"你从花城来？"保安大爷看一眼方明珠的工作牌，笑呵呵的脸上带着难以名状的骄傲，"那你们花城可没法跟我们上海相比。"

"那是，你们上海是国际大都市嘛。"方明珠笑笑走进电梯，还是被刺激出一个刻薄的念头：也不知道一个快六十岁的二级员工，在一个三十出头的八级员工面前，怎么还可以保有这样的优越感？

所以当沃夫先生的助手直接找到她，说 BU 亚太总部要搬到上海，问她能否去上海工作时，方明珠虽然回说需要再考虑考虑，心里却基本有个不去的答案。挂上电话，她直接找鄢总说了沃夫先生找她的目的，鄢总只微笑着说："你自己决定。"

毕竟不算是件小事，方明珠在接下来的两天还是跟两个关系比较近的大学同学讨论了一下，不料得到的统一建议是——去。

"BU 亚太总部搬到上海，你们中国区 BU 的人不去，只怕很快会被边缘化吧？"

方明珠认真想了想，答案应该是肯定的。要不沃夫先生也不至于直接挖鄢总的人吧？

至于她所不喜欢的那些市民文化，同学们倒觉得她不必在意："你相处的也就是同事和身边的少量人而已，根本体会不到真正的市民生活吧？"这分析切中肯綮，打消了方明珠的犹豫。

方明珠找到鄢总，告诉他自己做了决定，鄢总让她"直接跟沃夫先生说"。

后来方明珠回想：此时鄢总所以为的她的决定，应该跟她实际的决定是不同的，嫌隙应该生自此刻，这是自己沟通不够清晰到位所致。

但鄢总并没有为难她，无论是在还未正式搬迁沃夫先生就提前调用方明珠去各生产厂查看经营情况时，还是在沃夫先生败于肖恩博士后决定代表 BU 亚太总部留在新加坡，已经整装待发的方明珠也只能回归花城办公室时，他都只像平常一样温文尔雅地笑笑，并未表现出任何不满。方明珠一度以为这事儿就这么过去了。她的工作并没有人代替，只有努力把工作做得更好，才算对得起鄢总的包容。

是年年底，×公司分拆汽车电子 BG 独立上市的计划搁浅，决定打包出售整个 BG 业务。而该 BG 中国区最大合资企业的中方股东，决定回购×公司所持企业股份，使公司变身一家中方独资公司。方明珠所在 BU 的产品多数由这一家公司所生产，中方股东购回股份后，原 BU 在花城办公室的人员，可以回归中方公司。

收购案确定后，鄢总找了方明珠谈话。方明珠本以为是要说后续的工作如何开展，待见鄢总数次神色为难，言不及义，她明白了。

"鄢总，您可以直接告诉我：回归中方公司后，没有我的适合位置。"

鄢总脸上有一丝被人揭穿的慌乱："你知道的，回归后我们要搬到 H 市，那是一个小城市，而你应该是更适应一线城市生活的。" H 市也是鄢总家乡和置业安家所在，他不愿意去上海，实是因为不愿远离家人。

"如果您已经做好决定，我没有问题。"虽然全无思想准备，但方明珠从不做一哭二闹三上吊之想。这点上她是师太论点的中毒者——"最要紧是姿势好看"。

办好离职手续，方明珠决定给自己放一个大假。自从工作以来，她几乎一直在高强度地连轴转。经历了刚毕业时普遍的 6—6.5 天工作制，到后来的大小周、5 天制，一直属于休息时间里也多半在加班的"穷忙"一族。近年公司有年假制度了，但除了公司统一安排的旅游，她的年假也几乎没休过，确实有些疲乏；第二个原因则是这一次的变动让她对下一步职业发展计划有些迷茫，甚至有些灰心；第三，也是最重要的，她现在手头还算宽裕，可以不必迫于"生计压力"急急去找工作。

破产

在一个风云变幻的大时代里，对个体而言，正确的选择确实比单纯的努力重要太多。

方明珠偶尔回想起 2008 年初：如果当时离职后，用手里的积蓄在鹏城买了房；或者如果在三亚休假的大半个月的时间里，在三亚买了房，那就可算是接连成功抓住了人生两个小机遇。之后几年在经济方面显然会收益巨大，可以进入有希望较快实现财务自由的人群。

可惜世事没有如果，2008 年的方明珠显然是一个不合格的投资者，不合格到让她很快迎来了人生第一次破产。

碧海、蓝天、椰风、白浪，方明珠和朋友小 Q 在美好的三亚虚度时光。

每天睡到自然醒，之后或去踏浪浮潜海钓，或者就着清新的海风发呆，然后再去觅食新打捞的海鲜。海南同学帮忙定的酒店物美价廉，与三亚湾仅一路之隔。三亚湾海水虽然不够亚龙湾的碧澄，但海滩仍是白沙细绵，日出日落的霞光也同样瑰丽。而且亚龙湾的海滩已经被各大酒店块块分割，余下的公共海滩面积不足，各种深浅肤色的肉体像被海水抛上岸的鱼群般密密排布。方明珠和小 Q 去凑过一两次热闹以后，更多的时间就留在了三亚湾随意漫步，不想去海边晒太阳的时候，就在酒店房间阳台上吹着海风看看闲书。

去完游客必去的景点，玩过游客必玩的项目后，两人更愿意在三亚的市区里游客少至的地方，坐公交，逛市场，去当地人聚集的餐馆吃饭……

这样的日子，惬意得让方明珠直发出浮生若梦的感慨。

小 Q 高中毕业就到了鹏城工作，年轻单纯，无忧无虑。捧着她稍嫌笨重的尼康 D300，每天忙于用镜头捕捉各色美景，无暇他顾。

闲逸的梦境般不真实的假期里，方明珠也偶尔思考一些俗世生活的问题。

思及自己以后的职业发展，方明珠有不小的迷茫。她一直觉得"多数人的命运是由少数甚至不认识他们的人在会议桌上一两句话决定的"这种广泛存在的事实极其荒诞，既不喜欢自己的命运被别人一两句话判定，亦对"决定别人的命运"兴趣缺缺。经过这次"撞车"事件，她对职场金字塔的攀爬生出了厌倦，认为将心力投入到争夺话语权和资源简直是浪费；另一面却又知道在职场上如此缺乏斗志，沦为"被决定"一族是大概率的事。那么继续做个职业经理人是不是适合自己的路？她作不出肯定的答复。

不过这种间歇的迷茫倒并没怎么影响方明珠的假期：此时想不明白，就等放完假回去再看吧。

在市区闲逛间或路过房产中介的铺子，方明珠停下来看看。

三亚的房地产市场主要面向岛外人群，全部带装修出售。看海的小公寓七千余元一平米，不限购可贷款，首付比例五成。

方明珠算算总价，还算买得起。但买下来后只能出租，正在心算租售比，小Q轻巧地跑来拉了她走："哎呀飞姐，这么大老远的看什么房子，走了玩儿去。"小Q和方明珠相识于网络，一直互叫网名。

想想买房的一系列繁琐手续，买下后远程不知如何打理，方明珠也就跟小Q走了。路径依赖的作用，她将手里的钱又全部投入了股市。

仅仅一年后的2010年初，国务院正式发布《关于推进海南国际旅游岛建设发展的若干意见》。海南国际旅游岛建设正式步入正轨，方明珠看过的三亚海边房屋价格在几个月内直接飙升到两万以上。看着新闻，方明珠笑着跟父母说："错过了人生第一次炒房致富的机会。"倒也并不甚懊恼。她已经在2008年那一场股市泡沫破灭中，深刻认识了自己对金钱的态度。

在海南发完呆，方明珠回到花城，被见到的朋友们笑称"反相熊猫"。她皮肤深了五个以上色号，公然是一个东南亚土著，唯有两个眼圈因为整日戴着墨镜显得格外白。

"反相熊猫"方明珠暂时借住在朋友若若处，跟几个猎头沟通着工作机会，有一搭没一搭地参加一些电话面试，但多数都不能让她提起回到办公室的心劲儿。

两周后她回了鹏城，跟另一个朋友一起去参加了在某五星级酒店搭台的"金领招聘会"。

除了举办的场地比较高端，这个招聘会对进入的职位和人员经验年资都有较高的要求，所以现场并不像普通招聘会那样拥挤到"后人唯见前人背脊"。方明珠绕场闲闲走着，突然看见一个展位上有张异常靓丽的面孔，鸦翼般的黑发轻卷着堆在肩上，烘托得一张秀丽瓜子脸如夜空明月般皎洁。她正低垂着眼睑与投递简历的人说着什么，看来是招聘负责人。

"什么公司的 HR 这么漂亮？"方明珠好奇，抬头仔细看了看该展位的门头。那是个标准展位，门头的字不显眼。这么一看，方明珠惊喜地看到了 K 先生的名字，后面跟的是"咨询公司"。

"你们是 K 先生的公司？"方明珠候着前面人走开，上去问那位美丽的 HR。

"是。你知道 K 先生？"

"太知道了，他是我偶像。"K 先生是全球最负盛名的营销界大家，几乎所有 MBA 的营销学教材皆使用他的著作。在方明珠从事营销工作这些年里，K 先生的著作多次助她解除迷惑，指导实际工作。

方明珠递了简历，与漂亮的 HR 经理 Helen 相谈甚欢，第二日便去了 K 公司面试。此时她方知原来有一种职业叫做"咨询顾问"。具体的工作是为客户提供策略参考，定制各类战略，管理相关的方案。这种新鲜有趣的感觉击退了方明珠几个月来对职场的淡淡灰心。

虽则新鲜有趣，拿到 K 公司 offer 时方明珠还是有些吃惊的失望：试用期月薪要比她之前在 × 公司低三成。而且当时她在接触另一家与前东家同行业的公司，只待最后一面见外资方老总，猎头告知的年薪儿乎是 K 公司的四倍。这差距委实太大。

"换一个新行业，总是要付出一些成本的吧？"方明珠暗自想着，对新职业的兴趣战胜了对高薪的向往。她查了一下股票市值和银行账户，决定接受这个 offer。报到第一天，另一家公司的猎头打电话说已经约好了外方老总的时间下午见面，方明珠稍稍犹豫一下，告知对方自己已经上班了。

短短一两天培训后，方明珠就进了项目工作。之前查资料已知咨询行业的工作强度特别高，好在她从来也没做过特别轻松的工作，倒是从头就适应了。她的工作习惯与"Consulting Baby"(指第一份工作就做咨询顾问的人)们略有不同，哪怕一天做八个访谈，都会在访谈完成后自己马上整理完要点，然后看看负责纪要的小顾问们整理的内容，提出一些修改要求，并不要求他们通宵不睡听录音整理完稿（指一字不差的记录）。这种习惯在后续的工作中为她赢得了"跟方姐做项目不加班"的不实赞誉。唯一不适应的地方在于：她之前在实操工作中用一张表格便可做完的工作计划，如今要用三十张以上 PPT 梳理展示出整个思考过程，以确保其合理性和完整性。

不加班自然是不可能，方明珠在入行的前几个月里甚至顾不上自己在那场全球金融危机里还满着仓的股票账户，偶尔抽时间扫一眼，但见一片深绿，遍野哀嚎。但既然并不等着那些钱用，饶是极端的时候一天减值10%，对她而言也只是个数字变动，虽然看到时不免烦闷，却从不曾因之失眠一分钟或少吃半餐饭。

她便知道自己一直以来对金钱十分轻忽的态度从未改变过。受益于少时没有过金钱物质极度缺失的体验，她在这方面一直没有"补偿心理"。哪怕这些年常常被金钱为难，心底还是认为"钱财身外物""钱只有花的时候才有价值"。直到在省城买的房子秋天交楼，需要立即开始装修时，她才发现自己账户里那些最高市值接近七位数，够得上在当时鹏城不错的地点全款买一套小房子的股票，如今全部卖掉甚至都不够付装修费用，加上还有房贷要还，她实质上已经破产了。

从有希望较快实现财务自由到破产，这一波转折不过在一两个投资决策之间，实在太快。"这就是 Easy come easy go 吧？"方明珠苦笑一下，安慰自己还好已经买了最为刚需的一套房，而亏损的这些钱多半也是从股市赚来的。好在多家银行都开展了信用卡装修贷业务，手续费和利息算下来甚至并不高于基准贷款利息。她趁国庆放假找好装修公司、在两家银行办理了装修贷款业务、跟父亲一起选好主材，后续的过程管理质量监督便交与方天明。

2009 年春节前，一家人终于正式搬入属于自己的房子。搬完家的方明珠囊空如洗，家具还是从小姨处借了钱才上账，家里还用着原来的旧电器，空调也暂未添置。她抱歉地看向父母，却听见方天明说："女儿，让你为难了。"纪秀兰不出声，只是满眼歉意地看着方明珠。这种家人互相理解、共同面对困难的感觉让方明珠鼻子有些发酸，赶紧笑笑挥挥手冲淡有些凝重的空气："说什么呢，我该做的啊。家电明年再换哈。"

多事之秋

对比起 2008 年发生的大事，个人的破产显然不值一提。

那一年，是"多事之秋"远不足以形容的一年。

新劳动法、华南雪灾、全球金融危机、神七上天，这件件都影响深远，足以记入史册的事件，因为另外两件事，在当年的记忆中都几乎被忽略了。

"你老家地震了，连上海都有明显震感，要不要问问家里？"

五月十二日下午，刚刚入职新工作不久的方明珠正在项目上忙着做客户访谈，第一个访谈结束后拿起手机，就看到上海同事半小时前发来的短信。

老家距上海上千公里，连上海都有明显震感的地震得是什么级别？方明珠来不及多想，匆匆拨打家里电话，电话里一片忙音。在不断的忙音里忐忑十五分钟后，第二个访谈对象已经坐在了她对面。

方明珠匆匆给同事回信息"我家在省城，并不处于地震带上"，也是在宽慰自己。

接下来她在每个访谈间隙重拨，一直无法接通。八级地震的新闻已经传遍全网，庆幸的是能肯定省城没有受到特别大的影响。

"晚七点聚会讨论支援地震灾区事宜。"做完下午安排的访谈，已是傍晚七点，方明珠登录论坛，收到后台的通知消息。聚会地址离她项目工作地点不远，她拎上电脑匆匆赶去。

一帮老友已到场，讨论正进行得热火朝天，第一批人已经确定两天后就出发。方明珠感觉十分内疚："真是抱歉，这次我去不了。"新公司新项目，工作正吃重，她无法扔下就走。

晚间回到住处，同租的小 Q 立即着手收拾行装："我要去汶川。"她前几天刚好离职。

看着小 Q 瘦削的身体，方明珠仿佛看到这个小妹妹周身笼罩着柔和光圈，两肋似要生出洁白的翅膀。她只能说一声"辛苦你，自己要当心"。

电视上每天看到的图像触目惊心：道路生生被扭曲几十度，半边山体崩塌，河流淤塞改道，似推倒的积木般整座坍塌的学校和厂矿建筑……

直到第二天下午，方明珠才跟父母通上电话，被告知家中无恙，只是受到惊吓。当时他们还在租住的七楼，楼身剧烈摇晃，方天明让纪秀兰先躲进卫生间，自己却打算伸手去扶客厅里摇摇欲坠的电视机，好在被纪秀兰一把拉住。

纪秀兰笑着向方明珠讲起此事，方明珠听到父母有避震常识，稍稍安心，但依然余悸未消。

"你们还是暂时出去住酒店吧？"她向父母建议。

"酒店不也是在楼房里吗？"方天明答。

"要不就去下面广场支帐篷？"

"下面广场已经全是人了，从白天到晚上麻将声不断，我们又不打麻将，太吵了睡不着。"

"吵一点就吵一点吧，安全最重要。"

"最强的震波已经过去了，这房子没事儿，已经经住了考验，我们就懒得下去挤了。没听说吗？事故中慌张踩踏致死是最多的……"

方明珠说服不了父母，不知道该称赞他们有处变不惊的豁达，还是该责备他们不惜性命的怠懒。但心知如果自己在现场，应该也是跟父母同样的选择，于是作罢。

小 Q 和 BBS 一组网友成了鹏城第一批奔赴汶川现场的志愿者，他们间歇发回短信，或者在 BBS 发布照片和感受。有时是帮助运输发放物资的身影，有时是在废墟里帮着救人的忙碌，还有在连续抬出多具没有生命体征的身体后的失声崩溃……方明珠深切地体会到目睹战友在前线打仗时的感受，那是一种复杂的混合了多种情绪的心情：为他们担心，为他们骄傲，为他们的伤恸而伤恸，同时也为自己不能跟他们并肩作战而格外歉然。

一两周以后，第一批志愿者陆续回来。和去时的积极主动、充满活力不同，回来的每个人都面带土色，眼睛里有深深的哀恸甚至巨大的空洞——

即使觉得自己有心理准备，但直面数千上万同类遭受灭顶之灾，近在咫尺的毁灭和死亡的巨大冲击，让这些单纯的年轻人很多都罹患了不同程度的创伤后遗症，讲述起所见到的场景，现场放声恸哭的不在少数。

其中最坚强的一部分人，则还能冷静地分析灾区还需要什么。齐哥是其中的一个。

齐哥之前担任老师多年，在去灾区的第一周里，他便发现灾区目前还只能顾上救人和保证基本生活物资供应，却有很多目睹了灾害、失去了家人或朋友的孩子无人照管。为此他倡议到地震伤亡最严重的地方去建一个临时帐篷学校，并且很快取得了一家企业的支持。

帐篷学校志愿者出发前的商讨会很快启动，主持商讨的是齐哥和这家企业的行政负责人燕姐。燕姐身姿纤细，语音柔和而坚定，正是她说服了公司管理层组织物资并派一队人前往。讨论起具体的安排，她考虑周到细致。方明珠看着她从容优雅地安排，觉得这种热血不灭、又充分理性的女性实在太有迷人魅力。在论坛上这样的姐妹不算很多，但她们的温润如水，帮助论坛里的热血沸腾得以应时有节，也让方明珠为身为这个团体的一员更加自豪。

现场还有好几个之前不认识的人，其中一个一米八几的大个子，说自己在家里看着电视流了一周泪，觉得"必须要去做点什么"。方明珠感觉这就是"侠骨柔肠"一词的最好诠释。

帐篷小学的活动很成功，灾害中茫然不知所措的孩子们被组织起来，读书、游戏、歌唱，回到有序从而显得正常的生活中。孩子们朗朗的读书声、无邪的笑脸显然也治愈了这些志愿者被满目疮痍刺痛的内心，他们发回的照片，和孩子们一起唱《军中绿花》的视频让人看到的是和第一批救助时形成巨大反差的柔软和希望。

第二批之后还有以心理咨询者为主体的第三批，也是最受争议的一批。方明珠相信经历此次灾害的人们很大概率患上创伤后遗症，需要心理咨询，但看到新闻里一些咨询者让受灾群众特别是孩子们再三重复讲述经历时，仍忍不住怒气上升：那不是治疗，那是二次伤害。"学艺不精，就不要出来害人。"她嘟囔着关上电脑，心里希望大家都能对"专业"一词保持应有的尊重。

小 Q 没有随第一波志愿者回来，她一直待到灾区秩序基本重建、政府要求志愿者撤离时才走，是在灾区时间最长的志愿者之一。回到鹏城，她皮肤已晒成深棕色，因为没有时间和条件护理显得黝黑粗糙。由于抢着帮战友们洗衣衫，手也不再是青春少女的柔滑细嫩。但她此时的模样却是方明珠心目中最美的样子。她也相信：因为这一个月的经历，小 Q 原本跟多数 80 后年轻女孩子一样顺畅轻盈的生命变得厚重了许多，日后无论什么时候，翻看起这一段回忆，她都会为自己感到自豪的。

那大概也是最近三十年里，最让全国人们切身感受"众志成城"的一年，不论是亲赴一线、保障支援，还是呐喊关注，十几亿人里没有人置身事外。就着这股子劲头，在自己家门口举办的奥运会上拿到金牌第一几乎成了顺理成章的事情：国人太需要一场场的胜利，来安抚这大半年饱经忧患的心灵，来鼓舞这大半年一直憋着股子劲儿的精神。

"齐天大圣"

投资失利，好在方明珠在新的职场跑道上发展顺利。

除了前期收入太低，方明珠对此次选择的职业，可以说相当满意。

"有什么工作，是客户付费让你来学习的呢？"这是她常常跟项目组的年轻人说的一句话。说得精准一些，应该是"客户付钱逼你学习"：每一个咨询项目，都会接触到以前未深入了解的东西：新的行业、新的市场、新的业务模式、新的专业领域、新的问题、新的方法体系……等等，咨询顾问在帮助客户解决问题，体现价值的过程中，自己也得到很大的提升，一个项目不过几个月，这种提升简直是立等可见，特别是对于年轻顾问而言。

而伴随着这种工作的生活方式，简直就是方明珠年少时的想象中理想生活的写实："拎一只箱子，在一个城市住上一年半载，然后换一个地方。"——她常恨入行太晚，为什么年轻时不知道有这么一个职业。

咨询顾问常在客户处工作，但要以专业的姿态与客户保持适当的距离；每个项目根据不同需要选择不同顾问，项目完成后身边人也换一茬，项目组同事间完全没有时间建立小圈子。缺乏紧密的人际关系带来的孤寂感是很多顾问离开的原因，但方明珠需要的与人之间的安全距离一向比常人大很多，反而非常适应这种不过度亲密的关系。"没有办公室，从而没有办公室政治。"在项目上工作，最重要的评判标准是客户认可，而客户认可的基础是项目方案真正有价值。她不必面对被迫与人争斗的问题，回归到喜欢的创造价值过程中，在从工作中得到奖励的状态里，工作时间长、强度大都不显得是问题了。

乐在其中的工作进步自然快，方明珠进入咨询界做的第一个项目便在后半程担任了项目经理。原项目经理中途辞职，方明珠临危受命，以"如临深渊，如履薄冰"的认真与谨慎，最终带着团队交付了客户满意的成果，并获得了下一个项目合同。之后她开始参与前期项目沟通，不久后便可以打单、交付一条龙了。在跟合伙人两次谈判将基本工资提升到一个"还可以"的水平后，除了偶尔发一声"没有时间出去玩儿"的哀叹，她对新工作可以说毫无怨言。

咨询顾问需要跟客户一起工作，而客户分布于全国各地，就意味着经常需要飞行，所谓"打飞的上班"，坐红眼航班成了常事。这天方明珠再次半夜回到鹏城，直接钻进合作订票公司的接送专车后座便眯上眼。前两天里她飞了三趟，做了一个项目的结项汇报和一个项目的建议书讲解，委实有点累了。

"方小姐，你经常都这样出差的吗？"突然听见司机跟她说话。

方明珠睁开眼看看：也是巧得很，这位司机已经连续几次接送她了。

"是啊。"虽然相当困，出于礼貌方明珠还是回答了。这位司机之前也并没怎么说过话，这次显见是好奇得紧了。

"这样怎么顾得了家呢？"

"我还好，暂时没有家要我照顾。"

"也是，你们这样的也没人敢娶吧？（如果娶了）有老婆跟没有老婆一个样。"司机兀自在摇头叹息。

这话倒把方明珠惹笑了：原来有一群人是这样看自己的。一笑开好像困意不再那么浓，她索性稍稍坐直一些，跟这个"热心"的司机多说两句。

"师傅您是南粤人？"听口音判断。

"是啊。"

"您成家了吧？"

"成了啊，小孩都上学了。"

"老婆每天煲好汤等你回家吧？"传统南粤人评判媳妇的一条重要标准是"会不会煲汤"。

"当然了，回家连口热汤都没得喝还能叫家啊？"

"您看您生活这么幸福，就用不着操心别人了，赶紧送完我回去喝汤吧。"方明珠拍拍司机椅背，希望他能明白人有不同选择但都应该互相尊重的道理，靠回后座继续打盹儿。

当然了，如这位司机一样想法的人肯定很多，这是咨询业单身率高企的一个重要原因。

K 公司华南分部的女顾问，甚至包括那位美丽的 HR 经理 Helen，是时都处于单身状态，按世俗的眼光，她们绝大多数都得被归为"大龄剩女"之列。

虽然媒体上对这个"剩"字有各种争论，认为这个词对单身女性有歧视之嫌，但方明珠所认识的这些单身女子们，倒并没有对加诸自身的这些词语过度反应，以"齐天大圣"自称或戏称对方是她们经常的玩笑行为。

感觉被伤害究其实质是因为弱点被击中，而这些单身姑娘们都明白自己有选择，心知自己不是"被剩下"，所以不必对一个"剩"字如此敏感。她们更多焦虑的并不是单身这件事，而是自己不够好。

"你说，我什么时候才能有 K 先生这样的洞见啊？"女顾问 A 翻着 K 先生的经典著作，发出这样的问句。

"天哪，这样的身材，我是再怎么健身也练不出来了啊！"女顾问 B 在午饭时间翻看着时尚杂志，对着维密天使们的照片叹息。

"姐妹们，坐完夜班飞机记得敷面膜，看看人家 ×××，比咱们年龄大两轮了还这么年轻，咱们可不能输太多。"HR 经理在提醒又要出差的同事们。

……

"容貌向明星看齐，身材向超模看齐，专业度向大神看齐……你们这样比较对标，怎么可能对自己满意？"一日在公司会议室里，女顾问们结束一番讨论后方明珠总结。

种种主流媒体倡导的"成功""上进"似乎泰半如此，既然女性对自己要求这么高而且身体力行地执行着，对伴侣的要求提升，应该是再正常不过的事情了吧？

然而或许是中国现代都市的女性进步太快，这样正常的要求不但很难得到广大男性认同，甚至都很难得到自己父母亲戚的认同。

当方明珠得知有亲戚给方伟介绍的人选情况时，她不只是感觉疯了，简直就要怒了。

那日方明珠周末回家，纪秀兰在闲聊中说起：

"你表叔要给你哥介绍一个对象，听说是留学回来，在一家外资企业当部门经理。"

"哈？"方明珠觉得不可思议，"表叔不清楚方伟的情况吗？介绍这样的给人家女方，别人得罪他了？"

"估计女方年龄大了，家里着急吧。"

"年龄大了就得要见方伟这样的？别的不说他们见面谈什么？别人说国际公司怎么布局管理，方伟能答什么？'打场麻将定输赢'？"方明珠物伤其类，声线不自觉提高。

纪秀兰没想到女儿反应会这么激烈，一时不知该说什么，方明珠发现吓到母亲，放低声音又补了一句："反正我觉得不合适。"

倒是方伟尚算自知，拒绝了这次笑话般的相亲。

"高大上"的生活

谁敢拍胸脯说自己完全不追星呢？不过心中那颗明星不同罢了。

进入 K 公司第二年年会，方明珠又是在开会前一天半夜才从客户处匆匆赶回。

因为知道 K 先生也参加年会，她还是支撑着早起好好拾掇自己。想到就要见到偶像，按职业要求冷静理智的顾问方明珠也一样激动难抑。并且她很珍惜这种激动：几十岁的人了，能够找到让自己雀跃失态的理由殊非易事。

年会是在某酒店的一个厅里，居然坐了满满十来张桌子。K 公司自己的员工不过三十多号，其他的多数是业务合作伙伴，有着共同的特点——都是 K 先生的粉丝。

K 先生还没到，方明珠靠在自己座位椅背上，懒洋洋地打量周边多数陌生的人，一眼见到一张很明显的整容脸，下巴削得太过，不但可以杀人，简直都可以犁地。

公司同事都知道中国区合伙人 Tom 喜欢泡小明星，他自己也不时略带炫耀地说起 "×× 地方适合与 ×× 明星学院学生偶遇" 之类话语，但今天到来的这个似乎暴露了他的审美弱点。

方明珠转转眼珠，问同桌几个方入职的新员工："你们说，她和 Hellen 谁好看？"

Hellen 就是公司 HR 经理，走在路上回头率 90% 的纯天然美女。

答案毫无悬念地一边倒，唯有 Hellen 自己坚持说："她这样子更上镜。"

正聊着，现场一阵轰动，Tom 带着 K 先生出场了。方明珠几乎是一跃而起，随众人拥上前去。

　　八十高龄的 K 先生眼神清亮，身材挺拔，精神矍铄，一身书卷气，帅得有型有款，怎么看都是正处盛年。他微笑着跟大家挥手致意，合影、签书都不拒绝，唯一要求是不能开闪光灯，因为到底有了些年龄，眼底受不了强光刺激。

　　方明珠跟 K 先生合了影，拿到了他亲笔签名的最新版著作，在后面的宴席中向他敬了酒，之后目送他先回房间休息，但觉心圆意满，对整个年会满意得不得了，连再看到那张锥子脸都觉得确实很美了。这么醺醺然的感觉中最适合回家睡个好觉。

　　她在人群中找到送完 K 先生回来的 Tom，准备打个招呼先走人。

　　然而 Tom 先开了口，让她留下来，谈起想让她管理华南公司并负责一条业务线。

　　方明珠有点意外：这只是她进入公司第二年，这个速度实在有点太快，她全无心理准备，不知该怎么谈任务和条件。但作为现代职场人，随时准备着机会降临才属正常，断然不能因感觉意外而推出去，她答应第二天跟 Tom 讨论工作任务书。

　　Tom 准备的工作任务承诺看起来很合理，除了基本工资和项目奖金，在完成年度营收任务，且收回全部应收款项的条件下，方明珠可以获得理论值达到她固定收入两倍的经营奖。

　　方明珠爽快地签了，她估算了一下手里已经在跟进的项目机会，算上自己一向的成单率，有把握能完成下一年度的营收目标。

　　方明珠的估算没有问题，第二年她带着团队顺利超额完成了营收目标，然而她没有想到第二个条件如此难以达成：作为一家专注于一两个专业领域，规模不算大的咨询公司，他们的客户里有很多中小企业，这些客户往往对咨询公司和咨询顾问有着不切实际的过高期望，因为个别小问题，甚至只是内部意见不和便拖欠咨询项目尾款是常见的事，收回全部应收款项基本是个不可能的任务。

　　期望越高失望越大，没有拿到期望中的经营奖让方明珠颇有些灰心。虽然她对钱的态度很有点轻忽，但从来也不否认有钱是好事，以为可触及的一大笔钱落空当然无法不在意。

　　恰巧这时团队一个顾问突然问她：有猎头在帮另一家管理咨询公司的某个项目找人，能不能把她推荐给这个猎头？

　　"那个项目，咱们前不久是不是收到过咨询需求？"方明珠想起来。

　　"是，你当时看完条件后决定放弃的。"

　　那份项目需求一看就知道是有熟识的咨询公司帮着做的，满篇不加注释的术语缩写，没有参与过的公司连看都看不明白。客户是国内最优秀的一家民营企业，据说项目预算以千万计，K公司向来做的项目都是百万级，方明珠思考半日，觉得自家那些材料做出花儿来也填不了这预算的坑。这样的需求当然不必自取其辱地强要回应。但她心里种下了个大大的问号，想知道这数千万的咨询费用如何在一个项目上花掉。

　　一面是强烈的好奇，一面是对当前职业略略的失望，方明珠略为思忖后同意了。

　　经过了数轮电话面试，一次当面沟通后，方明珠顺利拿到了I公司的offer。

　　I公司是一家全球百强企业，咨询团队当时已是全球同业规模最大，服务的企业多数是各个行业里的翘楚。

　　"有哪一份工作，可以让你把这么大一家企业里里外外全翻出来看个明白的？"方明珠又多了一个喜爱这份工作的理由。

　　自己喜欢的工作对别人解释不清，算是方明珠的小烦恼之一。

　　方天明和纪秀兰已经习惯了方明珠做的事情不在他们知识范畴以内，除了偶尔问一句："工作很累吧？"并不非要尝试理解或者刻意表现关心，虽然话题减少，倒是彻底避免了"尬聊"。但总难免有亲友会问到。

　　"咨询？心理咨询吗？"有知识面比较宽的人会问。

　　"不是，管理咨询。"

　　"哦……"一部分稍爱面子的人故作恍然，在不解中放弃了。

　　"具体是做什么呢？"还是有认真的探究者要问个究竟。

　　"你就当我们是企业的医生吧，帮助企业诊断问题，提出建议。"方明珠不得不做一个不完全恰当的比喻。

　　"哦……"从这反应知道，听者泰半还有半头雾水。

不理解工作内容并不要紧，人皆知隔行如隔山，何况管理咨询确实是相当小众的职业。方明珠目前的工作生活状态，被部分略为熟识的亲友描述成为：出入五星级酒店，工作打飞的，有空就出国旅行，往来都是大企业高管。

这些描述也都算没有错，方明珠只能任由群众用喜闻乐见的浅显记忆点留下"高大上"的印象。虽然五星级酒店并不是自己的收入天天住得起；大企业高管也只是访谈、会议、汇报上的短暂交会，几乎谈不上什么私交；国外旅游更是一两年才有一次的奢侈假期，但群众们显然对这些注释不感兴趣。

努力有用吗

又是一年高考季。

这几年是方明珠高中、大学同学的孩子密集参加高考的年份，每年此时，考分、分数线和志愿填报是同学群中最热门的话题。

作为一个无家无孩的纯单身，方明珠本来并不具备参加这类话题讨论的资格。不过今年情况有点特殊，因为她资助的一个孩子也高考了。

十多年前因为贵州捐衣助学而认识的一群朋友里，有几个一直在做着组织助学这件事：每年去走访学校和孩子家庭、持续带回需要助学的孩子真实详细信息，发布信息寻找资助人，并跟进被捐助孩子的后续情况。经过十多年的坚持，已经成为正式注册的民间机构。

方明珠自从事"不是在出差途中，就是在准备出差"的咨询工作后，很少有时间投入参与社会活动，只能在敬佩着这些朋友的同时，也在他们发布的需助学孩子名单里选择资助。

除了按时寄去学费，方明珠并没有刻意地与这些孩子建立更为亲近紧密的联系。这些孩子每每令她想起十七岁时在人后蜷缩如小兽自舐伤口，却在人前刻意显得格外坚强潇洒的自己。人在了解自己的弱小时会有格外强烈而脆弱的自尊，这样的自尊可能会被过度刻意的关注所伤害。所以当看到有关于受捐者不愿意被公布自己是受捐人的情况时，她内心亦十分理解。

"我只是在有余力时稍稍伸了一下手，你们首先要感谢的应该是父母不让你们放弃学业，和你们自己的努力。"当回复孩子的感谢信件时，这是方明珠的心里话。

受捐助孩子在初上大学时是需要捐助人多一些关心的，这些孩子们从一个相对"寡而均"，虽然穷但周围人都差不多的小地方，突然去到另一个同学来自天南地北、家境差距巨大的环境里，很容易不适应和自卑。这个时候他们的父母老师已经很难帮得上他们了，而捐助人特别是鹏城生活的捐助人，多数都经历过这样的环境变化，更能陪伴孩子们走过这一段心理落差极大的时间。

而等到这些孩子适应了大学生活，或者走上社会并初步适应，就是捐助人应该和孩子们说再见的时候了。这样孩子们才可以跟其他同龄人一样，展开他们自己独立的生活，而不必背负着一些额外的心理负担。"就让他们忘了我们吧。"这是一起助学的朋友间真诚的笑谈。

但今年高考的小文比较特殊，他十五岁便父母双亡，随年迈的爷爷奶奶生活。为了他能继续上学，小两岁的妹妹已经辍学去打工了。

这样的情况让方明珠觉得对小文有更多一些的责任，特别是在高考填志愿方面，她自觉能比孩子周围的人有更多的信息来源和更好的分析建议能力。

小文在他们县最好的中学的尖子班，平时能排到班里前十，但区域的教育水平差距如此之大，即使以他这样的成绩，最好的情况也就能上一个普通一本。这次高考他发挥不太理想，立刻就掉到了二本线以下，只能上高职。方明珠建议他复读，他却顾虑费用，要等上了高职再苦几年读专升本。

方明珠多年没有实际操作过高考志愿填报，于是发了信息到大学同学群里咨询。

同学们热情支持，特别是本来就在大学、高职任教的同学，给出了非常有帮助的建议方向。由于无须浪费时间在过裁信息里，方明珠节省了90%的工作量，基于小文的家族情况，优先考虑就业，再结合是否试点学校、是否学校核心专业、是否与先进技术相关等因素考虑，两三天便排出了有效的志愿名单。

等到小文被民航局直属的一家高职录取那天，方明珠在同学群发布了结果，向关心的同学们道谢，并进一步咨询起入学后专升本相关的信息。

此时跳出的两条消息刺了她的眼。

"基础差，基本没戏。"

　　"颜值天赋和老爸，没有一样占的，努力有什么用？你别给年轻人灌鸡汤，有毒。"

　　虽然知道"努力无用论"是目前非常流行的论调，方明珠还是没忍住怒从心头起，简直要暴起伤人。

　　"照你这说法，我这种没金主爸爸没姿色的学渣就不配活了呗？"她半带玩笑打出这句话，心里想说的是：孩子才19岁，你强调的东西都是他天生就没有的，他要信了你的说法怎么办？了却此生回炉重造吗？

　　因为熟识并了解说话的人，知她只是语言消极，其实对同学热心有加，方明珠才硬生生摁住自己，没有祭出她杀伤力巨大的语言武器。

　　说话的是当年以足可选择北清任一专业的全校最高分考入他们大学的"学霸"汪同学，方明珠在她面前自称学渣，虽有调笑成分，倒也不算过谦。

　　然而不知为何，汪同学多年来但凡论及人生，总是满脸满心的不如意。这种不如意感泰半从她低就了一个普通211大学就开始了；这也让她的话语落在旁人眼中耳中，不免感觉要不酸气十足，要不怨气冲天。

　　说起来，这时代并没有格外亏负于她：大学毕业回到美丽的西子湖畔工作生活的汪同学，如今就职于一家证券公司。职位收入或许不是同学中最拔尖的，但怎么也在平均以上，儿子刚刚考上了国内顶尖高校。方明珠真是无法理解她的满腹牢骚从何而来。因为工作辛苦上司时有挑剔吗？70年代的人谁还没受过这个啊？

　　方明珠深吸一口气，平复自己为这只言片语激动起来的情绪，也想明白了自己为什么特别不能看"努力无用"这种论调：对她这种除了努力全无其他可以凭借的人，如果同意这种论调，不啻否定全部的人生意义。

　　努力有用吗？方明珠完全肯定。因为她家里就是这道题的科学实验场，有着实验组和对照组来证明这道题。

　　方明珠似乎天生缺少"恨"的细胞，总觉得任何人的行为都有原因，都有其不易处，甚至包括构陷父母的王行长，她也能理解在当时他如果不推出方天明夫妻来顶缸，自己就要面对不可知的风险。这种理解消解了她的恨意，让她只想要为父母争取公道，但从没想过要报复。这也是她不喜欢的自己性格里的温吞部分，她宁愿自己有母亲纪秀兰的黑白泾渭、爱憎分明、提刀相向、快意恩仇。

但她自知，在有些时点里，她十分憎恨方伟。

在经济困顿、极其疲惫的深夜，怀疑自己还能支撑多久的时候；

在置完业囊空如洗，知道家里的每一颗钉子都还等着自己去买的时候；

在深夜回家，发现父母等着自己帮忙处理一些智能手机基本问题的时候；

在父母嘴上说着："这么大的人不该我们操心。"满心的担忧却显而易见的时候；

在听到乡邻问"你家儿子现在干些什么？"而父母一脸窘态不知作何回答的时候。

……

但她也知道，在外人眼里，自己对方伟的责备可能有些过苛。方伟并非大恶之徒，从基本社会公德的要求看，他其实算得上个好人。

对父母长辈有足够的礼貌和尊敬；

会在公共汽车上给需要的人让座；

走在路上会提醒别人不能随地吐痰，乱扔垃圾；

亲友乡邻红事白事，出人出力，守夜扶灵，说得上任劳任怨。

……

可以说，他大半辈子的人生，除了坑家里，并没坑过别人。

而他坑家里，并非出自故意，仅仅因为懒。是的，从小被公认比"阿豆儿"妹妹聪明太多的方伟，到如今成了几乎被社会淘汰的人，归根结底只有一个原因：没有追求，不肯努力。

确实有些人一生只受基本生理需求驱使，不能说他们没有精神需要，但只限于别人极其浅表层面的尊重——不打断他们自以为是的各种言论、不揭穿他们给自己脸上贴金的吹嘘、不在人前表现对他们的不耐烦，就足够了。至于来到这世上是否可以改变些什么、创造些什么，是否发挥或者浪费了天赋资质，这些问题可能全然没有在他们的头脑中闪现过。而方伟，正是这些人中的一个。

这样的人有很多。"20岁就死了，以后活的每一天，都只不过对之前生活的机械重复。"方明珠甚至觉得方伟一辈子只活了一天而已：一天下来，有饭吃有觉睡足矣；如果有点小酒喝，有人一起吹吹牛，非常好！再有麻将牌九可以推几把，那就是神仙般的生活了。他是最活在当下的人——"明天的事情明天再担忧，天塌下来自有高个子顶着"。

方明珠与方伟的种种矛盾，不过因为她不肯躺倒等死，而成为了那个"天塌下要顶着"的"高个子"，而且，天真的塌了。

而方明珠的存在，虽然让方伟可以"躺倒休息"，却也从另一方面令他的人生更不容易：每当他被方天明和纪秀兰责备紧了，想以家庭遭遇为自己的一事无成辩护时，总会看到方天明指着方明珠问一句："那么，同样的家庭，又怎么出了这一个？"

同样的家庭际遇，持续服用"努力"药丸的方明珠，和什么也不做的方伟，形成了如此鲜明的对照，谁要再跟方明珠说"努力无用"，她报以哂笑和讥讽，已经完全是客气了。

无论别人是否把这些都视为鸡汤来哂笑，方明珠十分坚定地相信：努力当然是有用的。努力可以让自己有更多的选择，拥有选择权力而非被迫接受，则意味着尊严。

何况，在所有天赋资质既定的条件下，只有不断努力，才可以不断成为更好的自己，而不是"终于活成自己曾经讨厌的人"。

方明珠也知道，"努力无用论"兴起是因为这些年社会贫富日益分化，阶层逐渐固化。

中国经过30年的高速经济发展，成了全球贫富差距最大的国家之一，完全没有实现最初的"先富带动后富"美好设想。财富的分布决不仅仅意味着购买和消费能力，在市场经济条件下，它意味着各类资源的集中。先富起来的阶层，和少数掌握资源分配权力的阶层，在教育、医疗等种种稀缺优质资源的滋养下，获取、把握机会的能力也不断加强，这事实上是在剥夺未富起来人可能的致富机会，使优势世袭、寒门难出贵子等现象越来越普遍。

可是这样就能构成努力无用的理由吗？从事咨询工作多年，方明珠见过很多企业家、高管，同事中也有不少家庭条件优越，国外名校毕业。在这些处于掌握更多资源机会阶层的人们中，她几乎没见过有不努力的。本身就处于资源劣势阶层的人，如果相信努力无用，岂不是只能躺倒等死？方明珠觉得对比自己弱势的人群说出此言，简直可称为"居心不良"。

汪同学并不处于机会资源绝对劣势的阶层，她的百般不如意，大概率来自对自己的定位认知和对标选择的不准确。

在高中和高考阶段，她曾经属于最拔尖的人群之一。那一次影响终身的考试在人们心目中是如此重要，以致于很多人会把自己当时的一时领先当作一世领先的理由。在以后的人生岁月里，他们只跟最好的比较，如果发现自己不再隶属于那一群人，便无限失落。

比如"曾经的同桌现在是某领域领军人物"。甚至，他当年可能暗恋过她。

或者"曾经的一个兴趣组的现在已经成为科学家"。

但跳出"我跟他们一样优秀"这种不现实的自我光圈，这些究竟干卿何事？如果真跟他们同样优秀却没做到别人的成就，难道不正证明自己努力不够？如果是因为禀赋不如人，那又何须强要与人相比？自己设置了错误目标以致如何努力也达不成，于是全盘否认努力的作用，完全就是迁怒。而"迁怒是弱者的行为"。

阿甘说："人生就像一盒巧克力，你永远不能预知下一粒拿到什么。"这种不可知论因其浪漫而深得人心：既然都是巧克力，下一粒什么样又有什么要紧呢？

方明珠倒更愿意这样形容："人生犹如一场牌局，天生的条件就是拿到手里的牌。有人手气好，双王4A，有人一把小数字。牌面不如意的人，无论如何哭喊打滚，艳羡别人的牌面，也没法获得换牌的机会，只是白白浪费自己的时间。倒不如尽最大努力把自己手里的牌用到最好。同时要明白这是'只此一局，离场全清'的牌局，输赢并不在胜过别人，而在于自己在过程中是否享受。"

享受过程，同时把自己手里的牌尽可能打到最好，这是方明珠所定义的努力。

回不去的故乡

　　故乡是一个几近神圣的词："强说愁"容易被人嗤笑，唯有"乡愁"例外，说起来只会引起共鸣，并莫名地让话题格调提升三分。

　　但对方明珠而言，思乡绝不是件风雅的事情。那片生长于斯的土地留给她的记忆中，苦痛远远多于甜蜜。离乡数十载，自外公外婆过世，方明珠以为故乡于自己已经只是个文学上的名词：只宜怀念，并无瓜葛。

　　不料这日在差途中的酒店里，突然接到一个小学同学的电话。

　　"方明珠，你猜猜我是谁？"温暖的女中音和缓从容，不像是骗子或者无聊的骚扰电话。

　　方明珠满脑子还都是一些关于项目的问题，哪有闲暇玩这种猜猜猜游戏？只是另一端的声音中透着满满善意，让她不好简单粗暴切断。

　　"不好意思没听出来。"

　　"上初中时我晚上回家路上害怕，你一直送我的。你不记得了？"

　　听上去是非常温暖的回忆，也像是少时的方明珠爱干的事情。可是——三十年来方明珠脑里除了考试功课，工作难题，还有家中一堆子事，这样子的陈年旧事，早已埋在了记忆的某个深深的角落里，怎么可能一下子就挖掘出来？

　　"真对不起，还是请直接告诉我吧，我还赶着有个电话会议。"

　　对面显然有点失望，还是缓缓自报了姓名。

　　"啊！你好你好。"方明珠循着名字，从记忆中搜寻出那个高个子长头发，篮球场上十分敏捷但却胆小怕鬼的女同学形象。两边寒暄一阵，约着以后找机会聚一聚，然后挂了电话。

　　过几天项目工作稍稍松了一口气，得了些许闲暇，方明珠独坐时忽然想起那通电话，儿时的一些记忆仿佛突然水库开了闸般纷纷涌上心头，故乡那两条河一时直流到眼前来。

原来乡愁不是不在，只是她刻意不去触碰，假装已经忘怀。

好在通讯已经极其发达，方明珠掏出手机，建了高中和小学同学微信群，把在自己通讯录里的同学先拉进来。然后不过短短几天，绝大多数同学就都已经在群里了——感谢移动互联网的发展，感谢当代最强产品经理张小龙同学。

建群之初颇是热闹了一阵子，大家忙着互相问好，询问近况，后续每一个人入群，都会引发热烈的欢迎寒暄，之后的十一长假，小学群同学很快约了一次在省城的聚会。

儿时的记忆，和对近况的相互询问，足以支撑一个下午的饭局和谈资，大家相谈甚欢，意犹未尽，纷纷相约下次再聚。

小学同学们多数留在风城或者州内其他县城，泰半进入了机关或者事业单位工作。除了个别身居要职的以外，多数都生活得甚是悠闲。长期留在省城陪着孩子读书，偶尔回机关应卯的并不鲜见，更有人早早开始了半退休的生活。

看着这些儿时的伙伴们，会恍然觉得近二三十年中国发生的巨大变化不过是电影里的各种特效，仅供观赏谈论但却跟真实生活无关。小县城的日子还是跟之前一样宁静：每日上班处理几件公事，看看报纸聊聊天，提前一个小时下班去市场买菜，晚上吃完饭打打牌看看电视……日子清浅轻快得像山涧溪水，日复一日流淌着同样的旋律。小县城还没形成大都市里巨大的贫富差距，一峰更比一峰高的比较和无所不在的"鄙视链"影子也淡很多，同学们眼底鲜少见到大都市中每个人脸上明晃晃刻着的焦虑与压力。

"这种二十岁知道六十岁的日子似乎也没什么不好，幸福指数应该高过多数大都市里被推着不断奋进向上的人们吧？"方明珠不由想。

怀旧的情绪一旦被撩动便难平复，这天方明珠接到一个项目的临时支援需求，到达项目所在地后突然想起该市下辖的一个县城里，生活着曾经的高中同桌。

"人生不相见，动如参与商"的诗句浮上心头，方明珠决定在临时工作完成后去探访故人。

故人非常热情，方明珠在登车前被问及何时到达，接着便收到酒店预订消息。

"酒店我自己已定好，你撤销预订吧。"长年出差的人，当然深谙"兵马未动粮草先行"，断不会让自己置身于到达后可能无处安身的风险之中。

对方当然不肯："我有事处理，没时间，你去取消你的预订。"

"我也在忙啊，你预订刚做撤销容易……"

两个"没时间"的人为谁去取消预订在微信里你来我往，场面略显滑稽，不过倒甚是温暖。

车刚驶进县城客运站，同桌的车已经等在了站外。当年瘦弱到有仙气的少年如今已腰腹微凸，曾经星辰灿烂的眸底也略有疲态。好在底子够硬，按照"帅的叫大叔，不帅的叫师傅"标准，仍然可以毫无异议地归入"大叔"群体。

同桌在公务员队伍，目前为县里招商引资。晚饭桌上有一位在沿海打拼、预备回乡投资的女企业家李总，谈锋甚健。正好她在公司管理方面遇到一些困惑，得知了方明珠的职业，便虚心请教，表现出言听计从般的信赖。谈完公司管理，李总又引到一个现代女性相关话题，于是桌上只听两位女士高谈阔论，旁征博引，同桌反倒落了单，完全插不上话。

聊到李总去洗手间，方明珠和同桌才说上话。没说得几句，李总回来了。

"明天方总的行程怎么安排？"她跟同桌讨论起第二天的行程。

这反客为主的热情让方明珠有点愕然，也有些微不适。"你们能不能别把我当成一个应酬来安排？"她半开玩笑地说，"明天让我在酒店自己做点工作。"她给自己此行定的目标是看望故人，并不想把时间花在结识好些个人、大家热热闹闹嘻嘻哈哈的浅层社交上，这些活动在她而言就是应酬，但她既不喜欢应酬别人，也不喜欢被人应酬。而且她也不希望因她的探访占用老同学所有时间，希望他如果不方便就明确说出。

可是同桌断然不肯，在他看来，如没有把同学在此地的每一分钟都安排上满满的内容，就是他未尽到地主的责任。第二日方明珠还是跟着他的安排和一车人去游山看景。空气清新景色宜人，方明珠也就玩儿得兴致盎然。可是同桌显然为她一开始说的不想去耿耿于怀：

"我只是希望让你出来散散心。"午饭席间他再次解释。

"知道了知道了，原谅我好心当作驴肝肺哈。"

吃完中饭同车的其他人去周边溜达，两个老同学才算可以坐下来好好聊聊天。

"我觉得你变化还挺大的。"方明珠笑着说，她知道老同学调任这个岗位不算太久，几餐饭间看着他跟周边不同人群相处往来自然融洽，并无刻意痕迹，而其他人对他也显见的尊重，心里很为他的适应高兴。

"怎么说？"

"原来以为你的性格，在公务员体系里只怕很难适应。"爱好文学的人，泰半内在敏感脆弱，对外清高狷介，这样的性格在职场竞争里都算不得适合，更何况官场。

"人总得适应环境嘛。"老同学点一支烟，"刚工作有好些年都特别不适应，领导也给不了指导，自己也不会主动跟领导沟通，天天下班和一帮朋友在外面喝酒。"

"想象得出。"方明珠再次庆幸自己当初选择了去企业。虽然一样有上下级，但总体而言，每个人的价值是可以通过工作结果来衡量展示的，并不完全依赖于领导的评价。固然也有通过跟领导搞好关系获益匪浅的人，但一定是少数，如方明珠这种只会做事不会做人，或者只愿做事不愿"做人"的大有人在，也都有自己的生存之道和上升空间。

"看得出跟你打交道的这些企业的人都喜欢你，这就很难得了。"

"我只是能帮得上的就尽量帮，也不为难别人。"

"这就很难得了。"所谓赤子之心，不外可以换位思考，坦诚对人。

"其实你不必找这许多人来陪我。"方明珠简单提到。

"必须的啊，老同学来肯定要陪好啊。"

"可是你们这样陪我感觉并不好啊。"方明珠生生咽下这句话。

傍晚老同学单位有活动，他一再道歉不能陪方明珠吃晚饭，又问："要不我找李总来陪你？"

"千万不要。"方明珠吓一大跳。打起精神和不熟悉的人说话需要消耗太多能量,她实在需要静一静积蓄些能量了,可不够精神跟李总对峙半日。

晚上方明珠自己吃完晚饭,早早洗漱完敷上面膜准备休息时,接到当地号码的电话:

"你同学还在跟领导汇报工作,叫我先来接你宵夜。"

"可是我已经准备休息了。"方明珠委实不想出门。

"你下来吧,我在酒店大堂了。"对方不由分说挂了电话。

客随主便,方明珠只得摘掉面膜,重新涂上护肤隔离,再换了衣服下去。

老同学的两位发小带方明珠去河边食街一家店,烤串啤酒上来后,看见老同学走来。没想到李总也在,两人显然已经喝高了,走过来坐下。

"想早点过来的,刚才跟领导讲点工作,我一直说要走。"老同学隔着李总跟方明珠表示歉意。

"是的是的。"李总截了话头,"刚才急着走,旁边人还开玩笑说'他美女同学在等他',第二个说'是啊,女同学在酒店等他',第三个说'女同学在床上等他'。"她一边说一边咯咯笑,状态兴奋。

方明珠猝不及防。她看一眼老同学,他在桌子另一头跟自己发小说着什么,似是已有醉意,并没听到。

县委大院里最帅的干部,远道而来的女同学,闲暇时间特别多的小县城……方明珠预料着会有人发挥各种想象力,也不介意他们背着她用此类玩笑调剂一下乏味的生活。但这样粗鄙的话直接扔到脸上来,还是忍不住微微变色。

可是对方是借了酒劲儿说的,她自己是整个桌上唯一完全没沾酒精的人,清醒的人跟喝高的人较劲儿,不但全无胜算,就算胜了也不武,而且同学脸上难免不好看。

方明珠只得淡淡回道:"李总这是讲相声呢?"

喝高了的老同学有点兴奋,向发小叮嘱:"这是我高中同学,关系怎么说呢?知己!以后我挂了,你要帮我通知她。"

方明珠有点好气又有点好笑:"放心啊,谁先挂不一定呢。"

李总又接了话:"我帮你通知,不过我怕方总会随你而去。"她把这话重复了几遍，有些得意于自己的言辞精巧。

方明珠看看那张笑盈盈的脸，想要看清她是真醉还是装醉，这才发现不喝酒的人有多吃亏。

"李总不愧是记者出身，想象力丰富啊。"方明珠说完，跟两位可以确定尚处于清醒状态的发小说："不早了，喝了酒的人需要早点休息，我们回去吧。"起身先走了。

李总也起身，跟方明珠并排往她酒店方向走，一路却跟方明珠说好些体己话，方明珠内心判定：她压根没醉，清醒着呢。

次日方明珠要离开，老同学来送她。方明珠昨晚吃了老大哑巴亏，不免有气：

"你没有时间，完全不必陪我，叫些莫名其妙的人来算怎么回事？"

老同学莫名被埋怨，也有些气了："你来了我怎么可能让你一个人待着？难道叫上好朋友陪好朋友不是最好的礼数吗？你是在外企呆久了吗？怎么像老外一样不近人情？"

这话说得方明珠一愣。她细细一想，原来这真是个文化差异的问题。

老同学所处的县城，跟她的故乡类似，衡量人与人之间的情谊是否深厚，标准在于愿意付出的时间。最典型的例如：红白喜事上，关系最好的朋友，会连续几日几夜陪同在场。

而在快节奏的大都市里，时间成本如此高昂，无论多好的朋友，占用对方太多的时间，尤其是已有安排的时间，都是很难被谅解的不懂事行为，因而更看重陪伴交流的质量，认为促膝长谈两小时，远胜过相对无言一整天。

所以他们两个，不过都是在以自己习惯的方式为对方考虑，却竟然产生出矛盾来。

包括李总那些令方明珠感觉被冒犯的言语，或许也不过是熟人环境里惯常的玩笑而已，比之垄头乡间的俚语俗言，甚至已经都算得上是精致的笑话，只是她自己少见多怪。

带着伤感，方明珠不得不承认：无论年少时的友谊如何珍贵，即使到现在对世界的看法仍旧多数一致，但在这快速变化的外界力量撕裂中，他们踏入对方的微观世界时，除了回忆过去，很难找到双方都自在舒服的状态。

而故乡，不外如此。

近几年流行"逃离北上广，回流北上广"的说法，听起来好像北上广外的城镇乡村可任潇洒来去一般，很大程度其实是大都市青年们的错觉。事实上，因经济快速发展聚集了大量外来人口，从而发展成"陌生人社会"的一二线城市，与还保持着中国传统"熟人社会"习惯的三四线城镇及乡村，已经是两个完全不同的生态，要在不同生态间迁移适应，除非自带强大的小生态系统，否则困难程度不啻易筋洗髓。能在讲究效率、一切按规则和流程办事、个人不被过度关注议论的"陌生人社会"里活得很自在的人们，回到讲究人情、办事需要"托关系、找对人"、人与人之间几乎没有界限、尊重隐私就像个笑话的"熟人社会"里，竞争力绝非自己臆想的一样强悍，甚至很可能比在一线城市更加失意，因为在这些地方，失意是隐藏不住，从而会被放大的。

故乡成为一个只能在记忆中温暖，却再也无法在精神和生活上回归融入的所在，不止是方明珠一个人所面临的问题，而是这急剧变化的时代里，迁居到大都市的多数人必须经历的割裂。

中年危机

这天下午在客户办公室，结束一轮讨论停下来喝杯水的当儿，方明珠感觉后脑勺里一阵钝钝的疼痛，像是被一块不平整的石板用力按压着；大脑成了一个挑剔的收件站，除了疼痛之外其他神经送来的包裹都被拒之于外。

她走到门边，把后脑勺轻轻撞向凸起的墙角，对抗从里面散发出的压迫感，感觉痛感稍缓一点。

这偏头痛症状已有多年，在工作比较忙的时候总是偶有发作，看过多次医生也没什么灵验妙方。方明珠已经习惯，等着它扰攘一两个小时，自动过去。

然而这次疼痛似乎准备好了要驻扎，从下午直到夜半，不但毫无退兵信息，反有愈演愈烈迹象。方明珠但觉自己是那只被套上了金箍的猴儿，素日里多少不驯都在这刻被收拾殆尽，只能抱头期望那个念咒语的和尚快些住口。等到痛感终于减弱能够睡下，已觉疲惫不堪。念着旧日规律，发作两日后总该有上一两周清净，也就照常工作。

但这疼痛自此完全不再遵守规矩，几乎日日下午来扰，夜半方休。若是有要紧工作分心倒还强挺得住，一俟放松，痛感便鲜明无比，难以消受。

这天半夜，头痛无法入睡的方明珠索性起身，打开电脑看看第二天要讨论的 PPT，却听得一个声音叹息说："你在这里做什么？"

方明珠抬头，还有些懵懵然，却听那个声音继续说道："难道你就这样，一辈子忙于为五斗米折腰、买田置舍之事，以终此生？"

方明珠愣住，一时竟连头痛也忘了，不由在口里念叨："是啊，我在这里做什么？"念得两句，觉得头痛欲裂，只能抱头躺下。

以后几日，这问题便不时浮上心来："这忙忙碌碌、无暇他顾的工作生活，真是自己想要的吗？"

两周后的周末，方明珠照旧乘坐傍晚航班，在晚上十一点多回到家里。

知道她要回来，方天明和纪秀兰都未休息，坐在客厅里等待。

"女儿，你最近是不是又长胖了点？"方明珠拖着小行李箱进门来，迎面接到方天明的笑脸，和最近被不止一次问到的问题。

"很明显吗？一眼就看到？"方明珠在心底对父亲的锐利眼神生出一丝不满。

"能看出来啊。"方天明答，略略诧异于方明珠的认真反问。

方明珠问这话纯因心存侥幸，她当然知道自己的体型近来正在向大多数人认识中的中年人样子发展：腰腹生出赘肉、肩背变厚，一些之前合身的衣服穿上后莫名显短，看上去隐隐竟有虎背熊腰之意。她近期已经比较严格地控制了饮食，也增加了一些运动，但体重上升趋势竟是不改，如今父亲这话是提醒她：她体型变化的事实已经昭昭然瞒不住任何人。

洗完澡，方明珠站在浴室镜子前，打量着自己不复纤细平坦的腰腹，感觉到一丝暗暗的恐慌，犹如一只冰冷的爪子游过来，一根手指、一根手指地缓缓搭上心头，直到最后完全地、牢牢地攫住她的心。

那是对失去轻盈体态的恐惧，却又远远不止于此。

在都市里穿行，刻意展示着满脸的自信甚至趾高气扬的人其实心里都清楚：这世上全在掌握的事情实在稀少，自己的体重算是这些稀有事物清单中的一项。

方明珠的衣服尺码二十多年没变，不免将此当成了自己无常的人生里难得的一个"恒常"项。在被旁人问起"身材如何保持"之类问题时，她虽然脸上一派云淡风清，心里却不是没有暗暗的得意。虽然对可以恣意放纵腰围生长的女同学们不是没有羡慕：不管是出于误解还是真的笃定，她们显然对自己的人生更有安全感。但于她自己而言，"连体重都不能掌控的人，怎么掌控得了命运"这种句子里的焦虑是切实存在的。

眼光再往上移，方明珠看到镜中一双带着惊惧和疲惫的眼睛，脸上倒似还没有太明显的皱纹，但转头之间，下巴到脖子间的褶皱是如此触目惊心，想假装看不到亦是不能。

"最是人间留不住，朱颜辞镜花辞树。"曾在年少时臧否过于敏感纤弱的两句词就此浮上脑海，盘桓不去。方明珠突然感觉万念俱灰。

镜子里那双已经黯淡的眼睛，再也放不出"少年意气，挥斥方遒"的光亮。

那中年人带着颓废的面容，如果旁注上"倾盖白头，肝胆相照"，岂不显得可笑？

那不复轻盈，已显残败的身躯，自己都不愿意看，又如何配得上"白首一人心，相看无厌时"的甜美爱情？

过去的二十余年间，她一直"履薄冰、临深渊"般，小心翼翼又用尽全力地奔跑，才算能跟上同时期同等教育水平的人群，在面上看起来顺风顺水，没有"掉队"的突兀。这一路她无暇回顾，顾不上叹息有多少错过和缺失，以为自己只要保持着健康的身体和敏感的心灵，最珍视最向往的这些美好，终于有一天会遇到、会获得、会留下。

但此刻，她清楚地看到：这指尖沙般的时光，无论她如何努力地握紧双手，都已经决然流逝，并且毫不留情地带走了过去的那些美好，以及未来与那些美好相遇的可能。

镜中那带着惊惧的空洞目光，昭示着以后岁月的模样：疲惫、灰暗、因循、颓然，而且一天更比一天黯淡，再无逆转的可能。

如果，如果此刻手边有一把猎枪就好了，方明珠想着。海明威是值得艳羡的，他曾拥有姿意纵情、最光辉灿烂的年华，而且适时地截断了这年华逝去的步伐。而自己拥有的，只有比过去平淡匮乏的人生更平淡匮乏的余生。

这夜，久违的失眠又找了回来。方明珠双目空洞地望着天花板，毫无睡意。半晌之后干脆起身，拿出笔记本电脑，点开视频软件，眼光最后停留在一部青春校园剧上。

少年的眼睛纯净得不带半点世故，少年的笑容充满朝阳般勃勃生机，少年的言语虽然稚嫩但充满真诚，少年的世界里有理想有未来，却没有勾心斗角步步为营……方明珠心里涌动的情绪终于略略平复，她盯着屏幕直到一双眼皮撑不住自己合上了，才趴在枕头上短暂入睡。

晨时醒来，方明珠发现自己要面对的难堪远不止镜中身影：纪秀兰和方天明不知为了什么小事，一早已开始高声互对，声音从客厅直传到二楼卧室里来。

"别吵了好不好？"方明珠心下不由一阵烦躁，穿衣下楼，带着不耐烦尝试劝阻。方天明在言语上已经占了上风，听到这话很快收声，纪秀兰却正在不甘和委屈的劲头上，完全没理会方明珠，继续絮絮数落不停。方明珠终于没能控制住情绪，冲着纪秀兰吼了一句："一大早就找茬吵架，这日子还要不要过了？"提起电脑包夺门而出。

"你还没吃早饭呢，我给你做好了，要出门也等吃完再走。"纪秀兰急急跟在方明珠身后喊。方明珠只作没听见，奔下车库上车疾驰而出。

一路上纪秀兰连续打了好些个电话，方明珠不接，只回一个短信："我在开车。"

开到很远找个地方停下，方明珠熄了火，颓然地把头抵到方向盘上，心里一面为用这种态度对待母亲而歉然，一边却仍是愤愤："这个家里，是不是只有我一个人在努力经营，希望过得更好，别人都毫不在意？"

过了半晌，她渐渐平复下来，开始检讨自己今天为什么这么控制不住情绪。却有四个字浮上心头——"中年危机"。

巨大的空洞和虚无感如一张无边的网笼罩下来，方明珠放弃挣扎，怔忡半晌，重新打火开车回家。

晚上，方明珠仍是靠着青春剧里的笑脸到深夜才勉强睡着。方入寐不多时，似听得有人唤她的名字："方明珠，你看看我。"

方明珠睁开眼，见一个庞大身影，似乎占满了卧室整个剩余空间，她抬头看向这身影的脸，感觉十分熟悉，倒像是哈哈镜中的自己。但再凝目细看，那脸上涕泗交横，眼帘红肿，仍在哀哀哭泣。衣衫上满是尘灰，暴露在外的肌肤上纵横交错，青淤红紫，俨然是各种不同伤痕。

不不，这不会是她。方明珠自十岁之后，就极少在人前哭泣；对身体小心爱护，几乎从不让自己受伤；更加重要的是：她断断不会让自己以如此狼狈的样子示人。

那张脸看着她，仍在流泪的眼里突然显露十分的讽刺：

"方明珠，你是不认得你自己，还是不敢认？"

方明珠惊诧之下，没来得及回答，影子接着说下去，语气一派嘲讽：

"当然，你肯定习惯了别人说你举止有度、大方得体、上进乐观；也习惯了周围人以为你一定出身大家，经历一帆风顺，从未受过生活的折磨；你把你的生活展露得光鲜亮丽、引人羡慕，可是你真的以为那就是你吗？"

"你看着我，我才是你真实的样子，遍体鳞伤，满心泪痕，狼狈到连你自己都不敢看。但你以为装着看不见，我就不存在了吗？"

影子边说着，边抬起手来，所指之处，墙面上现出一帧帧画面来，影子的声音成为旁白。

开始是圆圆脸的幼小孩童手捧书卷，心无旁骛。

"你自幼并不计较箪食瓢饮，只愿读万卷书行万里路；可是如今呢？每天营营汲汲，整日算计着蝇头小利，尽思虑些房贷股息的俗事，读些经济人情的无趣文章，何曾有半分自在潇洒？"

接着是学童年纪的小姑娘与一帮年纪相仿的孩子谈论嬉戏。

"你不是最向往'肝胆洞，毛发耸，立谈中，死生同'，侠肝义胆的友情？可是现在，身边来来往往，不过是利益相关、价值交换，有几个真心相交、不计得失的朋友？"

然后看见及笄之年的少女一脸轻松，奋笔直书。

"你也曾有过'下笔千言，倚马可待'的捷才，但到如今泯然众人，不但没写出什么可以令自己满意的作品，只怕是连见到为之惊叹的美景，都无法用流利的词句形容了罢？"

再下来，二十出头满脸倔犟的女孩子，拉着一辆沉重的车子，地面泥泞，车轱辘深深陷进去。两个面貌似中年时父母亲的人在两边扶着车，而车顶上，方伟在毫无心肝地笑唱着歌曲……

"这该是你二十几年来最可告慰自己的事？以为凭一己之力改变了整个家庭的处境。可是就算你倾尽所能，跟风买到了大房子，却买不到和睦安详的家。你试问如今家中有谁对处境满意？还不是天天争吵，几无宁日？你付出几乎所有心力，换取到的可是你向往的生活？"

跟着，三十出头的女子，对着一沓账单，略显愁容。

"可笑的是：既然注定要在这世界的金字塔游戏里拼杀，你却又鼠首两端，动不动讲什么原则底线，这种事做不来，那种事不肯做，心里受不得半分委屈，最后只能做一份出卖苦力的牛工，且兴凤夜，却只得个不上不下的结果，比之许多与你禀赋努力类似的人，相差不知凡几。"

最后一幅，是前两天在镜中看到的灰败的脸。

"就算以你骄傲的言论为准，'不必与任何人比较，只须做更好的自己'，可是现在，扪心自问，无论才情、见识、智慧，你可有哪处胜过年轻时的自己？你所懂得的道理，哪些不是十八岁时便已明了？只怕如今脑筋反而不再清明，常为些许小事蒙蔽烦恼吧？"

说完这些话，影子再凑近方明珠的脸，眼中泪流更加汹涌：

"而且，最重要的是，以后也不可能更好了。你的头脑只会一日比一日迟钝，身体只会一日比一日衰败，不会有更好的你出现。"

"不，不会……"方明珠挣扎着要说话，却遽然惊醒，只觉头沉沉而泪潸潸。

除了苍白无力的"不会"，她发现自己竟然没有能反驳影子的话，她说的那些都是真的。原来不止未来一片黯淡，她过去这几十年的努力，竟也几乎毫无价值，简直像个笑话。

方明珠就此开始了毫无必要的熬夜。她依靠屏幕上那些少年阳光的笑脸，来对抗全然的自我否定、无边无际的虚无感。而晨起后看着镜里因熬夜更加憔悴的面容，感受到身体愈发的不适，又再加重自我怀疑与自我怜悯的情绪，循环无尽。

方天明和纪秀兰最近感觉有些无措。

异常的经历造就异常的亲子关系。这十几年面对方明珠时，他们始终不能像普通的父母对待女儿一般随意自在，一直带着内疚惭愧，又有些担忧，故而小心翼翼。

刚出狱时，担忧她嫌弃或抱怨他们。因为她承担的重负不是她自己造成的，如果要嫌弃和抱怨在他们看起来都很正常。但他们很快发现，方明珠确实是发自内心的毫无怨言、只想让他们过得好；

接下来，由于资源匮乏，又独有方明珠可以依靠，他们潜意识里担忧她的感情天平上会有所倾斜，不自觉地把对方当作了竞争对手，会在方明珠面前有意无意地说起对方的种种不好。方天明在情感方面更敏锐，很快发现了方明珠从心底抗拒他们这样的做法，于是较早停止。纪秀兰逐渐也明白了方明珠确实在尽量地一碗水端平。

之后，他们担忧她与他们的关系疏离：不抱怨后面跟着的是不诉苦，方明珠不但从来不在家里说起工作的难题，就连他们明知她受到大的挫折时，也不曾在他们面前流过泪，情绪平和到似乎没有正常的喜怒哀乐。刚开始听到方明珠在接过她盛的饭时脱口而出的"谢谢妈妈"时，纪秀兰简直吓了一跳：这既不是他们夫妇俩的教导结果，也完全不是她熟悉的中国家庭间应有的氛围，她觉得客气后面就是生分。

但随着时间过去，他们逐渐习惯了方明珠的平和，习惯了她有时听他们说话时淡淡笑着但明显心不在焉；他们记起这个女儿从小沉浸在书本和自己世界里，经常也安静得没有存在感；接受了跟她没有太多话题可以讨论，接受了她在家里的多数时间独自呆在书房还带着耳机……随着这些习惯，他们也开始一点点解除自己的小心翼翼，心里不再冒出"这是女儿的房子"的念头，真正当成了自己的家，可以随心所欲、不加掩饰。

但现在，他们习惯的、平和的方明珠突然变得有些喜怒无常起来。

她会在他们俩都还没注意到自己跟对方说话音调有点高的时候立刻皱眉："你们相互能不能好好说话？"

会在他们抱怨物业或邻居时不耐烦地说："难道我回家就不能听到一点好消息？"

甚至会在坐上沙发的瞬间沉了脸："妈，抹布一定要放在最显眼的地方吗？"

虽然她会立刻觉察自己语气失当，并赶紧道歉，但这种情绪的不稳定还是让他们感觉忐忑。不知道应该如何行动或者应对才能符合她的"标准"。

当方明珠说要放长假出去玩一趟时，他们都感觉松了一口气：

"去，好好玩儿，不要总想着工作。"

自救

比起"佛罗伦萨"这个现代译名，方明珠更喜欢三十年代人们对这座小城的叫法——"翡冷翠"。

这是但丁的城，是大卫的城，是普罗米修斯的城；是圣母百花教堂的城，是雕塑的城，是绘画的城，更是无限风光宁静如画的城。

寄情山水，可以忘忧。方明珠在山腰的普罗米修斯广场上往往还还，试着从各种角度记录这小城的景色。

前面栏杆边，几个高加索少年正在互相推推搡搡，低声嬉笑讨论着什么。过了一会儿走出了一个代表，略带羞涩地问方明珠："GUCCI 小姐，你能帮我们拍张照吗？"

"好啊。"被叫做"Miss"而非其他，方明珠有些暗暗地高兴。接过少年递过来的手机看一眼，三星 Galaxy。果然世界大同，自商业流通开始。

少年们排列队形，摆姿势，换表情，方明珠从不同角度点下许多次快门。拍完了，还是刚才那个代表站出来，再三道谢："谢谢你，GUCCI 小姐。"

方明珠扫一眼自己的装束：李宁的 T，飞跃的鞋，故宫文创的小挎包，都不会让人看错——这次出门她有些刻意地在行李中避开非国产产品。想了一想，她伸出左手腕告诉眼前的少年们："这支表不是 GUCCI，叫海鸥，是一个中国品牌。"

"中国品牌也能设计这么漂亮的产品？"少年们的惊讶表情不是装的。

"当然，还有更多漂亮的东西，"方明珠微笑，"欢迎你们以后来中国看看。"

跟少年们道完再见，方明珠想起，自己倒确实需要去逛逛 GUCCI 店了。行前答应了要帮几个亲友代购包包配饰。

　　大抵是因为城市小，名店街也冷冷清清，店员并不格外热情，自带三分矜贵气质。方明珠走进店门，迎面传来了句中文"您好"。

　　"Chao"，方明珠回复，倒也不十分惊奇。一路以来当她独自走在河畔海边，街头巷尾，与全世界不同地方来的游客互打招呼时，常被误认为日本人，还曾诧异那许多出外旅游的国人都去哪儿了。但一到了网红景点、商业中心、各家名店，就又恍惚觉得并未走出国门，因为周围熙熙攘攘，尽是各路口音的亲切中文。既然所有城市的名店几乎成了国人的买场，店员们学点儿中文实属应该。

　　亲友们都指定好了款式，只需要微信拍照告知价格，确认买下，任务倒也简单。在等回音的当儿，方明珠在店里四处看看，想着要不要给自己也买上一两件，毕竟这些商品在欧洲与国内商场有 30%~40% 的差价。用消费主义的话说简直"买到就是赚到"。

　　闲闲看完一圈，似乎并没有哪一件让她有很想要的冲动。这一季的设计繁复华丽，不是她喜欢的简约风格。况且即便比国内便宜不少，但如果以国内工薪阶层的平均收入来计价，每个价格标签上的数字仍然要以"月"甚至"年"作为单位。

　　虽然这几年来，看到这些商品价格时已经不再需要强做镇定，但方明珠还是不太能理解为什么有许多收入普通的人，愿意付出"吃土几个月"的代价来换取一件无论从好用，还是好看两方面都绝非无可替代，甚至经常不算上乘的商品。

　　作为一件商品顶好又好用又好看，作为一个人顶好又有用又有趣。作为评价标准，这些维度果然又实际又世俗。方明珠又在心里笑了笑自己，然后让店员打包。

　　对自己没有能力拥有的物品说不喜欢不在乎，泰半会被理解为酸葡萄心理。故而在之前经济拮据的年头里，方明珠并不对奢侈品消费发表评论。到现在可以从容面对那些价格标签了，她终于忍不住在跟朋友讨论时大放厥词。

　　"买东西应该有个标准：买自己用得起的。"

　　"怎样叫做用得起？"

"就是东西要为人服务，而不是让人侍候东西。比如说：没伞时可以举起来挡雨，不小心弄丢或被划破时不会心痛到睡不着觉，这个包就是我用得起的；累了可以随便找个马路牙子坐下，不必特别小心地顾及是否会磨损或者沾上尘土，这衣服就是我穿得起的。"

"有些人是用奢侈品来彰显身份，或者寻找认同感的。"

"嗤，你会因为有人跟你用同一个包就觉得她跟你是同一个群体的吗？只会觉得撞包尴尬吧？还有，攒半年钱买个包包然后去挤公交，别说人的身份认同了，包的身份都会被怀疑——有人会相信它是真的吗？"

"哈哈哈……"这句话的认同感常常是最高的。

两手拎着大大小小印着著名 LOGO 的纸袋们回到住所，方明珠开始动手整理行李。这已经是此行欧洲的最后一站，明天该回去了。好在此行带了一只 24 寸的大行李箱和一只 18 寸随行箱，总算在装下她个把月行程所需的基础上，让这些名品们委委屈屈地有了容身之处。

合上行李箱抬起头来，便看见窗外鳞次栉比的红瓦屋顶，邻近房子露台上的花草植物。一路以来方明珠多数时间都定当地居民对外提供短租的公寓，使自己有真正在此地生活而非仅仅观光的感受。

傍晚时间了，看着窗外阳光一寸寸斜下去，已经在外逛了一天本打算稍事休息的方明珠还是取了相机，再出门去。

这是她在项目间隙中给自己放的一个大假，素来最爱的、几乎没有目的、不设严格行程的自由行，想作为"中年危机"感中的自救。

塞纳河边的黄昏是鲜活的，落日时分有温柔的粉蓝色天空和粉红色云彩；

台伯河畔的古朴是鲜活的，多年金戈铁马、征战杀伐让空气都异常厚重；

圣家堂的光影流转是鲜活的，充满高远空间的华彩粲然是天堂才该有的美；

莫奈的睡莲是鲜活的，一层层色彩随着空中云彩阳光的明与灭而幻变无穷；

大卫和阿波冬的雕塑是鲜活的，大理石的纹理下能真实感受到肌肉的泵张和血液的流动；

朋友圈里的方明珠也是鲜活的，面对一路旖旎风光、瑰丽艺术，被触动到真心实意地赞叹、被震撼到不知不觉地泪目。

只是一旦夜幕降临，垂垂掩盖了"目得之而为色"的风景，那种巨大的虚无感便又随夜色一起弥漫、笼罩，重新夺回它在方明珠心底的统治权。

方明珠睁着双眼在夜的黑里，无可奈何地恍惚，又讨厌自己的矫情。

行前嘻嘻哈哈地接住一些朋友"单独出行，祝有艳遇"的玩笑，她想过：如果此行真的发生艳遇，甚至把旅途变成了冶游，她也会接受，会原谅自己。

只是她实在太过不擅风情，一路居然什么也没发生。方明珠愈发觉得自己真是老去了，连招惹"烂桃花"的魅力亦已失去。

回程二十多个小时的飞行，方明珠的座位在最后一排靠窗，好处是一排只有她一人，等到飞机平飞，可以放下中间的扶手躺下休息，她个子小，空间有限的情况下倒显得有利。

然而飞机起飞不久，前排突然走过来一个年纪不过二十出头的女孩子，老实不客气地在靠走廊位坐下来。且不待飞机飞平，就放下了两个座位间的扶手，先躺了下来。

方明珠一时气结，却又不好意思抗议，只得蜷在自己座位上，觉得这情形简直就是人生的写照：她从来不是争抢有限资源的能手，在争夺发生在最明面的时候尤其是。刚才还显得有利的条件立刻变成不利：座位有点高，她腿不够长，因些许悬空而格外容易酸软，从而很难入睡。

冗长无趣又疲倦不适的飞行中，方明珠突然感觉：自己之前那种随时有空就想"行万里路"看风景的冲动，不知被哪个空空妙手在转瞬间掏了个精光。

这感觉令她格外慌乱而沮丧：旅行是她还没被岁月掳走的不多的美好了，如果真连旅行都不爱了，自己的世界是不是变成一片荒芜，真的只剩下谋五斗米、日常琐事、一地鸡毛？

回到家中，倒时差的疲惫中仍睡得不稳，方明珠又见到那个庞大的、哀哀哭泣的影子。

一个多月的休整还是给方明珠充值了力量，她能对着影子流利地开口："我知道，你是怪我没有勇气面对自己、面对过去；你是觉得苦难未被真实记录，却被误读为命运眷顾。好吧，我们便来面对，让我们把过去种种记录下来，给自己正视，给别人正解。"

　　人生所困，不外与外界、与他人、与自己的和解。既然有冲突，那就面对和解决它吧。

带着伤痕生活

原来情绪并不是想象中的洪水猛兽。

许多年来，理智是方明珠得以生存的基础。是她工作中得出方案的工具，是她生活中解决问题的方法；是她驱使自己向前的鞭子，是她阻止自己崩溃的屏障；是她的盔甲，也是她的长矛；是她的沙洲，也是她的长堤。

而情绪波动，一直是方明珠想要戒掉的东西。她总能够在影响别人之前，觉察到自己的不当情绪，然后用意念将它们赶到看不到的地方去。

这会儿，她正在允许情绪从自己理智的堤坝中渗出、静流、最终奔腾。

几乎每一场书写都伴着哭泣，过去被她仰面硬生生收回去的泪水，原来并没有自动消失，现在终于找到了灌溉的目标。在故事变成文字的过程中，方明珠分明看到那些过去不敢回顾、从未抚摸过的伤口，大大小小纵横交错的，如干涸龟裂的土地遭遇了早春的细雨，逐渐从裂缝里冒出气泡，在汩汩的声音中，慢慢滋润，逐渐闭合。

在书写遇到阻滞时，或情绪过于激动无法抚平时，方明珠恢复了"闲书"阅读：唐诗宋词，楚辞汉赋，中外小说诗歌。

因工作原因，过去十多年她的读物基本限制于财经和管理等"实用类"书籍，这类学说核心的关注点是效率。对效率的追求是社会经济发展的根本动力，对效率过度的追求也是城市里诸多焦虑的根本来源。

而只有这些"无用"的书，才能帮助解决内心的冲突。

书中有不同的人生，有苦难，有快乐，也有一地鸡毛零落，告诉她她的命运并不是这世上独一份的多舛，也让她回忆起"人生不如意事常八九"原来是一句如何豁达的话。

书中有同类，敏感的、淡泊的、坦然的、豁达的，让她忆起丰富的心灵并不需要时时追求"最佳投入产出"。

书中有对人性最深刻的剖析，让她能面对自己内心的那些懦弱、自私、怨艾的时刻，并不再害怕将之暴露。

……

曾经陪着她度过最黑暗日子的音乐也是一剂良药。

这天正看着一系列财经新闻，耳机里一首悠扬的萨克斯曲，突然让方明珠头脑有一瞬离开了这尘世喧嚣。

如清泉洗涤一条条溪涧，音乐声流淌过方明珠头脑里每一个沟回，带着最适宜的温度，温柔抚慰，缓缓冲涮，轻柔而坚决地将那些积淀于此的，叫做"焦虑、急躁、不安"的沉渣逐渐冲走。方明珠来回听完两遍这歌，觉得头脑仿佛做完一场SPA，舒适酣畅中带着十足温暖和一点慵懒，每一根神经都宛如新生，敏锐到能捕捉最细微的美好，强韧到不在乎最粗暴的对待。

方明珠闭眼半晌，再睁开时，目中微微含泪。

她感到有了力量去正视和解决问题，决定先去拔除那颗种在母亲心中的仇恨毒草。

这天吃完晚饭，方明珠对父母说："爸妈你们坐一会儿，我有话跟你们聊聊。"

纪秀兰和方天明很愕然，还是坐下了。

"妈，我知道您心里特别委屈。且不说曾经受的罪，现在看到跟您差不多时间参加工作的人退休工资是您的几倍，一定也很难受。可是，这事情不是爸爸造成的，爸爸说话得罪人是真的，但是我们家遭遇这样的不公，并不是因为他说话得罪人，我们都清楚，爸也是受害者。所以以后，您能不能不要把这事归因于爸？我们受害人之间互相责怪，只会让自己的生活过得更不好。"

纪秀兰没说话，眼睛却瞬间红了。

"我知道有不少人说什么'你们家都是被方天明害的'。这话您千万不要听，上嘴皮碰下嘴皮，不负责任的一句话就让一家人互相仇恨，说这话的要么是没脑子，要么是坏心眼。我们一家人吃了这么多苦，如今生活总算比上不足比下有余了，如果不能过得和睦开心，岂不是对不起之前受过的罪？"

方天明沉默，纪秀兰已经泪流满面。

"妈，我知道您是心痛我，觉得你们退休金太低，让我负担太重。可是您想想，之前十来年你们完全没有收入，我的收入也很低的时候，我们一家人不也一起扛过来了吗？现在不比之前好太多了，您还担心啥？我说过了，我就是你们的保险。现在很多街坊邻居的退休金是比你高，可是他们家的孩子也没您女儿能干不是？而且现在不用操心房子，你们的退休金管吃饭是够的。咱们不和别人比，好吗？"

纪秀兰低下头，抹了抹泪，抬起头来叹口气："算了，这都是命。"转身进了厨房洗碗。

方明珠并不寄希望于一次开诚布公的沟通就能彻底解开母亲心里的疙瘩，打算需要经常进行这样的对话。之前是她自己太过敏感脆弱，不敢这么直接地讨论这样的话题，但以后她会面对。

又是一个周末回家，吃完早饭在书房，方明珠听到纪秀兰叫"老头子"。

那仍然不是很温柔的声音，纪秀兰从来不是特别温柔的人。但那声音里透着商量，不再是之前那种硬梆梆的对立口气。

一次认知疗法的效果能有这么好？方明珠很是惊喜。接着认识到：这绝不只是认知改变的效果，也许只是理解的话语，已经部分治愈了母亲心里多年积累的委屈；再加上母亲对自己的体恤，不想加重自己的担忧。

将近中午，方明珠走出书房，客厅里没见到纪秀兰。她问方天明："爸，妈呢？"

"在院子里拔草。"

在前面的小小院子里铺设草坪是方明珠一个人的主意，方天明和纪秀兰原都建议浇水泥铺地砖。草坪难免有杂草，每天手动摘除刚生出的杂草苗便成了纪秀兰的日常功课。

"这就是妈妈，可能跟你想法和习惯不同，但所有你坚持的事情，最坚定去做好的总是她。"方明珠想着，也走到院子里，蹲下来跟纪秀兰一起除草，一边除一边讲笑：

"妈您看，我们人总是这样，啥都要分个三六九等，连草都不例外，全得按自己的要求来，能长的不让人家长，长不好的偏生看得金贵得很……"

纪秀兰也笑了："可不是。"方明珠继续想：我为了家里的氛围如此烦恼，不也是因为要按自己的要求来？

除完草进屋，纪秀兰问方天明："今天做什么菜？要我去冰箱里把肉拿出来吗？"

方天明的声音却很高："不用你管，别老是安排我的事。"

方明珠看见纪秀兰摇头叹了口气，看来母亲已经在有意识地调整行为了，父亲却还没有。

她这回没有急躁，说服纪秀兰她没多少计策，但对付这个固执又任性、心却比酒心巧克力还要软的倔老头，她可有的是办法。

记得曾经有同事在项目中烦恼地说道：跟自己父亲讲不通道理，一讲就会吵起来。方明珠当场很诧异："你个做女儿的，为什么要跟自己老爸讲道理？"

"不讲道理怎么办？"这个问题非常的咨询顾问。

"当然是撒娇啊，撒娇不成撒赖，或者蒙、拐、骗，都比讲道理有效果。"方明珠觉得自己才是有生活常识的顾问。

"您做的饭菜不是给我们吃的吗？凭什么还不许问了？"她转向方天明，态度刁蛮地说。

方天明愣了愣，倒笑起来："你妈她总是瞎操心，我都安排好了。"

"就你能干！你媳妇想着帮你，倒有错了？不识好人心！"方明珠说完，还皱皱鼻子丢了个白眼，转身回书房，但能够感觉到，客厅里刚才僵硬冷冽的空气里，已经掺了糖。

他们仍然各行其事，关系可能永远变不成她所希望的亲密；她不在跟前的时候，他们可能仍免不了争吵。但她已经能够接受和理解：不是每个人都像她自己一样，非要把伤口绣成花，而且那也并不见得是好的。带着生活造成的重重伤痕，父母不可能像没事儿一样，把心情调整成绸缎般丝滑，把日子过得像巧克力般香浓，但真有事的时候，一家人的心总是在一起的。他们的行为或者并不符合她的期望，但更发自本心，而情绪的适时宣泄也许并不像她想象中那般有害，可能倒比压抑更有利健康。

她那么努力，不就是为了父母能够生活得更好更自在吗？

一碗鸡汤

这天，还在自己的故事和情绪里左右摇摆的方明珠看到一条朋友圈：朋友冬梅晒出了刚出生的老三照片。

方明珠立刻发微信："三个月前还看见你跑马呢，这么快生了？"

"是啊，当时就是带球跑。"冬梅笑。

"你真行，满月酒啥地方？别忘了告诉我。"

"好，一定。"

这个时候传来冬梅的消息，看来还是在鼓励自己看光的一面。放下手机方明珠想。

在很多人包括方明珠自己的眼里，她已经是"天生励志、积极向上"的典型。

但和冬梅相比，就只应一句"天外有天，人上有人"。

冬梅的人生，恰好用方明珠喜欢的一篇文章标题来形容——"活得热气腾腾"。

方明珠忆起初见冬梅，她和她母亲一起为贵州孩子送来三箱全新的童鞋。

放下鞋子，冬梅便在一群忙碌的网友中找"飞版主"——在 BBS 上也算文字来往有段时间了，她常自诩是"飞版主的粉丝"。

见到方明珠，冬梅第一句话是："啊？你居然是个女的？！"

看着眼前短发妹子惊讶中略带失望的表情，方明珠微微有点歉然，虽然她也不知道自己做错了什么常被未谋面的网友误当作须眉。

"总版主如假包换是个男的，要不你改粉他？"她调笑。

"不，我还是坚持做你的粉丝。"冬梅笑得眼睛弯弯，坦然而真诚。

转身还是没忘了在 BBS 上做黯然神伤状："我一直以为偶像是个帅哥，谁知是个美女。心碎……"

方明珠看着帖子差点喷茶，现场可没看出她有半点的哀伤。这显然是个分得清虚拟和现实世界的聪明姑娘。

心理学研究揭示：人们都更容易喜欢"喜欢自己的人"。何况冬梅直爽大方，毫不做作，方明珠哪有理由不喜欢她？偶尔在论坛呼朋唤友地聚会，一定不会忘记她。

冬梅第一次到方明珠住处参加聚会，便展现出她令人惊讶的照顾人的能力。

其时方明珠和小 Q 同租，小 Q 是天生厨艺高手，并不曾刻意学习训练，但每每只用最简单的调料和最基础的厨具就能做出可口的饭菜。她在厨房里运筹帷幄的当儿，陆续到来的十多个朋友便在客厅里聊天、玩游戏。而自冬梅到达后五分钟，方明珠惊讶地发现：今儿自己这个"主人"只需负责谈天说地了。

举凡有人进门，方明珠方引好座，杯子里便已泡上了茶。在游戏过程中，不但每个人杯中从不空，而且手边总是有剥好的水果，桌上果皮垃圾总是在让人看不顺眼之前被清理掉了……

在大家几乎毫无察觉间做完这一切的，正是冬梅。

及至吃完饭，冬梅抢着要洗碗，进厨房反锁了门。两轮狼人杀结束，还不见她出来，大家不由都有点疑虑，要方明珠去敲门问询。

门开处，方明珠几乎不相信自己的眼睛。

租住的公寓有十来年楼龄了，自然不免有时间和使用的痕迹。方明珠和小 Q 自认也是爱清洁的人，搬入之前特意刷了墙，卫生也打扫得彻底，但总是有些陈年旧迹是难以去除的。

可是眼前的厨房，灶具和油烟机壳的不锈钢部分闪闪发亮，小面包砖的墙面白得像非洲兄弟的牙齿。

"你对我们家厨房做了什么？给换了个新的？"方明珠忍不住低声惊呼，引得还沉浸在狼人杀兴奋情绪中的各位友人都忍不住拥过来看，齐声发出赞叹。

来鹏城的年轻人，多数有过人的闯劲儿，但这种细致的家务能力实属罕有。冬梅看着面前惊讶的众人，却是一脸的稀松平常。

"我再确认一下：你是东北人，不是潮汕人？"方明珠不由问。潮汕地区重男轻女的风气即使在南粤地区也是最拔尖的，所以潮汕妹子是公认的家务能手。但即使和所认识的潮汕妹子比，冬梅这能力也实属顶尖。

"当然，我生在东北，长在东北。"冬梅答。

"也是，潮汕妹子没你这种直爽脾气。"方明珠点点头。既然重男轻女，女孩子当然不会被鼓励主动直接地表达自己，故而潮汕妹子虽泰半温顺，但这种好脾气有明显的训练痕迹，让人能够感觉到后面的隐忍和自我压抑，不似冬梅这般纯出天然，毫无芥蒂。

"以后欢迎你多来我们家做客啊。"一小时内变出十个人饭菜的小 Q 发出了真诚的邀请。

对一群正为了在这快节奏的繁忙都市里站稳脚跟奋斗的年轻人而言，常来做客显然不现实，何况冬梅住在鹏城东部近海区域，在没有地铁的年代这距离等同异地。虽然在 BBS 的沟通中日益亲厚，方明珠再次面见冬梅，已经是在她去了花城一年之后。

冬梅是去花城拜访两个客户，上午见完一个之后，想到了方明珠就在附近。

方明珠临近中午接到冬梅电话，到了约定的餐厅时冬梅已经到了。一身黑色正装，脸上略有倦色。

但冬梅一开口，那些微倦色就消失不见了。

冬梅告诉方明珠自己开始创业了，代理一家德国公司的生产线精密检视设备。

冬梅的形象气质，并不是典型大刀阔斧、精明强干型的创业者，甚至时时可以感觉到她过于小心谨慎，总希望能令所有人都开心。方明珠有些微担心地问她创业可辛苦。

"都还挺好的，只是最近合伙人有些行为我不太理解。"冬梅略有一丝愁意。

"怎么啦？"

　　"这个合伙人是带我入行的，我们代理的产品就是他们公司的。他还在原公司任职，并不实际投资也不参与我们公司日常经营，但会介绍一些人脉关系。之前谈好的销售毛利他分成20%，但最近业务不错，他突然要求分成翻倍。"

　　"翻倍？！"

　　"嗯，他说是要结婚，未婚妻要求买大房子。"

　　即使谈到对方这么不合理的要求，冬梅也只是陈述客观事实，最有情绪的一句话不过是"不能理解"，而一般人面临这种情况时，愤怒和攻击性语言是再正常不过的了。

　　"那你们准备怎么办？"

　　"业务毛利不错，但还要养人，还要投入研发，肯定没法给他分这么多。我们不答应，他说要让公司取消我们的代理权，或者跟我们打官司。"

　　"他真的能够影响到你们的代理权吗？"

　　"应该不至于吧，他职位并不高。而且我们业绩不错，他们公司还挺重视我们的。"

　　"那就不用怕啊，打官司他完全没有赢面。"这个合伙人要不是利令智错，要不就是纯属恐吓。跟公司的代理商有利益来往这种事情一旦公开，他不仅是职位难保，只怕以后在行业里也很难立身。

　　"可是他带我入行，我却要跟他打官司，是不是太没良心了？"冬梅极犹豫。

　　"这也不是你主动的啊，他提出这么不合理的要求，又不接受沟通解决，不是自找的吗？"方明珠觉得这种人完全不值得同情。

　　"我们找了律师，先跟他沟通吧，实在不行再诉讼。"冬梅叹口气。

　　这是方明珠唯一一次在冬梅身上看到偏向负面的情绪，以后所有见面，无论面对父母公婆、孩子、员工，冬梅深琥珀色的眸子里永远含光带笑。世间种种复杂人际关系，到了她那里似乎都不成问题，对别人的评说，全是夸赞，而且字字坚定真诚。

　　"我婆婆对我太好，每天帮我照顾两个孩子，还每天回家都煲好汤给我。"似乎完全忽略了她婆婆只会说老家方言，婆媳之间沟通都费劲儿的事实。结果是，她婆婆见着她时都一脸开心，对她确实是一日比一日更好；

"我家先生比我有大局观，管理公司比我强多了，我太优柔寡断。"但从未听到她在先生面前说过，公司 80% 的业务是她谈下来的；

"这是我们投资人，帅吧？给了我们非常大的信任和支持。"仿佛从不存在投资人和企业经营者之间的意见不合时刻。

……

这已经远远超过所谓的高情商了，每次看着冬梅说话时眼睛里的笑容光彩，方明珠都知道她这些话发自肺腑。冬梅脑里似乎有一张过滤网，把种种负面的信息统统过滤掉。

方明珠想起好友小艾，她先生对她有一句"的评"："你似乎天生就看不到很多的阴暗面。"

人以群分吧？在这些好朋友的身上方明珠也看到自己的影子，她们都是见到乌云时下意识寻找金边的人。就像她跟汪同学讨论时说的话："前面有丛花，花下有坨狗屎，你干嘛不能多看看花，非要盯着那坨狗屎说这才是现实，还要一个劲儿地跟别人否认世上有鲜花存在？"

方明珠完全不需要别人刻意提醒她人间如何的艰难，她只想看到尽可能多的美、尽可能多的善良，和尽可能多的爱。

比较起来，冬梅内心显然更强大。她不但选择性地记忆正面信息，更重要的是，她还从不像多数都市里经济独立的女性一样强调自我，从不因为自己在做好事业的同时还要承担生养孩子、做好家务、孝顺公婆这些"传统女性职责"而纠结抱怨，她总是能从所有这些"责任和义务"中找到属于自己的乐趣，比如怀着老三参加马拉松比赛；陪二女儿参加尤克里里班时自己顺便学会并在孩子家长会上演奏……

如果每一个中国都市女性都能像冬梅，那么现代都市里最常见的纷争如两性矛盾、家庭不和，多数都将消弥无踪。不过好在冬梅永远只是极少数，否则都市女性都需要变成女超人。

虽然不能理解冬梅是如何做到完全不自怜的，但冬梅身上能量的正循环效益无疑是令朋友们都高兴的。如今她的公司营业额即将过亿，由于符合中国智造的发展方向，得到了政府支持和投资方青睐，家庭也和和睦睦。

　　此时方明珠坐在冬梅家老三的满月宴席上，看着这个刚出月子已经完全不知疲倦似的女人微笑着招呼满堂宾客，不由发出羡慕的感叹："你精力可真充沛。"

　　"这要感谢我父母。"冬梅回答完，扭头告诉旁边家长桌上自己的母亲："妈，我最好的朋友说你们把我养得好。"

　　谁说鸡汤都是骗人的？方明珠心道："这一碗鸡汤我干了。"

·

譬如朝露

又一个秋天到来。

一个凌晨，在微凉的空气中醒来，听到窗外传来叽叽喳喳的鸟鸣，方明珠忽然感觉，自己的"中年危机"似乎痊愈了。

问题几乎没有解决：偏头痛仍经常发作，眼底飞蚊症更严重了，痛经一个月里持续十天以上；方天明和纪秀兰说话依然磕磕碰碰，方伟还是不知道在干些什么；露台的休闲桌上还是时常堆满杂物，空调仍舍不得开，母亲还是随时跟在身后关灯……

但方明珠心底那种火烧般的焦灼感仿佛被秋日细雨浇灭了，那种夜幕般无远弗届的虚无感似乎被初秋凉风吹走了。她觉得自己心里安定，心智清明，可以心平气和地去跟影子对话。

这次见到的影子比前两次看起来正常很多，不再哀哀哭泣，衣上尘灰掸尽，臂上伤痕多已结痂，似乎也淡了不少。

"上次你让我看了我不敢面对的过去，现在，我们也看看你忽略的事情，可好？"方明珠问，影子点点头。

墙上现出十八九岁的方明珠，在佛殿内虔诚跪拜。

"你原不信鬼神，但这样进香祈祷，可记得求的是什么？可是发达显贵？"

"从未。只求父母早脱囹圄，身体康健，平安喜乐。"

"所以他们现在自由、健康，你也算得偿所愿，求仁得仁，对吗？"

影子点点头，身形突然变小了一圈。

墙上再现出二十几岁的方明珠，旁有一人似乎很不解地问："你为什么要承担这么重的责任？"年轻的方明珠转转黑白分明的眼睛，笑了，显然是笑说话的人偏狭无知："那不叫责任，那叫爱。"

"你本来知道自己所做一切，不过发自本心，并非为外力强加，也并不求回报。那么如今，你为什么又抱怨不被理解，抱怨被爱的人未曾按你希望的方式生活？你是自觉见识更多，知道什么是更好，所以便以'为他们好'的理由，忽视他们是独立个体，有自己意志吗？"

影子默然，身形再度缩小。

三十多岁的方明珠，在夜里加班工作。

"二十几年来你在工作上确实十分努力，可能比多数人辛劳。但可曾付出什么自己不愿付出的代价？"

影子想想："未曾。"

"对啊，没有陪过酒，甚至都没怎么陪过笑；也许过度出售时间和脑力，但从未出卖自己和别人；保持着'不喜欢做的事情便不做'的极端任性，你仍然赢得了自给有余的生活，难道不是值得自己骄傲也庆幸的吗？"

影子再思忖，微微笑了："是啊，要感谢生在这个飞速发展的时代，否则如此任性，可能一辈子都得过着朝不保夕的生活。"说完这话，身形已经恢复了正常大小。

方明珠跟影子并排而站，却见影子的脸居然是自己二十出头的模样。她伸手握住影子的手："我真高兴你还在，让我知道自己还保有年少时的一部分自己，并未从心里完全苍老。"

影子笑回："如果你全然忘了当初，我就死了。以后你记得不要只顾向前，要不时回头看看，不要忘了自己当初的梦想，我自然就安于一隅，不会像前段时间那样扰你。"说完抽手准备离去。

"等等，我们还有客人。"方明珠不放手。

须臾，有熟悉的身影飘然而来，带着一脸捉弄而讥嘲的笑。

看见并肩而立的大小方明珠，顽劣的"命运"小子似乎吃了一惊。

"你们和好了？"

方明珠微笑点头。

命运小子显然不甘心："怎么样，最近很不好过吧？"

"是，很不好过了一阵子，不过都过去了。"方明珠答得心平气和，并没有刻意地隐藏情绪。

"都过去了？难道你觉得你的付出得到了应有的回报？"

"因爱付出本是自己甘愿，没有什么叫'应有回报'。"

"你还真是多情。可是你爱的这世间和人们，有你希望的那样爱你吗？"

"我不在乎我爱的更多。况且以阁下之无情，比诸于我，似乎并没有更快乐？"

"难道不遗憾你尚未经历应有的美好，便已年华逝去？"

"遗憾。可是既然你这样的作弄无法避免，我也已尽了我之所能，再把现在的好时光浪费在抱怨和后悔里，岂不是又上了你的当？"方明珠眨眨眼。

"哼！你老之将至，谈什么现在的好时光？"

"心气平和，不忧不惧，四时景致也毫不减色。怎么不是好时光？何况'今朝一岁大家添，不是人间偏我老'。"

"你就这么自欺欺人，得过且过吧。"顽劣的小子气哼哼欲离去。

"哎，等等——"方明珠唤住他。

"你还有何话？"

"我说，你是不是也过得挺没意思的？你看看，几十年来你使劲儿把我往泥泞里摁，只想让我投降，或者变成另外一个样子。可是到头来我还是我，正常、普通、健康，没有变得不凡，也没有变得不堪，更没有向你求饶，你是不是特别没有成就感？而那些你格外眷顾、给了一切好处的人，也并不会感谢你，只会在遭受到一丁点不如意时就对你百般诅咒。你觉不觉得，你做的一切才是白费啊？"

"你……"看着命运小子勃然变色，恨恨离去的身影，方明珠但觉吐出了胸口一口恶气，与影子相顾而笑。

"说什么人生几何，叹什么去日苦多，且让咱们对酒当歌！"